Muitas respostas para as questões da vida estão no silêncio, pois é na quietude que se ouve o coração.

© 2016 por Eduardo França
© Nick Dolding/Getty Images
© Alex Kotlov/Getty Images
© iStock.com/yuriyzhuravov

Coordenadora editorial: Tânia Lins
Coordenador de comunicação: Marcio Lipari
Capa e projeto gráfico: Jaqueline Kir
Diagramação: Rafael Rojas
Preparação e revisão: Equipe Vida & Consciência

1ª edição — 1ª impressão
8.000 exemplares — maio 2016
Tiragem total: 8.000 exemplares

**CIP-BRASIL — CATALOGAÇÃO NA PUBLICAÇÃO
(SINDICATO NACIONAL DOS EDITORES DE LIVROS, RJ)**

F881v

     França, Eduardo
     Vidas entrelaçadas / Eduardo França. - 1. ed. - São Paulo :
Vida & Consciência, 2016.

     ISBN 978-85-7722-492-0

     1. Romance brasileiro I. Título.

16-30408	CDD: 869.93
	CDU: 821.134.3(81)-3

Todos os direitos reservados. Nenhuma parte desta edição pode ser utilizada ou reproduzida, por qualquer forma ou meio, seja ele mecânico ou eletrônico, fotocópia, gravação etc., tampouco apropriada ou estocada em sistema de banco de dados, sem a expressa autorização da editora (Lei nº 5.988, de 14/12/1973).

Este livro adota as regras do novo acordo ortográfico (2009).

Vida & Consciência Editora, Gráfica e Distribuidora Ltda.
Rua Agostinho Gomes, 2.312 — São Paulo — SP — Brasil
CEP 04206-001
editora@vidaeconsciencia.com.br
grafica@vidaeconsciencia.com.br
www.vidaeconsciencia.com.br

Vidas entrelaçadas

Um emocionante romance de
EDUARDO FRANÇA

Não deixe para ser feliz amanhã, não deixe que as coisas aconteçam depois. A vida é este instante, aproveite.

Capítulo 1

Cristiane

— Por que não nasci rica e em Paris? Custava? — Cristiane dizia para si mesma ao ser praticamente empurrada para dentro do vagão do trem.

O local estava apertado. O ar, abafado, continha uma mistura de perfumes e o falatório era grande. O ar-condicionado, que a companhia afirmava ter, não cumpria a sua função a contento, abafando ainda mais o ambiente.

Alguns passageiros, os mais próximos de Cristiane, sorriram ao ouvir sua brincadeira. Ainda nas primeiras horas da manhã, a moça já demonstrava cansaço. Alguém pisou em seu pé, e quando ela começou a reclamar, foi interrompida pela condutora do trem, que falava com uma voz típica de anunciante de lojas de moda feminina:

— Senhores passageiros, o trem não parte de portas abertas. Se possível, não permaneçam junto às portas...

A voz metálica, com falhas, mal concluíra a frase e os usuários já estavam reclamando. De alguma forma, o trem conseguiu partir devagar, nitidamente pesado pela quantidade de pessoas que transportava. Por alguns segundos, Cristiane se questionou se a condutora do trem não tinha tido a experiência de fazer anúncios em lojas de roupas, pois sua voz parecia conhecida.

Depois de o trem entrar em movimento, a moça conseguiu se encaixar na porta. Encostou o corpo e deixou o ar fugir do pulmão. Encaixou os fones de ouvido nas orelhas e fechou os olhos. Recapitulou seus primeiros minutos ao acordar.

Propositalmente, como vinha fazendo na última semana, a jovem acordou vinte minutos mais cedo, apanhou a toalha e sua roupa, que já havia separado na noite anterior para ganhar tempo, e dirigiu-se ao banheiro. Tomou banho no escuro para não acordar a casa. Rapidamente saiu, pronta para o trabalho. Seus cabelos negros e curtos, na altura do pescoço, estavam molhados.

Antes de sair, apanhou uma maçã na geladeira e acomodou-a na bolsa. Depois, atravessou a alça da bolsa no corpo e saiu cuidadosamente, para não fazer barulho.

Fez tudo isso para não acordar Alice, sua irmã, nem Márcio, seu cunhado. Quando estava na plataforma do trem, enquanto esperava pela composição, a moça fez uma leve maquiagem, realçando ainda mais sua beleza, sua juventude. Depois de conferir o resultado no espelho minúsculo, sorriu ao ver sua beleza ali refletida e o fechou sustentando o sorriso.

Arrumou a camiseta decotada e larga sobre o jeans, olhou para os pés delicados que estavam com uma sandália vinho e se sentiu bem. O sorriso desapareceu não só ao ver o trem se aproximar e as pessoas se aglomerarem na plataforma, mas também ao se lembrar do motivo que a levou a recusar a carona de Márcio, seu cunhado.

Ainda ouvindo música e indiferente aos movimentos bruscos do trem, Cristiane foi mais longe nas memórias, recordando-se de quando deixara o interior de Minas Gerais, onde nascera e vivera os anos mais felizes e também os mais conturbados de sua vida, até chegar a São Paulo.

A tristeza bateu forte ao se lembrar da filha que deixara para trás, no colo da avó paterna, aos prantos. Durante dias ficou com aquela imagem fixada em suas lembranças. Por que tinha de ser assim? Por que a vida tratou de afastá-la da filha?

Entre aqueles questionamentos, a jovem deixou uma lágrima rolar pelo rosto. Sentiu-se triste. Abriu os olhos e nem se deu conta de que as pessoas a observavam, apenas desbloqueou o celular e teve acesso ao visor.

Antes de buscar uma função, Cristiane ficou apreciando a foto que lá estava: ela e a filha, as duas felizes, sorrindo, sentadas num gramado. A menina, linda, parecia estar batendo palmas. Impossível controlar as lágrimas. Desta vez, Cristiane as sentiu ainda mais abundantes e quentes. Que falta sentia da sua menina...

Seus pensamentos foram interrompidos com a chegada no celular de uma mensagem de Márcio, seu cunhado:

"Onde está? Mais uma vez não me esperou..."

A moça, com a mão trêmula, apenas apagou a mensagem sem se dar o trabalho de respondê-la. Respirou fundo, num misto de alívio e angústia.

Desceu do trem da mesma forma que tinha entrado: num grande aglomerado de pessoas, todas apressadas para seus afazeres, seus trabalhos, suas vidas, seus sonhos...

Chegou à empresa de telemarketing onde trabalhava faltando cinco minutos para o início do expediente. Pensou em tomar um café antes, talvez encontrasse uma amiga e pudesse conversar um pouco, rir e se esquecer de sua vida, de seus problemas.

No entanto, ao passar pela catraca, avistou Márcio a uma curta distância e sentiu um frio na barriga. Aproveitou que não fora vista, pois ele estava de costas, à espera do elevador, e voltou para a recepção, que possuía um amplo balcão de mármore instalado bem no centro da entrada.

O local era bonito, bem construído, bem iluminado, de cores suaves, e no teto havia um lustre decorativo de grande beleza, que combinava com o ambiente.

Quando viu as pessoas entrarem no elevador, Cristiane percebeu a respiração voltar lentamente. Não estava sendo uma tarefa fácil fugir do cunhado, até porque trabalhavam na mesma empresa; por sorte, em departamentos diferentes.

Ao chegar a seu departamento, depois de cumprimentos rápidos aos amigos, a moça acomodou-se em sua cabine e ligou seu computador. Enquanto esperava ele iniciar, Cristiane sentiu o celular vibrar. Rapidamente o pegou e viu que era outra mensagem de seu cunhado. A curiosidade foi maior. Poderia ignorá-la, mas antes de tudo, temia Márcio.

"Cris, preciso falar com você. Cinco minutos, no primeiro andar. Se não vier, eu subo."

A moça deixou o aparelho cair de sua mão, o coração acelerou, sentiu a boca seca. Desejou estar dentro do trem lotado a passar por aquela sensação.

E agora, o que faria?

Amanda

— Chega! Não quero ouvir mais nada! — Amanda disse tapando os ouvidos, depois de se levantar bruscamente da mesa onde estava ao lado de Lucas, seu marido.

— Como eu gostaria que você entendesse que acabou. Já não temos mais nada a ver juntos — esclareceu ele, mais uma vez, pacientemente.

— Eu te amo. Não é possível que não entenda isso! Onde foi que te perdi, Lucas? Quando deixou de acreditar no amor que dizíamos sentir um pelo outro?

Houve um silêncio no ambiente.

Amanda era obcecada pelo marido. Não conseguia imaginar-se sem ele. Amor? Como ela gostaria de ver nele algum defeito, daqueles capazes de desencantar. Mas não. Lucas era um homem charmoso, tinha trinta e cinco anos, um rosto jovial, estava sempre bem-vestido e perfumado. Entre seus cabelos lisos já despontavam alguns fios brancos que lhe conferiam ainda mais beleza. Os dentes perfeitos, brancos, tornavam seu sorriso cativante. Como não amá-lo? Essa era a pergunta que ela se fazia enquanto o admirava.

— Amanda? Está me ouvindo? — questionou o rapaz insistentemente ao vê-la distante, com os olhos lacrimejantes. — Já temos dois interessados no apartamento. Nosso divórcio não terá problemas, pois só temos este apartamento e aquele terreninho no interior. Cada um com seu carro...

— Você fala de forma tão simples, como se estivesse separando batatas. Não vejo sentimento em você. Não pensa no sacrifício por que passamos para ter o que temos, as economias que fizemos para pagar as prestações do apartamento. Não lhe dá um pingo de remorso lembrar-se da nossa alegria quando o quitamos? E o terreno? Não iríamos construir a casa de campo para passarmos as férias com nossos filhos?

— Para! Acabou, não tem volta. Já conversamos tanto sobre isso, mas parece que você quer viver do passado, remoer e ter de volta o que passou.

— Eu quero! Quero aqueles momentos felizes que tivemos juntos! — ela parou um instante antes de continuar: — Sei por que você quer essa virada em sua vida. Tudo por conta da promoção que não saiu. Isso o deixou arrasado, frustrado, a ponto de querer mudar toda sua história. Quer pedir demissão. Eu entendo. E quero acompanhá-lo — relatou a decisão que tomara naquele momento, baseada no sentimento, como se a proposta fosse salvar seu casamento. — Quer ir para a Inglaterra? Posso ir junto. É isso! Posso acompanhá-lo em seu sonho, meu amor.

— Não percebe que *você* — enfatizou — não faz parte do meu sonho?

Ele disse isso e levantou-se da mesa arrependido de ter aceitado, naquele mesmo dia pela manhã, o convite de Amanda para aquele jantar. Era a primeira vez que voltava ao apartamento depois da separação e se deu conta de que tudo estava como um dia havia deixado.

Amanda encostou-se no aparador e sentiu-se impotente ao ver Lucas saindo do apartamento. Ele não foi capaz de dizer mais nenhuma palavra. Saiu em silêncio, deixando a moça em lágrimas. A vontade que ela teve foi de abraçá-lo, prendê-lo a seu corpo, mas não teve forças.

Duas semanas se passaram. Amanda estava deitada no sofá, apreciando, através da janela aberta, a brincadeira das nuvens no céu azul. Nunca se sentira tão só na vida, nem quando perdera o pai, ou quando deixara a casa da mãe aos dezoito anos. Aquele apartamento nunca fora tão vazio como naquele momento sem Lucas. Lembrou-se da primeira vez que fora visitar o imóvel.

Estava de mãos dadas com Lucas. Tão felizes, apaixonados, trocando ideias, sonhos... O apartamento estava vazio, mas seu coração estava cheio de amor e planos.

Os anos se passaram na velocidade da luz. Agora estava tudo acabado, casamento desfeito. Ela, desempregada, tinha que recomeçar a vida e nem sabia por onde. Trinta anos! Sentia-se desnorteada, tudo perdera a graça, o sentido de ser. O apartamento, todo decorado com seu bom gosto, tornara-se vazio como seu coração.

Amanda estava no sofá, abraçada à almofada, recordando seu casamento, a perfeição que tinha sido até a separação. Reviver aquelas passagens a deixava num misto de felicidade e tristeza.

Foi durante seus devaneios que o telefone tocou. Amanda atendeu sem olhar o identificador, hábito que havia adquirido, mas a que ultimamente não dava mais importância. Já nos cumprimentos iniciais, aquela voz rouca e firme acelerou seu coração, a fez sentir-se como uma adolescente apaixonada: era Lucas.

— Amanda, estou aqui embaixo. Não vou subir — foi o que disse rapidamente, com receio do convite insistente dela. E prosseguiu: — Desce, já estou aqui na portaria. Está me ouvindo?

— Sim, estou.

— Vamos no meu carro. Pode se apressar? Temos só meia hora para chegar ao cartório e o trânsito de São Paulo não compreende nossos compromissos, sabe disso. Além do mais, tenho que voltar ao trabalho...

— Saí do banho agora, só vou me trocar. É rápido — Amanda interrompeu com voz fraca.

Lucas nada respondeu, desligou assim, sem dizer nada. Amanda ainda ficou com o aparelho no ouvido, na esperança de ouvir um pouquinho mais a voz dele, o que não aconteceu.

Levantou-se e caminhou em direção ao quarto. Depois voltou, olhou para o telefone e, ríspida, puxou o fio que prendia o aparelho à parede. Depois foi até a porta, certificou-se de que estava trancada. Ficou um tempo parada, pensativa. Foi à cozinha, abriu a segunda gaveta do armário, de onde tirou um frasco de comprimidos e, de forma desesperada, engoliu-os de uma só vez.

Chorando, foi até a janela da varanda e debruçou-se no batente. O coração batia acelerado. Fechou os olhos, pensou no que Lucas sentiria se ela sofresse um acidente: "Será que ele voltaria?", questionou-se.

Amanda o queria de volta de qualquer jeito, mesmo que para isso fosse necessário cometer uma loucura.

Matheus

— Pessoal, estou de volta — anunciou Matheus assim que chegou à porta do escritório.

Cássio, que estava de frente para o computador, de costas para a porta, logo pensou: "O bonitão, o gostosão, o bonzão está de volta! Matheus Cortez". Esse pensamento foi acompanhado por uma careta discreta, que não foi notada por nenhum dos outros colegas que estavam na sala.

Na sequência, Cássio rodou a cadeira giratória no sentido da porta e levantou-se de braços abertos e sorridente, com um semblante amistoso e bem diferente da careta que fizera ao ouvir a voz de Matheus. Juntou-se aos outros colegas que davam as boas-vindas a Matheus.

— Meu amigo está de volta! Este escritório não tem graça sem você. Parece mais forte!

— Tive mais tempo para a academia, foi isso.

Cássio o mediu dos pés à cabeça. Atentou-se aos sapatos novos e à marca, cara, da camisa, e ruminou: "Está gastando, hein? Está nadando no dinheiro. O moço está *podendo*!".

Os demais colegas de trabalho, felizes por terem Matheus de volta, pois ele era um jovem animado, divertido, contador de piadas e causos, não percebiam o jeito invejoso com que Cássio o olhava. E toda a descontração de Matheus não fazia dele um mau funcionário, pelo contrário, o jovem colecionava elogios.

— Férias! Como é bom! Não viajei — respondeu a uma das perguntas que mais lhe faziam naquela recepção. O jovem levantou a mão direita em direção à luz e deixou à mostra a aliança ao comentar: — Agora noivo, véspera de casamento, todo dinheiro já tem destino. E outra boa notícia: meu apartamento saiu!

Foi uma salva de palmas, muitas felicitações. Cássio, que se manteve sério diante da notícia, abriu um tímido sorriso ao perceber que estava sendo observado pelos colegas. E correu para abraçar o então amigo, elogiando:

— Que perfume bom esse!

— Não gostei muito — Matheus comentou baixo, quase no ouvido do amigo —, tanto que o trouxe para você, se quiser e fizer o seu estilo.

Cássio, como uma criança, saiu beijando o frasco do perfume importado. Colocou-o sobre a mesa e ficou apreciando-o como se fosse um troféu.

Passados os cumprimentos, e depois de inteirar-se das novidades, Matheus acomodou-se na cadeira e fixou os olhos no computador para colocar sua senha e ter acesso a seus e-mails. Cássio, que se sentava ao lado do rapaz, correu com a cadeira de rodinhas até Matheus e tratou de contar as notícias da rádio-peão.

— Soube que terá cortes. Ouvi o homem no aquário falar — contou isso olhando para o canto da sala, onde havia duas paredes de vidro, cercando a mesa do chefe do departamento.

— Corte? Sério, cara?

— Muito sério. Ordens da matriz. Mandaram reduzir o quadro.

— Não vamos nos preocupar com isso. É sofrer por antecedência — Matheus tentou tranquilizar o colega com uma voz pacífica, ao mesmo tempo em que pensava em suas novas responsabilidades, seus compromissos: casamento, apartamento, mobília, faculdade, tudo vinha custando os olhos da cara.

Matheus era um jovem otimista diante da vida. Bonito, bem-vestido, alvo dos sonhos de muitas moças da faculdade, do trabalho e também de Cássio.

Este, por sua vez, era um invejoso. Tudo que via em Matheus desejava para si. Isso servia para roupas, sapatos e até prato de comida. Cássio o imitava, já que desejava *ser* Matheus. Queria ter o espírito alegre e cativante, mas não conseguia passar de uma sombra do amigo. Uma sombra escura e perversa.

Enquanto Matheus se ocupava com o trabalho, tentando não pensar no corte e firmar o pensamento positivo de que tudo daria certo, Cássio pensava: "Não vou sair agora, acabei de trocar de carro! Estou nas primeiras parcelas. Já até sei o que vou fazer".

"Meu Deus, permita que aconteça o melhor para mim, para minha vida, que nenhum dos meus amigos aqui sofra com essas mudanças", pensou Matheus numa conversa com Deus. "Preciso tanto desse emprego. Será que estou na lista?"

Capítulo 2

— Márcio?! Olá, aqui é o Lucas — disse enquanto seguia o porteiro, sentindo uma leve tontura ao subir as escadas em círculo do prédio em que morara com Amanda. Apertando o aparelho na orelha para ouvir melhor o que o outro lhe diria, recomendou brevemente: — Estou no prédio da minha ex, quer dizer, quase ex-esposa. Hoje tenho que assinar a venda, no cartório, mas houve um imprevisto. Depois explico. Peço que desmarque a reunião, por favor. Pelo visto não chegarei a tempo — fez outra pausa, respirou fundo para recuperar o fôlego, ouviu o que Márcio falava e finalizou: — Obrigado pela força. Depois nos falamos. Abraço.

Lucas desligou o aparelho e o guardou no bolso. Estava tenso. Agora, em frente à porta de seu apartamento, sentia o coração acelerar ao ver o porteiro forçar a entrada, depois de bater e chamar por Amanda diversas vezes, sem obter resposta.

— Temos que arrombar — sugeriu o porteiro.

Lucas percebeu receio na voz do porteiro.

Minutos antes, cansado de esperar por Amanda, Lucas voltou a ligar para ela e o telefone só chamava. Quando percebeu que os minutos passavam e a ex-mulher não aparecia, resolveu subir para ver o que estava acontecendo. Consultou os bolsos e não encontrou a chave do apartamento. Nitidamente nervoso, recorreu ao carro, já prevendo alguma besteira cometida por Amanda, mas não encontrou a chave lá. Deu-se conta de que a havia deixado na casa em que passara a viver depois da separação.

Do carro, ele olhou para o andar de seu apartamento e notou a janela aberta. Tentou, mais uma vez, por telefone, falar com Amanda, mas não obteve retorno.

Lucas decidiu chamar o porteiro, um rapaz lento, mais preocupado com o programa de televisão que teria de deixar de lado para acompanhar o morador do prédio. Odiava quando isso acontecia.

Após aqueles segundos de aflição, a porta foi, finalmente, aberta pelo porteiro. Lucas passou pelo rapaz rapidamente, chamando por Amanda, mas não teve resposta. Passou pela sala desatento e foi para o quarto. De onde estava ouviu o porteiro chamá-lo num tom aflito. Ele correu de volta à sala. Amanda estava desacordada no chão.

O porteiro começou a tremer e se afastou ao perguntar:

— Ela está morta? Meu Deus!

Lucas tentou levantá-la, acordá-la, mas não conseguiu. Apoiou a cabeça dela em sua perna e, diante do estado de choque do porteiro, gritou:

— Me ajude aqui. Temos que levá-la para o hospital — Lucas, ao vê-lo tremendo e segurando-se nos móveis, ficou de pé e a pegou no colo. Depois falou: — Vou levá-la ao hospital. Conserte a porta, por favor. Acerto na

16

volta — antes de sair, viu o frasco de remédio no chão e pediu que o porteiro o pegasse. Nesse momento sentiu a mão fria do rapaz ao lhe entregar o frasco vazio. Teve vontade até de rir, mas a situação não permitia.

Já na calçada do edifício, o porteiro, cercado pelos moradores, viu Lucas acomodar a jovem desacordada no banco de trás do carro e rapidamente seguir ao pronto-socorro.

— Fui eu que encontrei a moça na sala. Tentei animar, mas ela estava como morta, gelada, não senti a respiração dela — mentiu o rapaz. — Falei logo para o seu Lucas: "Leva para o hospital!". Se eu não falo, ele fica ali, parado, sem saber o que fazer.

À sua volta estavam os moradores, atentos, curiosos e preocupados com o acontecimento.

No hospital, depois de esperar por mais de uma hora, Lucas recebeu de uma enfermeira a informação de que Amanda passava bem, estava no quarto e poderia receber visita.

Amanda dormia profundamente.

— Ela deve ter abusado do remédio para dormir — justificou Lucas, envergonhado, pois lera o frasco de remédio e vira ser o calmante de que sua ex vinha fazendo uso para dormir e controlar a ansiedade.

— Ela requer cuidados — tornou a jovem enfermeira.

Maíra era seu nome, e Lucas pôde lê-lo no crachá. Por alguns segundos observou a beleza da jovem e também sua falta de experiência. Ela estava no hospital havia pouco tempo e não vinha demonstrando muito talento com o ofício.

17

Na verdade, ela seguia os passos e a orientação da mãe para ser enfermeira. Era noiva e previa no casamento o encerramento da carreira profissional. Contava os dias para isso.

— Cuidados? Como o quê, por exemplo? — perguntou o rapaz, preocupado com o estado de saúde de Amanda. Embora não amasse mais a moça, tinha carinho por ela e se preocupava com seu bem-estar.

— Por sorte o bebê está bem, nada sofreu.

— Bebê? — indagou Lucas, atônito com a revelação.

— Sim, sua esposa está na quarta semana de gestação.

Cristiane, depois de ler a mensagem do cunhado, sem se importar com o olhar enviesado de sua supervisora, colocou a placa de ausente em seu monitor e foi ao banheiro. Lá, tentando controlar a respiração ofegante, reorganizar os pensamentos, refletiu sobre como vinha sendo difícil morar e trabalhar no mesmo lugar que Márcio. Sentia-se cada dia mais tensa com a situação. Já não conseguia evitá-lo e se esquivar de suas perguntas.

Ela molhou as mãos e passou-as levemente no rosto, na nuca e nos braços. Isso a fez se sentir melhor. Depois fixou o olhar no espelho e viu seu rosto, molhado. A porta se abriu e Cristiane olhou quem entrava. Era uma das atendentes. A moça, que usava uma saia justa e maquiagem em excesso no rosto, alertou a colega de que a supervisora estava nervosa e era melhor que ela não demorasse para voltar a seu posto. Ela disse isso revirando os olhos, fazendo Cristiane ter vontade de rir.

Então Cristiane secou o rosto e saiu apressada. Não tinha vontade nenhuma de falar com o cunhado, tanto que resolveu ignorá-lo.

Logo na saída, quando fechava a porta do banheiro, no corredor, sentiu uma mão puxar seu braço e, pelo perfume, antes mesmo de ouvir a voz, Cristiane sabia ser Márcio.

— Que brincadeira é essa de gato e rato? Quer que sua irmã...

— Deixe minha irmã fora disso! — falou tentando controlar o grito ao puxar a mão do cunhado. — Me solta, está me machucando, Márcio!

— Alice tem me questionado sobre seu comportamento. Você deixou de aceitar minhas caronas, chega tarde em casa...

— Faço faculdade, esqueceu? Ainda bem que não me espera para dar beijo de boa-noite. Quando chego, graças a Deus, está dormindo, para eu não ter de ver sua cara.

O rapaz sorriu. Ela observou o rosto bonito e lamentou que a beleza dele fosse somente exterior.

— Alice está desconfiada desse seu jeito. Não para de me perguntar.

— Conte a verdade. Eu mesma estou a ponto de fazer isso.

— Você não é louca! — Márcio voltou a segurar o braço dela. Dessa vez o sorriso desapareceu, sua voz ficou mais firme.

— Como me arrependo de... — Cristiane iniciou e logo foi interrompida.

— Não ouse!

— Não sou sua cúmplice, Márcio! Não espere isso de mim. Agora me solte. Esqueceu que temos câmeras no corredor? Se me perguntarem, falarei a verdade.

Isso tudo tem tirado meu sono, minha paz. Morro de dó da minha irmã.

— Se tivesse, não teria...

— Não continue e não me provoque. Você não sabe do que sou capaz.

O telefone de Márcio tocou. Era Lucas. O jovem ouviu atentamente as instruções do colega sem tirar os olhos da cunhada. Fazia isso para que ela não escapasse.

— Meu *brother*, se puder ajudá-lo em algo, conte comigo... Abraço — guardou o celular no bolso e voltou-se para a cunhada. — Era o Lucas. Está com problemas com a ex-mulher! Pena que ele está decidido a ir embora da empresa. Ficou furioso por não ter sido escolhido para o cargo — fez uma pausa e olhou para a cunhada, ameaçando: — Não queira conhecer um homem furioso.

— Posso surpreendê-lo. Não duvide de uma mulher furiosa... e você está me deixando assim.

Cristiane disse isso e saiu apressada, sem olhar para trás. Se olhasse, teria visto o ar de riso no rosto de Márcio ao admirá-la. O celular do rapaz tocou novamente. Era Alice. Ele viu a imagem da esposa sorrindo no visor, mas ignorou a ligação e guardou o aparelho.

— Como assim, grávida?! — sondou Lucas, muito surpreso com a revelação. Turbilhões de pensamentos surgiram em sua cabeça a partir daquele momento. Não que uma vida não fosse bem-vinda, mas um filho àquela altura dos acontecimentos não fazia parte de seus planos.

— Sim, está aqui, no prontuário da paciente — ratificou Maíra, olhando para a ficha, lendo lentamente, por conta da letra irregular do médico, o que estava registrado no papel. — Quarta semana de gestação. Teve uma hemorragia...

— Não é possível! — Lucas falou baixinho.

— Isso mesmo, o senhor será papai. E a senhora Lídia Fern...

— Lídia?! — cortou rapidamente, indo na direção da enfermeira e praticamente tomando o prontuário das mãos dela.

— Calma, o senhor deve ter ficado assim por conta da notícia. Eu também não sabia que era segredo. Talvez ela estivesse pensando em contar no aniversário, como presente.

— Ela não esperaria esse tempo para me contar — ele riu imaginando que, se bem conhecesse Amanda, ela usaria isso para tentar segurá-lo.

De repente Lucas interrompeu seu pensamento, leu mais atentamente o prontuário e olhou furioso para a enfermeira. Se pudesse, agrediria a moça. Depois de respirar fundo, disparou:

— Esse prontuário não é da Amanda. Está em nome de outra pessoa.

Maíra sentiu o sangue subir, o rosto queimar. Caminhou apressada até Lucas e apanhou o prontuário de suas mãos. Sentiu-se envergonhada, havia trocado as fichas. Certamente fizera de qualquer jeito a separação e misturara os quartos. Pensou na possibilidade de ter aplicado medicamento errado no quarto anterior que visitara... Sentiu dor na barriga, uma dor bem forte. Estava tão aflita que nem ouviu os berros de Lucas, revoltado com o atendimento, exigindo outra enfermeira para aquele quarto.

— Calma, pelo amor de Deus. Vai acordar sua esposa.

O rapaz não se deu o trabalho de esclarecer que Amanda era sua ex-mulher. Para ele, foi o estopim ouvir

21

as justificativas da enfermeira. Aquela confusão toda o deixou ainda mais nervoso com tudo, com a situação em si, com sua vida dali para a frente.

Depois de deixar o quarto, Maíra pediu ajuda da outra enfermeira para contornar aquela situação. Feito isso, saiu em disparada para o quarto vizinho, que atendera minutos antes. Conferiu os dados e, por sorte, apesar de toda a confusão, havia aplicado o medicamento correto.

Tal confirmação a fez sorrir, mas logo sentiu as lágrimas rolando por seu rosto. O paciente que estava no quarto nada entendeu. A moça, com o serviço que vinha prestando, só confirmou o sabido desde o início: não tinha talento, vocação para a área da saúde, nem amava o que fazia. Também não sabia se existia outra profissão de que gostasse, mas por certo não queria ser enfermeira.

No quarto de Amanda, Lucas se atentou em ler o prontuário junto com a nova enfermeira, e acompanhou de perto os procedimentos de medicação para a ex-esposa.

Duas horas depois, ele saía do hospital acompanhado de Amanda. Maíra, quando o viu no corredor, tratou de se esconder na primeira porta que viu aberta. No quarto havia um senhor nu, se preparando para um exame. Ele reclamou e ela devolveu:

— Não esquenta, vovô. Já estou acostumada a ver isso.

Agradeceu a Deus por não ter sido vista por Lucas. Esperava nunca mais vê-lo na vida. Se isso acontecesse, pensou ela, o rapaz a mataria.

Maíra não fazia ideia de que esse encontro com Lucas não seria o único. Outros aconteceriam.

Alice era do lar. Depois que perdeu o emprego, não conseguiu se recolocar no mercado de trabalho, cada vez mais exigente. A jovem trabalhava com moda, era representante de roupas, e muitas agências de emprego que ela procurava já a dispensavam na primeira entrevista, isso quando a chamavam para participar das seleções.

Por conta disso, resolveu se dedicar ao que apreciava: cozinhar. Colecionava elogios de Márcio, seu marido, e de Cristiane, sua irmã. Então resolveu ouvi-los e começou, enquanto procurava emprego, a aceitar encomendas de doces e salgados. E vinha, em poucos meses, obtendo muito êxito.

Fazia tudo com tanto amor que as pessoas sentiam um componente "extra" ao experimentar suas iguarias. Afirmavam que seus doces e salgados eram feitos por mãos de fadas, pois eram leves, extremamente saborosos, e, como consequência, indicavam-nos a outras pessoas. O boca a boca crescia vertiginosamente. O sucesso profissional vinha acontecendo.

Mas Alice se sentia feliz? Era casada, tinha seu imóvel próprio, acreditava ser amada, mas havia o vazio da falta de filhos e da realização profissional na área de moda, na qual era formada. No entanto, não fazia disso a tristeza de sua vida. Procurava se apegar às boas coisas que tinha. A preocupação deixou de existir quando percebeu o quanto eram bem-aceitos os seus dotes culinários.

Depois de desligar a panela de cocada, Alice despejou a massa no mármore para esfriar. Sentiu vontade de falar com o marido. Por isso, enquanto a cocada esfriava, para que pudesse cortá-la, a moça ligou para Márcio, mas não foi atendida.

— Márcio deve estar em reunião, ocupado — concluiu.

Colocou o aparelho no suporte e foi para a lavanderia, onde acomodou as roupas na máquina e aproveitou para regar as plantas que lá enfeitavam o ambiente. Além de boa cozinheira, tinha boa mão para plantas. As vizinhas e os amigos até pediam para que ela fizesse as podas das roseiras nos meses sem a letra "r", para dar mais vigor. Isso já havia virado um hábito.

De volta à cozinha, Alice, com ar de riso no rosto, típico de seu bom humor, tratou de cortar, cuidadosamente, a cocada. Fez isso e acomodou os pedaços numa vasilha de vidro transparente. Ficou alguns segundos apreciando seu trabalho, encomenda para um coquetel de inauguração de uma loja, e depois resolveu pegar uma para experimentar. Apreciou-a com sorriso nos lábios, de tão saborosa que estava.

De repente, como se um despertador tivesse soado, o rosto da moça se fechou, o sorriso desapareceu, o pedaço de cocada que tinha nas mãos caiu no chão e não conseguiu engolir o que tinha na boca.

Em meio a tudo isso, ouvia uma voz se aproximando, tornando-se forte, tomando conta dela, se apossando de seus sentidos:

— Lá vem ela, a Tititibummm. Olha lá, pessoal, a Tibum chegou! — divertia-se o garoto bonito e perverso de sua sala da escola primária, lá da cidade de Minas.

A voz tornou-se ainda mais forte, insuportável. Alice colocou a mão na boca, sentiu ânsia e, na sequência, levou as mãos aos ouvidos. Não queria ouvir aquilo. As lágrimas desciam pelo rosto quando saiu correndo para o banheiro. Lá se ajoelhou e segurou as bordas do vaso sanitário para se desfazer do peso que tinha em sua cabeça.

Alguém bateu palmas, apertou a companhia de sua casa, mas ela estava sentada no piso do banheiro, indiferente ao frio da cerâmica brilhosa e moderna. Apenas deixou que as lágrimas rolassem soltas pelo rosto. Fechou os olhos e ainda pôde ouvir o menino bonito, maldoso e por quem era apaixonada falar:

— Titititititibummm!

Capítulo 3

— Como quem sou eu?! Maíra, sua noiva. A mulher que revolucionou sua vida — anunciou a moça pelo telefone para Matheus.

O rapaz sorriu e pôde imaginá-la falando do outro lado da linha, toda expansiva, como era do seu perfil. Após os cumprimentos, ele tratou de abreviar a conversa, pois estava no escritório e, como temia a demissão que vinha sendo anunciada, não queria dar motivos.

— O trabalho está um porre! Não aguento mais, amorzinho. Estou tão cansada. Hoje teve um casal estressado lá, só por causa de uma ficha...

— Faz só dois meses que está no hospital...

— Então, muito tempo — Maíra previa sair do hospital, porém achou melhor não adiantar seus planos ao noivo. Por isso mudou de assunto e de tom de voz, por um mais dengoso: — Não liguei para isso. O Sapo está aí perto?

— Não, ele foi ao Financeiro — Matheus quis rir, mas se segurou. — Não fale assim dele. Não entendo por que tem tanta implicância com o Cássio.

— Cássio Neto é um invejoso! Não percebe isso?

— É um cara legal, sem estilo ainda, por isso gosta de experimentar...

— De te imitar, um invejoso. Deus me livre! E eu não vi como ele olhava você, observava sua roupa? Veio me perguntar onde compro suas meias. Pode isso?!

— Não fala assim, é seu primo! Foi você mesma que pediu para eu indicá-lo aqui.

— Herdou o nome bonito do meu avô, só isso, porque o caráter... Enfim, não foi por isso que liguei pra você. Passei na loja de móveis. Estou encantada com um armário de cozinha planejado que vi.

— Então... acho melhor você pisar no freio, meu amor — Matheus falaria sobre a situação instável que vinha sentindo no escritório, mas a noiva estava ansiosa demais com as vésperas do casamento, com a arrumação do apartamento, que nem lhe deu ouvidos.

— Já agendei com o moço da loja para ir ao apartamento tirar as medidas. Novidade! Ele já foi, escolhi a cor, você vai amar. Depois te mando por e-mail o valor orçado. O preço está dentro da média que pesquisei. Bom, vou desligar porque tenho que voltar ao trabalho — encerrou a conversa assim, sem esperar o que o noivo tinha a dizer sobre aquela compra.

Matheus deixou o telefone cair sobre a mesa e ficou pensativo. Não conseguia colocar um freio em Maíra. Precisava conversar seriamente com a noiva sobre seu consumo desenfreado. Precisava somar os salários dele e dela para ver até onde poderiam gastar.

Seus pensamentos foram interrompidos por Cássio, que chegou com dois copos de chocolate quente. Matheus esperou que ele fosse lhe oferecer um deles, o que não aconteceu. Enquanto falava, Cássio saboreou um copo, e o outro, deixou ao lado do computador, para logo mais. Era prova de como o rapaz era, além de invejoso, egoísta e mal-educado.

— Parece que já têm os nomes dos que serão demitidos.

— Demitidos? Então será mais de um! — concluiu Matheus, nitidamente preocupado.

— Sim. E já começou. Acabei de passar pelo Jurídico. Já foram três de lá. O facão está subindo — falava divertido, deleitando-se com o rosto preocupado de Matheus.

"Que Deus prepare os nossos corações para essas surpresas", pensou Matheus, enquanto brincava com a caneta sobre a mesa.

"Vou sair ileso dessa. Já sei o que vou fazer para ficar com o emprego. Ainda que para isso eu mesmo dirija o trator que vai devastar esta sala", pensou Cássio, rangendo os dentes e bebericando seu segundo chocolate.

Amanda saiu do hospital sob os cuidados de Lucas. O jovem, prestativo, tratou de acompanhá-la até o apartamento, de onde saiu só depois de ter certeza de que ela estava adormecida. Ele foi comprar os medicamentos e algumas frutas, e voltou rapidamente para o apartamento.

Assim que voltou, foi ao quarto e Amanda continuava dormindo. Preparou uma sopa leve de legumes, muito bem temperada, sua especialidade na cozinha, e acomodou o prato numa bandeja com uma fatia de pão italiano.

Ao pegar a bandeja, Lucas fez uma breve volta ao passado, quando fazia aquele prato nas noites frias para eles saborearem na sala, conversando e ouvindo música.

Tudo pareceu naquele momento tão distante, muito vago, sem importância.

Carinhosamente, ele a despertou e a fez, mesmo contrariada, alimentar-se. Mesmo tendo sofrido uma lavagem estomacal para retirada dos medicamentos, Amanda estava muito sonolenta. Por isso, depois que se alimentou, no silêncio quebrado por um ou outro comentário ou elogio, ela voltou a adormecer.

À noite, quando abriu os olhos, a jovem pôde ver Lucas sentado na poltrona, dormindo com um livro sobre o colo. Estava ainda mais bonito tomado pelo sono. Teve vontade de chamá-lo para a cama, para senti-lo perto de si, aquecendo seu corpo, mas ainda sentia-se sonolenta e voltou a dormir.

Aquela demonstração de carinho do ex-marido encheu Amanda novamente de esperança. A sopa, os cuidados, a presença no quarto durante a noite, o silêncio dele diante do ocorrido, por não ter questionado o que ela fizera, enfim, tudo a fez acreditar numa reaproximação, que o casamento ainda poderia dar certo.

Quando acordou pela manhã, logo que abriu os olhos, Amanda não o viu no quarto. Rapidamente, com a mente que trabalhava acelerada, desejando obtê-lo de volta, a moça concluiu que ele saíra para o trabalho.

Levantou-se lentamente, ainda zonza por conta dos acontecimentos. Uma tontura a fez se sentar na cama. Fechou os olhos e fez uma prece de agradecimento pelo dia, costume que tinha adquirido com Ney, seu tio.

Quando se viu em pé, chamou por Lucas. O silêncio permaneceu. Saiu do quarto meio se arrastando, na expectativa de vê-lo. Queria acreditar que Lucas estivesse ali, à sua espera.

Foi na cozinha que encontrou um bilhete de Lucas preso na geladeira. Era breve e cuidadoso. Nas primeiras linhas falava sobre os medicamentos, e no final a informação que Amanda temia e que leu mais de uma vez para acreditar:

"...Já contatei o interessado pelo apartamento. Ele concordou em assinar os papéis no cartório. Agendei o horário com ele. Abaixo tem o telefone do apartamento onde estou, caso não consiga falar comigo pelo celular. Qualquer coisa me liga."

Então era isso mesmo! O casamento havia realmente acabado. Amanda deixou as lágrimas fluírem livremente.

Cristiane estava tão exausta que nem deu importância ao despertador. Ao primeiro toque, ela o travou e virou para o lado, pedindo mais cinco minutos. Logo acordou com o falatório do cunhado e da irmã. Estava atrasada.

Saltou da cama apressada, apanhou as roupas que havia separado na noite anterior e foi para o banho. Saiu de lá pronta e arrumada. Deixava agradável aroma de perfume por onde passava. Fez um cumprimento rápido aos dois.

Alice, carinhosa, tratou de servir a irmã com o comentário:

— Que bom que vou vê-la pela manhã. Fazia tempo que a gente não tomava café da manhã juntos.

— Não falei que sua irmã sentia falta de você pela manhã? — completou Márcio, forçando o sorriso para Cristiane.

— Já expliquei, Alice. Estou querendo chegar cedo por conta do banco de horas. Quero ter créditos para usar depois, num feriado prolongado, por exemplo, para visitar minha filha — justificou Cristiane.

Em parte até dizia a verdade, mas a realidade mesmo era que fazia de tudo para evitar a carona do cunhado.

— Imagino que seja mais confortável ir de carro que pegar lotação, trem...

— Já falei isso pra ela — insistiu Márcio.

Cristiane não conseguiu encará-lo, mas já imaginava o cinismo estampado em seu rosto. Como sentia vontade de falar tudo para a irmã! Respirou fundo, procurando coragem.

— Fiz aquele bolo de que você gosta, Cris — interrompeu Alice, antes mesmo de perceber que a irmã iria falar algo. Também não se atentou à troca de olhares entre a irmã e seu marido. Um olhar de cumplicidade.

Cristiane foi a primeira a desviar o olhar. Preferia ignorar a existência do cunhado.

— Minha irmã, que delícia esse bolo! Vou levar um pedaço. É incrível. Como comer só um pedaço?

— Já pensei nisso! — anunciou Alice, indo na direção da geladeira e voltando com dois potes com bolo. — Um para você e outro para você, Márcio.

— Minha querida, obrigado. Você sabe, não gosto muito de levar, ficar com esses potes plásticos lá no escritório, parecem marmitas.

— Não seja indelicado, Márcio — Cristiane foi ríspida. Já havia algum tempo percebia que seu cunhado fazia pose de bom moço, sempre delicado com a esposa, mas não era natural. Percebeu algumas vezes a irmã encobrir brigas. Como se tratava de um casal, Cristiane relevava. — Custa ser gentil? O que tem de mais levar marmita?

— Não me importo, Cris. Ele já havia dito isso pra mim, eu que me esqueci.

— Peço desculpas, Alice — falou Márcio sem jeito. Sabia muito bem interpretar aquela reação da cunhada e temia que ela falasse algo a mais. — Vou levar, meu bem — finalizou a conversa vendo o contentamento da esposa em acondicionar o pote numa sacola.

Cristiane pôde observar o olhar de desprezo de Márcio. Como sentiu vontade de falar tudo naquele momento! No entanto, o desejo foi passando ao notar o carinho da irmã com o marido. O jeito amoroso com que ela arrumava sua roupa, seus cabelos com os dedos, a dedicação que tinha em vê-lo bem.

Quando chegou àquela casa, meses antes, Cristiane até conseguiu acreditar na existência do amor, da reciprocidade, na afeição genuína entre eles, porém, com o tempo e com os acontecimentos, constatou que estava enganada. Já não acreditava em relacionamentos, ainda mais naquele. Sua irmã estava sendo enganada e, sem saber, continuava a ser feliz.

Por fim, terminado o café, Cristiane tentou se esquivar da carona, inventou várias desculpas, mas sem êxito. A irmã, com seu jeito delicado, convenceu-a a aceitar a carona de Márcio.

Feitas as despedidas, Alice ficou no portão vendo o carro partir. Sentia-se tão feliz com a família que, por instantes, conversando, tendo-os ao seu lado, esquecera-se do garoto da escola. A imagem veio à sua mente e ela optou por esquecer, pois tinha dois bolos encomendados para aquela manhã e precisava se apressar para confeitá-los e entregá-los a tempo.

No carro, a viagem aconteceu muda. Cristiane rezava para chegar logo ao destino. Falou o essencial com o cunhado, sem olhar para o rosto dele. Naquele papo sem continuidade, foi Cristiane que tocou no assunto delicado que os unia naquele segredo.

— A Lirian está voltando de férias.

— Eu sei, ela me falou. A secretária faz falta naquela empresa — debochou Márcio.

— Tem falado com ela?

— Eu?! Não! — consertou rapidamente. — Ela me falou quando saiu, no barzinho, na festinha de despedida dela. Falou a data da volta. Pelas contas será semana que vem.

— Pois é o prazo que te dou para falar tudo para minha irmã.

— Está louca?

— Nunca estive tão lúcida, Márcio.

— O que aconteceu...

— Não interessa — interrompeu. — Aconteceu e minha irmã precisa saber. Não consigo dormir direito com isso guardado comigo. Sinto-me tão mal. Não tem ideia.

Márcio começou a rir, o que irritou Cristiane. A moça só não desceu do carro porque ele estava em movimento. Como sentiu raiva do cunhado naquele momento!

— Sua irmã me ama, Cris. Ela não vai acreditar em você, e mais: é capaz de mandá-la de volta para Minas Gerais no mesmo dia. Se isso acontecer, ao menos lhe garanto a carona até a rodoviária. Até porque não terá dinheiro para ir de avião.

— Gosto assim, quando você fala mostrando quem realmente é. Você é um mascarado. Na frente da minha irmã faz essa cara de bom moço, marido perfeito. Não quero saber, é o prazo que te dou para revelar tudo.

— Chega, menina! — gritou Márcio de forma que Cristiane se assustou. — Eu é que não quero mais saber disso, desse assunto. Até agora eu estava fazendo de tudo para manter o bom relacionamento, mas, se prefere assim, então declaro guerra. E me aguarde, pois posso fazer a cabeça da sua irmã e você volta rapidinho pro lugar de onde nunca deveria ter saído. Agora não sei como será a sua recepção na cidade...

— Você é um monstro.

— Sei muito bem o que você fez por lá, as marcas... — divertiu-se Márcio, indiferente às lágrimas da cunhada.

Chegaram ao estacionamento. Cristiane abriu a porta para descer e Márcio a segurou pelo braço. Com o olhar fixo no rosto dela, foi categórico:

— Chega de palhaçada, Cristiane.

— Eu não tenho medo de você... se era isso que esperava de mim — afirmou ela, soltando-se das mãos fortes do cunhado, encarando-o com ódio. — É até a volta da Lirian o prazo que te dou. Até porque a Lirian também pode abrir a boca. Não passou isso pela sua cabeça?

Amanda, chorando muito depois de ler o bilhete de Lucas, acabou adormecendo no sofá. Despertou com os raios de sol no rosto, vindos da janela da sala. O dia começava tão bonito, tão contraditório à sua vida! Foi isso que pensou ao se levantar. Sentia mal-estar, os ombros pesados. Saiu andando, arrastando os chinelos.

Depois do banho, saboreou forçadamente torradas com chá. Decidiu ligar para sua mãe. Sentou-se no sofá e ficou com o aparelho sobre o colo, por algum tempo, até fazer a ligação.

— Até que enfim se lembrou de que tem uma mãe! Moro no interior, não em outro planeta — reclamou Felipa logo no início da ligação.

— Eu vou bem, mamãe, e a senhora e o Bruno, como estão?

— Bruninho está dormindo. Coitado desse rapaz, não tem tempo pra nada!

— É meio-dia, mamãe! Ele ainda está dormindo? Como não tem tempo, se só estuda e, ainda por cima, em meio período?

— Queria que estivesse procurando emprego? Já expliquei isso para você, para o Ney, mas vocês não entendem. Vamos lá: está em fase de exército.

— Ele já foi dispensado.

— Está me chamando de mentirosa? Sei que foi, mas ainda não jurou a bandeira — fez uma pausa enquanto acendia o cigarro, que Amanda percebeu pelo barulho do isqueiro. — Você, na verdade, tem é inveja do seu irmão. Por isso fica implicando com o rapaz.

— Inveja, eu?!

— Sim. Não tenho culpa que ele, ao contrário de você, prefere minha companhia. Você, com dezoito anos, já estava de malas prontas para São Paulo. Foi ouvir o maluco do Ney, meu irmão...

— Não me arrependo — atravessou —, foi o melhor que fiz. Tive dificuldades, sim, mas tive conquistas que, ao seu lado, nessa cidade, não teria. Tá bom, mamãe, não liguei para isso. Eu liguei porque...

— É bom se lembrar mais da conta bancária da sua mãe. Tem depositado muito pouco. A pensão do seu pai não está dando, tem os remédios...

Amanda, naquele momento, se arrependeu de ter ligado. Encerrou a ligação rapidamente e resolveu não contar sobre a separação. Na sequência, ligou para seu tio. Foi completamente diferente. Ney, irmão caçula de sua mãe, era muito gentil, elegante com as palavras, prestativo e de muita sensibilidade.

— E como anda minha sobrinha preferida?

— Você tem outra, Ney?

Ela se contagiou com a risada divertida do tio do outro lado da linha. Como era bom ouvi-lo! Percebeu-se rindo depois de tanto tempo em que só dera espaço para lágrimas. Ainda assim, o riso acabou e Ney, diante do silêncio que se instalou na linha, a chamou por duas vezes.

35

Ouviu, depois de uma respiração ofegante misturada com choro:

— O Lucas me deixou. Ele foi embora. Estamos dividindo os bens. Já tem um interessado em comprar o apartamento.

Ney ouviu tudo e procurou confortá-la. Dispôs-se a seguir para São Paulo, mas a moça disse não ser necessário. Ela, ressentida com a separação, disparou:

— Ele foi ingrato. Me deixou assim! Veja, estou péssima! Me colocou no chão com seu desprezo, ignorando meu amor.

— Opa! Ele deixou, colocou... Não, minha querida, é você quem está se deixando ficar, se colocando nessa posição. Desde quando você deu esse poder para ele?

— Tio, ele me deixou. Eu disse o quanto o amava...

Ney sempre ficava tocado quando a sobrinha o chamava de tio. Ela costumava chamá-lo pelo nome e ele não se importava, pois, quando mais novo, achava que ser chamado de "tio" o envelhecia. Bobagem. O mais importante eram a amizade, o carinho e a confiança da sobrinha. Isso fazia muito bem a ele.

— Vamos de novo, Amanda. Acabou. Você tentou, conversou, expôs seu amor, como me contou. Lucas está decidido, então, siga sua vida. Vai ser difícil? Vai, mas não é impossível. Trate de se levantar do chão. Não combina com você essa posição. E tire da cabeça essa história de que ele a deixou, abandonou, trocou...

— Ney, não falei *trocou*. Será que foi isso? Ele me trocou por outra? Não pensei nisso...

— Pare de criar fantasmas! O que quis dizer é que você não pode agir assim.

— Estou me sentindo tão só, abandonada.

— Sua vida não é responsabilidade do outro. Cabe a você fazer dela o melhor. A responsabilidade é sua em fazer bem a você mesma, em buscar a felicidade.

Por fim, Ney ainda contou algumas histórias divertidas de sua vida, que a fizeram sorrir e se esquecer dos problemas. Amanda desligou o telefone aliviada da angústia que sentiu ao acordar e não ver Lucas a seu lado.

Seus pensamentos foram interrompidos quando o telefone tocou, uns quinze minutos depois de falar com Ney. Ela sentiu o coração saltar no peito. Pensou na possibilidade de ser Lucas. Mas era Felipa, que foi logo dizendo:

— Como assim se separou? E nem me conta nada, menina?

Capítulo 4

A empresa em que Matheus trabalhava não andava bem e o mercado já comentava. Os funcionários eram conhecedores das demissões que vinham acontecendo por conta disso. O clima não era dos melhores, muitos profissionais preocupados com a notícia, com exceção de Cássio, que parecia confiante em não sofrer os efeitos negativos daquela crise.

Ocorre que, com o recebimento do relatório mensal por e-mail, Cássio ficou preocupado. E muito. Tudo porque a empresa aplicava o sistema de metas, em que acordava com os funcionários os objetivos a serem cumpridos. E justamente por isso, com aquele e-mail mensal, Cássio constatou que seu relatório não estava bom, registrava três erros. Ele considerava que aquilo certamente seria utilizado para avaliar se o manteriam ou não no quadro de funcionários.

Agitado com a notícia, Cássio empurrou sua cadeira até a mesa de Matheus, que trabalhava sem se preocupar com o relatório, que, aliás, nem sabia que já havia sido divulgado. Apressado, Cássio se apossou do mouse e acessou o e-mail de Matheus. Ficou visivelmente frustrado quando viu o relatório do outro com bom apontamento, sem erros.

— O terceiro relatório sem apontamentos para você! — invejou Cássio.

Matheus ficou tão feliz, comemorando, que nem percebeu o tom e o rosto revoltado de Cássio. O invejoso estava tão chateado que batia na mesa, não conseguindo conter sua angústia.

— Vou pedir revisão. Tenho certeza de que o carinha que fez o levantamento errou. Não é possível.

Foi então que Matheus tomou conhecimento do relatório do amigo e procurou ajudá-lo.

— Vamos ver. Eu posso lhe dar um auxílio. Melhor imprimir o relatório.

Cinco minutos depois estavam os dois debruçados sobre o papel. Matheus, ágil com os teclados, consultava telas e mais telas e depois concluiu o que Cássio já havia percebido, ainda que contrariado:

— É isso mesmo. Teve atrasos. O sistema está registrado — fez uma pausa e, de repente, seu rosto se iluminou com uma solução. — Fique tranquilo. Vou conversar com o chefe. Falo que um dos erros é meu.

— Assume um deles pra você?! Fará isso por mim? Vai reduzir o número. Tenho certeza de que tem gente com mais erros aqui — vibrou Cássio.

— Sim. Isso pode amenizar sua situação. Lembro que no último relatório você não estava bem...

E assim Matheus fez, cumprindo o combinado. Foi à sala do chefe e assumiu um dos erros. Meia hora depois, para alegria de Cássio, recebeu o relatório registrando somente dois erros. Ficou feliz da vida, saltitando de alegria.

Enquanto Matheus trabalhava, feliz por ter ajudado o amigo, Cássio, indiferente ao assunto, fazia planos:

39

"Já estava certo de que falaria com o chefe para ajudá-lo a indicar um nome do departamento. Acho que vou dar mais uma força".

Cássio abriu o e-mail em branco. Olhou para o lado, viu Matheus sorridente ao telefone, observou os outros funcionários, cada um com seus afazeres, e passou um e-mail para o chefe, pedindo uma conversa particular. Ao enviar a mensagem, sentiu suas mãos suadas. Menos de dez minutos depois, recebeu o retorno seco, sem saudações, bem sucinto, numa linha:

"Na minha sala, na hora do almoço. Cinco minutos".

Cássio sorriu ao ver o e-mail e pensou, numa felicidade mórbida: "As prestações do meu carro novo agradecem".

— Meu Deus! Menina, o que será de você agora? Largada! Trinta anos, sem emprego — dramatizava Felipa ao telefone para a filha, que escutava a mãe com o aparelho telefônico preso entre o ombro e a orelha.

— Deixa eu falar. Mãe, não fala assim!

— Como não? O que vai fazer da sua vida? — fez uma pausa quando passou por sua cabeça que a filha podia querer ir morar com ela no interior, por isso disparou: — Nem pense em vir para cá. A casa já está pequena demais para o Bruno e para mim.

— Sua casa é grande! Não que eu tivesse vontade de ir morar com...

— Viu só como já tinha a ideia de vir morar com a gente? Desista. Não tem espaço. Aluguei um quarto.

— Alugou?

— Sim, aluguei! Como posso viver da pensão que seu pai deixou, com a miséria que você deposita pra mim?

40

E agora, o que vai fazer? Como você deixou um homem bonito, charmoso e educado partir?

— Agora entendi... sua preocupação é o dinheiro que recebia. Pois trate de esquecer. Era pouco, como sempre fez questão de frisar, então não fará falta.

— Ingrata!

— Mais alguma coisa, mamãe? Preciso desligar.

Amanda se viu arrependida. Felipa disse algo ininteligível e desligou o telefone. A jovem testou a linha e, ao ver que estava livre, ligou para Ney. Ao ser atendida, foi logo dizendo:

— Tio! Não acredito que já contou pra mamãe...

— Não me disse que sua separação era o terceiro segredo de Fátima! Pra que guardar isso? Poupei você de falar.

— Poupou? Não sabe o tanto que ouvi agora. Não podia se segurar um pouco? Estava pensando em como falar. Você e essa mania de falar tudo de todo mundo.

— Eu tinha que falar. Sou sozinho para falar de todo mundo e veja quanta gente pra falar de mim.

Esse bordão do tio Ney a fez rir. Depois disso, Amanda, ainda tentando controlar as emoções da última conversa, fez um resumo ao tio de sua conversa com Felipa.

— Felipa é egoísta. Isso não é segredo. É minha irmã e tenho liberdade de jogar nela os defeitos que tem. Conselho já dado: siga sua vida. Desde os dezoito anos vem se virando muito bem. Seria uma frustrada ao lado dela.

— Tio!

— Sua mãe é diabólica. Por que acha que ela leva o Bruno no colo e cuida dele, um rapaz naquela idade, como um bebê prematuro? Porque tem medo de ficar só. Tem medo de que ele descubra as asas que tem e voe para bem longe dela — parou de falar e pôde observar o silêncio do outro lado da linha. — Está me ouvindo?

— Sim, Ney, estou. Tem razão.

— Como está esse coração? Vamos elevar esse astral, meu bem. O negócio é o seguinte: Lucas não a quer mais, você já deixou claro o quanto o ama, mas não o terá ao seu lado com o sofrimento que vem demonstrando.

— Você falou em egoísmo e me lembrei dele. Só está pensando nele.

— Lucas está sendo honesto. Você queria que ele estivesse com você por dó? Pare com isso! Deve ser horrível ter alguém ao seu lado pela metade. Era assim que ele estaria ao seu lado se o amor não estivesse mais entre vocês: pela metade. Promete que irá pensar em como seguir sua vida sem ele?

— Vou tentar.

— Vou estar aqui pra lembrá-la de que é capaz.

Logo que a ligação terminou, Amanda apanhou o bilhete que Lucas deixara preso na geladeira. Leu e releu, namorando cada letra escrita naquele papel. Como queria ler ali uma declaração de amor, um convite para uma viagem num fim de semana romântico em Campos do Jordão, que ele um dia lhe fizera. Como queria!

Contudo, a realidade era outra e não conseguia admitir sua vida sem aquele homem. Foi assim, lendo o telefone anotado no bilhete em que Lucas dizia para procurá-lo caso fosse preciso, que ela teve uma ideia. Um sorriso surgiu em seu rosto. Ligou para aquele número e, para sua surpresa, uma mulher, que desconhecia quem pudesse ser, atendeu a ligação. Para aumentar seu sofrimento, a voz parecia ser de uma jovem e, de início, imaginou que Lucas estivesse com um novo amor. A conversa foi iniciada por Amanda:

— Olá, por favor, é da casa do Lucas?

— É da minha casa. Na verdade, o Lucas mora há poucos dias comigo — revelou a moça num tom amistoso. — Ele está no trabalho. Posso ajudar em alguma coisa?

Por conta da crise que a empresa vinha enfrentando, o chefe do departamento em que Matheus e Cássio trabalhavam estava vivendo dias de aflição. Era um sujeito gordo, calvo, de barriga avantajada, e também de bom coração, mesmo que a princípio passasse a impressão de ser uma pessoa controladora, autoritária e ríspida.

Mas essas eram, na verdade, características do seu lado profissional, pois aprendera, numa gestão anterior à sua, que com uma maneira "durona" de trabalhar obtinha o máximo do funcionário.

Quando, na última reunião com o departamento de Recursos Humanos, teve a triste notícia de que teria que indicar uma pessoa do seu departamento, não conseguiu mais dormir bem à noite, pensando em quem sacrificar para salvar as despesas de sua equipe.

Primeiro pensou no tempo de casa, no maior salário, no funcionário de menor produtividade, mas considerou tudo injusto, pelas particularidades de cada um.

O departamento de Recursos Humanos vinha lhe cobrando uma resposta, e ele tomava conhecimento de outras áreas, por meio de amigos, de que o corte vinha sendo radical.

Foi no dia em que havia acabado de pedir mais um prazo para pensar em um nome que recebeu o e-mail de Cássio. Particularmente, ele não simpatizava com seu jeito, pois o achava muito oferecido, mas, por ter sido indicado por Matheus, ele o relevava. Tinha afeição pelo jeito

43

polido, dedicado de Matheus, tanto que colocou seu nome como um dos últimos da lista para ser riscado do departamento.

— Seja breve, rapaz — foi o que Atílio disse ao ver Cássio entrar em sua sala.

Cássio estava todo sorridente, ansioso por aquela conversa. Havia, inclusive, ensaiado diversas vezes em sua mente aquele diálogo e as caras que poderia fazer para convencer o chefe de sua revelação.

Diante de Atílio, o jovem sentiu certo temor. Um frio percorreu suas costas, mas não desistiu. Chegou como se estivesse diante de um amigo, logo se sentando, jogando as costas no encosto da cadeira, abrindo as pernas, tudo isso com um sorriso amplo.

— Rapaz, não está num bar com seus amigos. Peço que mantenha a compostura e seja breve.

Cássio se arrumou na cadeira, mas não perdeu a pose.

— Preciso lhe falar de coisas que vêm acontecendo. Eu, na verdade, não queria falar, mas acho que para o bem da equipe...

— Resuma, por favor.

— Os erros que vêm acontecendo. Acho que tem acompanhado os relatórios de metas.

— Antes de serem divulgados aos funcionários, eles vêm a meu conhecimento.

— Então, o Matheus...

— O que tem ele? — perguntou curioso, já que o tinha como um de seus melhores funcionários.

— Ele tem cometido diversos erros, muitos. Tanto que eu já havia combinado de arcar com alguns deles para aliviar. Assumi alguns dos erros nos meses anteriores. Neste até pedi para ele pegar um de volta — mentiu Cássio.

44

— Isso é muito grave, não pode assumir erros que não são seus. A isso cabe punição.

— Não, veja bem — Cássio sentiu-se diante de um penhasco —, ele me indicou aqui, sou primo da noiva dele. É uma pessoa adorável e está passando por um momento delicado. Peço que não tome nenhuma atitude precipitada. E perdoe-me por tê-lo ajudado, só queria retribuir o que tem feito por mim. Afinal, foi ele quem me arrumou este emprego.

— Sim, vou analisar por esse lado.

— Acho que até veio conversar aqui sobre os erros. Ficou sem jeito quando viu que os três erros dele estavam no meu relatório. Ficou muito envergonhado e pediu para assumir um... — ao observar o sinal positivo do chefe, continuou: — Tem cometido vários erros. Alguns até conseguiu encobrir para não aparecer no relatório. Estou falando para que o senhor tenha paciência, pois está em fase de casamento, tem se irritado muito, se mostrado nervoso...

— Não tenho percebido isso. Esconder os erros é algo que fere o caráter — comentou o chefe, realmente preocupado e crente de que estava diante da verdade ao ouvir Cássio.

— Eu tenho conversado muito com ele. É um cara sensacional, mas não tem separado a vida pessoal da profissional e isso...

Uma coisa que o chefe não admitia, ainda que soubesse como era difícil, era deixar a vida pessoal interferir na profissional.

— Por isso, peço a sua compreensão com ele.

Atílio ouviu somente o fim da frase de Cássio, pois ficara muito pensativo com aquela situação. Impaciente e chocado com a revelação de uma pessoa avessa à que mantinha em sua equipe, Atílio colocou fim à reunião:

45

— Se era isso, está dito. Mais alguma coisa?
— Não, só que compreenda...
— Bom almoço, Cássio.
— Podemos almoçar, se quiser. Eu conheço um lugar...
— Estou sem fome, obrigado. Agora, se me dá licença...

Cássio não ficou desconcertado com o corte. Estava, sim, confiante. Conseguira se passar por bom amigo, alertando o chefe dos erros de Matheus. Dessa forma, tinha grande chance de manter sua vaga.

No elevador, indo almoçar, afrouxou a gravata, pegou o celular e ligou para Maíra, sua prima. Já na rua, dando sequência a seus planos, conversou amigavelmente com a prima e a convidou para um café no fim do expediente. Pediu também segredo para o encontro.

Cássio de repente se sentiu cansado, mas também realizado por estar colocando seus planos em prática. Murmurou enquanto andava pela rua:

— Vou ajudar o gordo do chefe a resolver quem será o demitido do departamento.

O que não sabia era que seus pensamentos e atitudes vinham afastando seu espírito protetor e atraindo os de energia similar à dele, de baixa vibração, de pensamentos e ideias perversas. Os espíritos o cercavam com suas energias pesadas e saltitavam felizes por conseguir comungar com alguém de iguais pensamentos.

Matheus, que tinha por hábito almoçar com Cássio, naquele dia fez a refeição sozinho. Após o almoço, passou no banco e voltou para a empresa. Estava se atualizando pela internet quando Cássio chegou, todo sorridente, como se tivesse achado o bilhete premiado na rua.

— Conseguiu resolver no cartório o seu negócio? — perguntou Matheus quando o viu se sentar a seu lado.

— Cartório?!

— É, você me disse que não almoçaria porque ia ao cartório resolver...

— Sim, sim. Fui lá, deu certo — mentiu o rapaz. Ele mesmo havia se esquecido da mentira que inventara para ficar sozinho na hora do almoço e ter, assim, a oportunidade de falar com o chefe.

— Que bom. Se precisar de alguma coisa, sabe que pode contar comigo.

— Obrigado! — Cássio respondeu, batendo nas costas do amigo. Depois virou para seu computador com ar de vitória no rosto. E pensou: "Não tem ideia de como tudo deu certo. Falei de você para o chefe e em breve você será o salvador do departamento. Tive também uma conversa rápida com Maíra, convidei-a para um café após o expediente e ainda pedi sigilo para aquela tonta".

Pensando nisso, Cássio virou-se para Matheus para perguntar seus planos após o expediente, pois queria ter certeza de que ele não se encontraria com Maíra.

— Depois do expediente... bem... vou correr um pouco.

— Não vai se encontrar com minha prima?

— Hoje não.

O assunto acabou ali. Cada um para seu computador, até o telefone de Matheus tocar. Era Maíra:

— Meu amor, comprei as cortinas do nosso apartamento. São lindas! Na verdade, só as encomendei. A cor da cortina da sala está de acordo com aqueles móveis que vimos na loja do shopping no fim de semana. Lindas!

— Aqueles móveis que falamos em comprar caso ganhássemos na mega?

— Isso mesmo. Estou apaixonada por aqueles móveis, amor. Sonho com eles.

— Já conversamos sobre isso.

— Mas eu quero! — fez uma pausa e voltou falando: — Vou ter que desligar. Estou no corredor do hospital, e a chata da minha supervisora já me olhou feio. Mulher horrível! Não vejo a hora de me livrar desse lugar — falou isso e por pouco não falou do seu compromisso com Cássio, mas lembrou-se a tempo do sigilo pedido pelo primo e se conteve. Finalizou com beijos e juras de amor e não esperou o que o noivo tinha a dizer, desligando o telefone.

— Maíra, qual foi o preço das cortinas? — o telefone já estava mudo e Matheus com o aparelho no ouvido. Sem jeito, Matheus o colocou na base.

Virou para o lado e pôde ver Cássio rindo, pois, pelo que o primo de sua noiva tinha ouvido, a conversa parecia não ter sido muito amistosa.

— Está tudo bem? — perguntou Cássio, fingindo-se curioso.

— Maíra vai me deixar louco. Já expliquei que não temos como gastar tanto assim, falei da situação delicada que estamos vivendo, das minhas despesas, e ela vem gastando muito por conta do casamento. Por mim, seria tudo simples.

— Melhor conversar com ela. É filha única, sempre foi muito mimada, tudo nas mãos. Se não colocar freio, já viu — Cássio falava com vontade de rir, adorava ver a prima fazer aquilo com Matheus.

Cássio se encontraria com Maíra mais tarde e planejava apimentar aquela situação. Pensava no quanto Maíra o ajudaria a tirar Matheus do emprego. Não pensou em outra coisa no decorrer daquela tarde.

Capítulo 5

— Tio, ele tem uma amante! — revelou Amanda.

— Quem? Perdi algum capítulo da novela? — brincou Ney e, percebendo o silêncio do outro lado da linha, quis saber: — Está falando do Lucas? Onde você está? A ligação está péssima. Que história é essa? Resolveu acreditar nisso agora?

— Estou na rua, indo para a casa deles. O Lucas me deixou o telefone de onde está morando. Liguei e quem atendeu disse ser amiga dele. Não acreditei, claro! Não sou burra.

— Está agindo como se fosse, minha querida. Precisa dessa exposição? O que vai fazer na casa do Lucas?

— Já disse, Ney, vou descobrir a verdade. Onde mora e por quem ele me deixou.

— Está ficando neurótica com isso, menina. Cuidado!

— Vou desligar, estou procurando a rua. Estacionei o carro longe do apartamento. Me deseje sorte.

— Juízo! É disso que precisa.

Assim a ligação acabou. Amanda, ansiosa desde a ligação que fizera ao apartamento de Lucas, não teve sossego. Tinha certeza de que Lucas estava envolvido com a moça que atendera o telefone.

Em dez minutos Amanda alcançou a portaria do prédio onde Lucas estava residindo, interfonou, aguardou ser atendida, se anunciou e teve permissão para subir, Nesse momento, seu celular tocou.

Amanda atendeu a ligação enquanto acionava o elevador e aguardava para subir. Sentia o coração acelerado, a boca seca, estava apressada. Do outro lado da linha estava Felipa.

— O que está fazendo aí, menina? Vai fazer um escândalo?

— Mãe?

— Está indo para o apartamento da outra?

— O Ney já te ligou? Esse não perde tempo. Não sei por que ainda confio em contar as coisas pra ele.

— Lucas, um rapaz tão educado, fino, não merece mesmo uma barraqueira como você — interrompeu Felipa num voz estridente.

— Fala como se o Lucas fosse seu filho e não eu!

— Pra que se humilhar, Amanda? Chega! — aconselhou Felipa, ignorando o comentário da filha. — Vai pra sua casa, cuidar da sua vida. Não soube fazer por onde segurá-lo, agora é tarde. Perdeu as mordomias, casa, comida, mesada...

— Não sou acomodada, não — Amanda se defendeu enquanto entrava no elevador, indiferente a duas mulheres que ali estavam e que já observavam sua conversa. — Fala como se eu passasse a minha vida em uma cama vendo televisão, esperando cair tudo do céu. Só para recordar, compramos juntos o apartamento. Mais da metade que faltava foi quitada com a indenização do meu último emprego.

— Você tinha me falado que não tinha recebido nada da rescisão! Está mentindo pra sua mãe agora?

— Menti, sim, porque te conheço bem e se soubesse do dinheiro que eu tinha recebido inventaria algo para pegá-lo.

— Assim você me ofende.

— Mãe, o elevador chegou ao andar. Depois nos falamos.

— Amanda, não vai fazer nenhuma besteira. Se for presa, não tenho dinheiro pra te tirar da cadeia, já fica o aviso. Já pensou se a nossa família de Ribeirão sabe disso? Meu Deus! Que vergonha. Imagina a manchete: "Filha se separa e ainda comete crime!" — fantasiava Felipa, bem dramática.

— Não se preocupe, os parentes descobrirão antes das manchetes dos jornais. Tio Ney se encarregará de contar com detalhes para a família de Ribeirão — ironizou Amanda, que estava tão ansiosa que nem esperou o que Felipa tinha a dizer, ouviu o barulho do isqueiro, supôs que a mãe estivesse acendendo o cigarro e desligou o aparelho, jogando-o na bolsa.

A porta do elevador se abriu, e Amanda saiu dele, respirando fundo. Sentia as pernas trêmulas. Nunca imaginara em sua vida que um dia teria de ir à casa de Lucas com outra mulher. Isso a fez sentir as lágrimas invadirem os olhos.

Quando a porta do elevador se fechou, as duas mulheres se olharam, indignadas, e não deixaram de comentar:

— Viu isso? Parece que era conversa de mãe e filha.

— Que falta de respeito!

51

Lirian tinha quarenta anos, era solteira, vivia com a mãe idosa. Nunca tivera um relacionamento sério, pois sempre colocara os cuidados com a mãe em primeiro lugar. Trabalhava como secretária na mesma empresa que Cristiane, Márcio e Lucas.

Por esse último, tinha muita consideração, pois já haviam trabalhado juntos em outra empresa, e Lucas chegara a lhe emprestar dinheiro e o ombro em momentos difíceis da vida dela. Por conta disso, a moça convenceu a mãe a hospedar Lucas em sua casa, num terceiro quarto do apartamento antigo e amplo.

A mãe de Lirian já o conhecia de uma das festas da empresa em que fora permitida a entrada de familiares. Foi em uma tarde de verão, e o encontro amistoso durou apenas poucas horas. A mãe da secretária se afeiçoou ao rapaz, tanto que lamentou quando soube de sua separação.

— Eu sou a esposa, melhor, ex-esposa do Lucas — apresentou-se Amanda, escolhendo as palavras, já que não aceitava aquela condição.

Lirian, muito surpresa, atendia a esposa de Lucas. Ela também conhecera Amanda numa festa da empresa, mas não tinha recordação de sua fisionomia.

— Claro, lembro-me de você, acho que a vi numa festa — falou Lirian, procurando demonstrar simpatia.

Uma hora antes, quando Amanda ligou para o apartamento de Lirian, a conversa não se estendeu muito. Amanda pediu o endereço dela, dizendo que levaria uns papéis assinados para Lucas.

A moça, na verdade, mentiu, pois queria mesmo era se certificar de que Lirian não era amante de seu ex-marido, queria saber onde estava morando, já que não acreditava que entre os dois havia apenas amizade.

— Muito obrigada. Ainda hoje passarei por aí — tornou Amanda por telefone, no primeiro contato. — Caso não se importe...

— Pode vir. Estou curtindo os últimos dias de férias, estou em casa.

Agora Amanda estava ali, diante de Lirian, se apresentando. E o prédio em que Lucas estava morando com ela ficava mais próximo de sua casa do que imaginava.

Ela tinha estacionado o carro longe, mas a distância lhe deu o tempo necessário para conversar com Ney e se estressar com Felipa. Tudo por telefone. Diante da porta do apartamento de Lucas, Amanda sentiu um misto de decepção e tristeza. Sentiu um vazio tão grande no peito que pensou em desistir, mas não o fez.

Lirian, assim como ao telefone, foi muito simpática, ofereceu-lhe chá e depois, vendo a ansiedade de Amanda, que não disfarçava os olhos correndo pelo apartamento, a levou para o quarto onde Lucas estava hospedado. Foi nesse momento que ele chegou em casa.

Lucas não acreditou ao vê-la ali. Trocou olhares com Lirian, que o conhecia o suficiente para notar que não acertara em dar o endereço a Amanda. Inventou uma desculpa e saiu do quarto, deixando os dois sozinhos.

— O que veio fazer aqui, Amanda?

— Precisava saber onde estava vivendo, com quem...

— Isso não tem importância para sua vida. Estamos separados, esqueceu?

— Eu te amo, Lucas.

— De novo não. Já conversamos sobre isso e estou cansado demais para repetir o que nem eu consigo mais.

Ela o abraçou com lágrimas nos olhos, expôs novamente seu sentimento sem medo de estar sendo cansativa, piegas, exaustiva. Era uma mulher apaixonada,

53

querendo recuperar o seu amor. Era assim que pensava a respeito do seu comportamento.

Lucas desfez-se do abraço com dificuldade, pois ela insistia, tanto que ele, irritado, a empurrou. A jovem desequilibrou-se e caiu na cama, foi quando sentiu algo em suas costas. Ela passou a mão e viu o passaporte de Lucas, novinho em folha, pronto para ele viajar.

— Você não me contou que tirou seu passaporte — falou enquanto folheava apressada cada uma das páginas, lendo-as de forma dinâmica.

Lucas tentou recuperar o documento das mãos da moça, que conseguia desviar-se dele, enquanto circulava pelo quarto. Ela começou a correr pelo cômodo e Lucas fazia o mesmo para tirar o passaporte das mãos dela.

Do lado de fora, Lirian e a mãe assustaram-se com a briga que se formava no quarto. A mãe da moça pensou em entrar, mas Lirian não permitiu e a puxou para a sala.

No interior do quarto, Amanda se mostrava traída. Sabia da intenção de Lucas, mas considerava que era só da boca para fora, que ele não deixaria o Brasil. No entanto, ao ver o passaporte, o visto, ela percebeu que ele realmente deixaria o país, assim como a deixaria para trás também. De vez.

— Você não vai viajar, Lucas. Não vou deixar que isso aconteça — disse isso rasgando o passaporte do rapaz, sem dó nem preocupação com a reação de Lucas.

— O que você está fazendo? — questionou, enquanto tentava recuperar algo das mãos de Amanda e do chão — Sua louca! Chega, não quero mais você na minha vida, não quero nem me lembrar de que um dia fez parte da minha história.

Falou isso indiferente às lágrimas de Amanda, dos pedidos de desculpa, das mãos trêmulas. Ele a pegou pelo braço e saiu arrastando-a pelo apartamento. Tal atitude deixou Lirian e sua mãe novamente assustadas.

No hall, Lucas, ainda segurando firme no braço de Amanda, chamou o elevador e, quando ele chegou, a colocou no seu interior e apertou o botão do térreo.

Antes de a porta se fechar, vendo Amanda desajeitada, escorregando pela parede do elevador, em lágrimas, finalizou:

— Me esquece, pelo amor de Deus. Não me procure mais. A partir de agora, vamos nos falar somente por meio de advogados.

A porta do elevador se fechou. Ao chegar ao térreo, Amanda saiu cambaleando, colocou os óculos escuros sem olhar para os lados. Caminhou até seu carro e, ao manobrar, deu marcha a ré de forma brusca. Só percebeu o estrondo, que a fez frear rapidamente.

Olhou pelo retrovisor e viu alguém se levantando, apoiando-se no veículo. Tirou os óculos para ver melhor, mas não conseguiu, por isso saiu do carro brava, pronta para xingar, mas parou ao ver um rapaz de shorts, camiseta, tênis e fones no ouvido se esforçando para se levantar.

— Sua maluca, não me viu?

— O que estava fazendo atrás do meu carro? — falou isso, mas logo se arrependeu, respirou fundo e foi ajudá-lo a se levantar. — Desculpe-me, estou nervosa. Você se machucou?

— Não, estou bem. Foi só o susto mesmo.

— Melhor ir ao médico...

— Estou bem — disse o jovem se colocando de pé.

Amanda já estava convencida de que ele estava bem, tanto que não insistiu nem o rapaz fez questão de dar ouvidos a ela. Ao vê-lo sair, Amanda desceu os óculos escuros que estavam no alto da cabeça, olhou para o chão e viu que o rapaz deixara a carteira cair no incidente.

Ela apanhou a carteira, tentou chamá-lo, mas em poucos segundos o perdera de vista. Por isso abriu a carteira, viu a identidade do rapaz e falou baixinho ao apreciar a foto:

— Que bonito esse rapaz. Matheus Cortez.

Como não houve aula na faculdade naquele dia, Cristiane, ao sair do trabalho, pensou em passar em algumas lojas para adiar a volta para casa, mas estava sem dinheiro e cansada demais para andar sem rumo pelas ruas.

Estava tão esgotada que resolveu ir direto para casa, de trem. Na plataforma, ela se surpreendeu com a quantidade de gente que se aglomerava por ali. Além de ser horário de pico, os alto-falantes anunciavam o motivo da situação:

— Devido às chuvas, os trens tiveram a velocidade reduzida e maior tempo de parada nas estações.

Como os demais usuários, Cristiane bufava de raiva com a situação. Planejava chegar em casa, tomar um banho e dispensar o jantar, a comida deliciosa de Alice, só para não ter o desprazer de ver Márcio.

Tinha também em seus planos falar com sua filha por meio da internet. Só conseguia fazer isso quando a avó paterna de sua filha, que tinha a guarda da menina, permitia.

Agora, com o trem atrasado, já não sabia calcular o que poderia cumprir de seus planos. Quando o trem se aproximou da plataforma, fez-se um tumulto ainda maior.

Uma gritaria, um empurra-empurra, falatório, alguns rindo como se estivessem felizes com a situação.

Antes mesmo de o trem parar para o embarque dos passageiros, alguns, apressados, já grudavam nas portas ainda fechadas, com os braços abertos e presos a elas para se segurar, e faziam isso para garantir um lugar nos assentos.

Cristiane estava cansada, precisando de um lugar, mas não se sujeitava àquela situação, tanto que se afastou do tumulto que se formou diante de seus olhos. Quando viu amenizar o empurra-empurra, resolveu entrar. Não diferente das outras vezes, ela praticamente foi levada para dentro do vagão. Conseguiu um lugar próximo a uma das barras verticais de apoio, onde se segurou.

De onde estava, avistou, a pouco mais de um metro, Lucimar, a senhora da copa, responsável pelo café que era servido na empresa. Apenas acenou para a mulher, pois, embora fosse pequena a distância que as separava, eram muitas as pessoas que estavam entre elas.

É verdade também que Lucimar não era de muita conversa. Sempre séria, olhar triste, semblante preocupado, pouco se sabia de sua vida. Ainda assim, Lucimar demonstrava gostar de Cristiane, e por isso ainda surgiam assuntos além dos cumprimentos, o que a copeira não costumava fazer com todos.

Foi o tempo de Cristiane olhar para trás para reclamar com um senhor que tinha uma caixa pressionando sua perna e, ao voltar a olhar para Lucimar, a viu dormindo em pé. Ficou por alguns minutos analisando o rosto sofrido daquela senhora e sentiu uma tristeza sem fim. Por fim, pôs os fones em seus ouvidos e fixou os olhos na janela para ver o movimento do lado de fora. Sentiu-se observada, então olhou rapidamente para ver quem a olhava.

Era um jovem bonito, olhos claros, sorridente apesar das reclamações a sua volta, parecia alheio àquilo tudo. Cristiane pôde observar que o sorriso dele era para ela. Sem jeito, visto que não o conhecia, ela não correspondeu ao gesto, e ele voltou a apreciar a janela. Mas ela não conseguiu tirá-lo de sua cabeça.

Depois de alguns minutos olhando pela janela, e ainda pensando no rapaz, Cristiane voltou-se para o lado onde estava o jovem, mas ele não estava mais lá. Ela, como se estivesse inconformada por ter perdido o rapaz de vista, o procurou pelo vagão, até onde o movimento de seu corpo era permitido naquele aperto. Logo o trem parou na próxima estação, alguns passageiros desceram e Cristiane não o viu mais.

Quando o trem se movimentou, Cristiane fechou os olhos e procurou se concentrar na música que ouvia, mas a imagem do jovem veio à sua lembrança ainda mais forte. Ela abriu os olhos e mais uma vez o procurou entre as pessoas, mas não o viu. Por fim, riu, achando um absurdo se prender em alguém que a olhara por poucos segundos dentro de um trem lotado.

Foi em determinada estação que Cristiane viu Lucimar descer. Ao passar por ela, a senhora a cumprimentou com um sorriso e Cristiane correspondeu, passando a mão, carinhosamente, em suas costas, desejando-lhe um bom descanso.

Cristiane aproveitou que o trem ficara mais vazio e se acomodou perto da porta, já que desembarcaria na estação seguinte. Por conta do problema de tráfego, o trem ficou parado mais que o tempo habitual na plataforma.

De onde estava, a jovem pôde observar Lucimar com passos lentos, arrastando a sacola pela estação. Viu ainda, para sua surpresa, o mesmo jovem que sorrira para ela ao lado de Lucimar. As portas do trem se fecharam e a composição começou a se movimentar. Cristiane continuou a segui-los pelo vidro embaçado da porta.

Lucimar caminhava com a cabeça baixa, e o jovem a seu lado. De repente, para contentamento e certeza de Cristiane, o rapaz virou-se para o trem e sorriu para ela.

Mesmo distante, Cristiane percebeu ser para ela. Aquilo fez o coração da moça disparar. No entanto, o trem tomou velocidade e ela os perdeu de vista.

Capítulo 6

A mãe de Lirian não escondeu sua decepção com relação a Lucas. Considerava o rapaz simpático, educado, bonito, mas o jovem perdeu uns pontos em seu conceito ao brigar com Amanda, sua ex-mulher.

— Lirian, converse com seu amigo. Peça a ele que deixe nossa casa. Na minha idade preciso de paz. Não gosto de escândalos — decretou a mulher miúda, de voz forte, autoritária como sempre fora na vida.

— Mãe, sempre gostou do Lucas. Não posso colocar meu amigo pra fora assim, por conta de um desentendimento que teve com a ex-mulher.

— Foi o bastante. Nunca fui de esperar que algo mais acontecesse para tomar atitude na vida. Agora também não tenho idade para isso. Quando me convenceu a deixá-lo ocupar o quarto, me disse que seria um favor a um amigo até arrumar um lugar para ficar. Pelo tempo, penso que já conseguiu arrumar um local para se instalar e nos deixar em paz. Até porque não paga nada pelo quarto. Sim, sei que tem nos ajudado nas despesas com a alimentação...

— Justamente, e, se observar, ele nem faz as refeições em casa. Mal toma café da manhã. Chega tarde e vai direto para o quarto — argumentou Lirian, ansiosa para convencer a mãe a deixá-lo no apartamento.

A velha fechou a cara e nada respondeu. Lucas entrou nesse momento. Estava nervoso o bastante para não perceber o clima que havia na sala, pois o curto diálogo acontecera enquanto ele praticamente arrastava Amanda para o hall e a colocava dentro do elevador.

— Desculpem-me, por favor — pediu Lucas, muito envergonhado, para Lirian e sua mãe. — Amanda é uma descontrolada.

— Não só ela, meu jovem — falou a mãe de Lirian, nitidamente incomodada com a situação.

— Estou muito envergonhado — ele se virou para Lirian, que olhava para ele querendo oferecer-lhe um abraço, seu apoio, mas sentiu-se intimidada com a presença da mãe e ficou estática, ouvindo-o sem saber o que responder. — Ela rasgou meu passaporte. Já tinha comprado minha passagem para Londres. Seria semana que vem.

— Meu Deus! — balbuciou Lirian. — Ela é louca! Se soubesse, não teria dado o endereço daqui.

— Ela rasgou meu sonho, mas agora tive a certeza de que estou fazendo o certo na vida ao deixá-la. Que mulher egoísta!

Naquele momento, a mãe de Lirian sentiu-se arrependida com as recomendações feitas à filha. Minutos antes ia dizer alguma coisa a Lucas, mas o rapaz revelou algo que a deixou confusa.

— Peço a vocês mais um tempo, um pouco de paciência, que em breve vou sair daqui. Não aluguei um apartamento porque tinha planos de viajar para fora do país, ou melhor, ainda tenho. Meu apartamento está à

61

venda, quase negócio fechado, então logo deixarei vocês em paz. Prometo pagar muito mais do que as despesas com que me comprometi. Aumento o valor do aluguel, se for necessário. Mas, por favor, deixem-me ficar mais um pouco.

— Não se preocupe, meu amigo — cortou rapidamente Lirian.

— Obrigado pelo apoio — foi o que Lucas disse ao sair da sala e dirigir-se a seu quarto.

— Mãe, viu como ele ficou abalado? Não tenho como despejá-lo. É meu amigo...

— Aluguel? — foi o que a mãe de Lirian perguntou, não se atendo à pergunta da filha.

A palavra a pegou de surpresa: Lucas estava pagando aluguel? Pois até então ela o tinha em seu apartamento como hóspede.

— Não me disse que ele vinha pagando aluguel pelo quarto, Lirian. O que mais eu não sei dessa história? Não me esconda nada.

— Vou ver minha menina, Ney. Sozinha naquela cidade de loucos!...

Foi o que Felipa disse ao irmão, pelo telefone. Ela fizera a ligação bem na hora sagrada para Ney, quando saboreava seu chá assistindo a seu programa favorito. A mulher sabia disso e parecia fazer de propósito.

— Faça isso, se é o que seu coração pede. Vá ver como está Amanda.

— Mas vou deixar o Bruno? Não posso levá-lo comigo e deixar a casa sozinha. Tenho um inquilino dentro de casa.

— Então fica com o Bruno e o seu inquilino — falou na sequência, disfarçando sua impaciência, já que estava atento ao programa de tevê à sua frente.

— Assim você não me ajuda!

— É impressão minha ou você quer que eu resolva seu impasse? Sua vida é de quem, Felipa?

— Precisava ouvir seu conselho.

— Eu lhe respondo o que a frase já diz: a vida é sua. Cabe a você as decisões a serem tomadas, os caminhos que vai percorrer. Não queira que ninguém faça isso por você, pois as consequências de suas escolhas serão somente suas. Tome as rédeas de sua vida, para seu bem.

— Não sei por que te liguei...

Ney foi paciente. Respirou fundo:

— Falou que não pode levar o Bruno com você para não deixar a casa sozinha, então, deixe-o cuidando da casa!

— Meu Bruno?! Ele é uma criança.

— Você o vê assim, mas ele é um homem já. Não sei se você se deu conta, ele tem idade o bastante para cuidar de si, um metro e oitenta de altura, é forte e, graças a Deus, é muito saudável. Até quando vai tratá-lo como uma criança dependente de seus cuidados?

— Ele não gosta de chegar perto do fogão.

— Mais essa agora. A culpa é sua, que está deixando esse menino com medo da vida. E sei por que está fazendo isso... para não perdê-lo, pois quanto mais dependente e amedrontado com as situações da vida ele estiver, mais ficará escondido debaixo de sua saia. Tome cuidado, Felipa. Está formando uma vida, preste atenção no que está fazendo. Você tem um homem dentro de casa, não uma criança.

O telefone ficou mudo. Ney ainda chamou pela irmã, mas percebeu que ela tinha desligado na sua cara. Ele,

63

lentamente, com sorriso no rosto, colocou o aparelho na mesa que tinha ao lado do sofá e falou sozinho:

— Essa minha irmã sempre tão educada, fina. Ainda assim gosto de você, apesar de tudo. Boa noite pra você também, meu bem.

Lirian sentiu o sangue sumir do rosto. Desde menina, quando se entendeu por gente, tinha medo dos questionamentos da mãe, que sempre fora uma mulher autoritária e que a educara de forma rígida, com palavras severas.

— Por que não me contou que estava alugando o quarto? Fez segredo disso pra mim?

— Porque achei que não se interessaria em saber disso. Tem sua aposentadoria, o benefício que o papai deixou...

— Ainda estou viva e o apartamento continua sendo meu — disse convicta, com o olhar vibrante, cabeça erguida, o que a fazia ficar com dois metros diante da filha.

Os anos não tiraram a beleza que tivera outrora, os cabelos pintados de louro estavam sempre presos num coque no alto da cabeça. Adorava se vestir bem, ainda que para ficar dentro de casa, as unhas e os cabelos estavam sempre bem cuidados. Na mão esquerda usava duas alianças, a sua e a do marido. Essas eram as únicas joias que carregava no corpo.

— Não falei nada para não preocupá-la. Não cobraria nada de Lucas, mas ele, como meu amigo, sabia das minhas dívidas, então propôs me ajudar, pagando um aluguel.

— Dívida?! Que dívida contraiu e não me disse?

— Porque a dívida é minha, mãe. Não diz respeito à senhora. Não quis envolvê-la justamente para que não se preocupasse.

— Não entendo o que faz com o seu dinheiro. É solteira, não paga aluguel, tem seu salário e sempre diz estar endividada. Não compreendo essa situação, minha filha — disse a mulher com os braços cruzados abaixo dos peitos miúdos e murchos, mas mantendo sua altivez. — Já até emprestei dinheiro para você...

— E te paguei! — atravessou ríspida. Depois de um breve silêncio, revelou: — Manter-me arrumada, maquiada, perfumada, requer dinheiro. Os sapatos estão caros!

— Para ficar em casa? Acho investimento inútil para pegar metrô e ir trabalhar...

— Não sei por que gosta de fazer isso comigo, também gosta de tudo isso e faz para ficar em casa!

— Porque na sua idade eu já estava casada com um ignorante que me queria feia ao lado dele. Era assim que ele me queria: feia, porque era a ideia que tinha da mãe de seus filhos. Quando morreu, tive a liberdade de recuperar o tempo perdido e cuidar de mim. Que boba eu fui, deveria ter feito isso sempre. Agora, você é jovem, acho um desperdício se arrumar só para trabalhar. E, sendo para isso, deve começar a pensar até onde é preciso gastar tanto com o supérfluo. Tem que pensar no seu futuro!

— Com quarenta, mãe? Sou velha — se lamentou.

— A vida começa aos quarenta, já ouviu isso? Depois, minha querida, o principal: está viva! Enquanto se está viva, há esperança... — a mulher se mostrou cansada. Recordar seu passado a deixou triste, por isso quis pôr fim àquela conversa: — Pense no que está fazendo com sua vida, com seu dinheiro. Sou experiente o bastante para não acreditar no que me disse.

— Mãe, não estou mentindo.

65

— Sei que está me poupando, isso me assusta. Cuidado!... Vou me deitar um pouco.

No fundo, a mãe de Lirian via a filha solitária, porque não se casara, não tivera filhos, e ela, como mãe, temia pelo seu futuro.

Lirian não tinha muitos amigos, o telefone pouco tocava, não saía aos fins de semana. Vez ou outra, na semana, chegava mais tarde, isso quando ia ao cinema, e sozinha. Agora a mãe começava a perceber o dinheiro que a filha recebia se esvair e não sabia onde. Aquilo a deixava preocupada e sem ideia do que estava acontecendo.

Maíra entrou no bar recomendado por Cássio, seu primo, dez minutos antes do combinado. Chegou esbaforida, com sacolas cheias de coisas que comprara para seu apartamento novo. Era autoritária e arrogante, o que fazia a moça passar de bonita a antipática em segundos. Logo na porta do estabelecimento, foi pedindo ao garçom, antes de se sentar, uma garrafa de água.

— Rápido e gelada, está muito quente esta cidade.

Sentou-se à mesa que achou melhor, ignorando a orientação do garçom para outra mesa, assim como também não deu ouvidos à advertência de que a mesa que escolhera estava reservada. Ali ficou depois de acomodar as sacolas numa das cadeiras e apanhou o celular, passando mensagens com fotos do que havia comprado para conhecimento do noivo.

— Senhora, a mesa está reservada.

— Senhorita — disse sem tirar os olhos do celular. E fez isso levantando o dedo anular da mão direita, exibindo a aliança dourada.

Depois, tirou os olhos rapidamente do celular, jogou o aparelho sobre a mesa e apanhou o cardápio. Leu, ficou em dúvida sobre qual porção pedir. Optou pela mais cara, já que a conta ficaria a cargo de Cássio, que a convidara:

— Me vê essa, por favor.

— Então, poderia ficar naquela mesa... — insistiu o garçom.

— E minha água, cadê? — vendo que o garçom insistiria com o assunto da troca de mesa, Maíra, com toda sua empáfia, falou alto: — Deixe eu falar com seu gerente. Melhor reclamar logo de você, por causa de seu péssimo atendimento.

O garçom, que era novo no estabelecimento, olhou sem jeito para o gerente, que fez um sinal para que se afastasse da mesa. Assim ele fez, com a orientação para deixá-la em paz e direcionar a reserva para outra mesa.

— Desculpe-me pelo atraso. Tive que resolver uns negócios antes... — Cássio foi logo dizendo ao sentar--se à mesa em que Maíra estava.

— O que tem de tão importante para falar em segredo comigo? — questionou direto, impaciente.

— Estou bem, obrigado — ironizou Cássio por causa da péssima recepção. — Minha mãe mandou beijo para você quando soube que nos encontraríamos.

— Vi a titia ontem. Não é tempo para sentir tanta saudade assim. Diz de uma vez.

— Não gosta de mim mesmo.

— Não me dá motivos para gostar.

— Pensei que quando arrumou meu emprego com seu noivo...

— Fiz pela titia, que não parava de me ligar para relatar sua tristeza. Eu acho que ela chorava com medo de você voltar a morar com ela, já que estava sem dinheiro

67

para pagar o aluguel. Ter você encostado na casa dela não seria bom. Fiquei com pena da titia. Por isso fiz esse favorzinho.

Cássio riu, porém, se pudesse traduzir aquele gesto, diria o quanto odiava a prima. Em sua memória voltou rapidamente cenas da infância, das reuniões na casa dos avós, quando Maíra, já mimada e vestida como uma princesa, chegava aos eventos arrastando sempre a maior boneca que tinha para se exibir aos primos, passando a clara mensagem de que ela podia ter os brinquedos que quisesse.

Como odiava a prima! E aquilo lhe dava forças para seguir com seus planos. Ao tirar Matheus da empresa, mataria dois coelhos com uma cajadada só.

— Matheus foi promovido e teve um bom aumento de salário.

Tal anúncio fez brilhar os olhos de Maíra, pois isso significava que poderia comprar os móveis que desejava e também se livrar do emprego de enfermeira no hospital. Todos os dias, quando se via naquele uniforme, constatava que não nascera para aquele ofício.

— Ele não me disse nada.

— Então, por isso estou te contando e peço que seja mantido o segredo. Achei melhor lhe contar pessoalmente.

— O Matheus até me contou que a empresa não está bem, tem havido demissões — parou de falar e olhou desconfiada para o primo. Foi certeira: — Por que está me contando isso? Não estou entendendo.

— Porque antes de ele ser meu amigo no trabalho, você é minha prima — justificou rapidamente. — Embora você tenha declarado não gostar de mim, acredite que, ao conseguir meu emprego, eu me tornei seus olhos naquela empresa.

A moça se sentiu inflada de contentamento e importante também. Com poucas palavras, Cássio a convenceu de que era seu aliado. Ela até se sentiu arrependida de ter dito aquelas palavras iniciais e também de chamá-lo de Sapo. Poderia até dar-lhe uma trégua, mas não deixaria de chamá-lo de Sapo. Ela sorriu ao pensar nisso.

— Matheus fica muito feliz quando você liga e conta as novidades, as compras que tem feito...

— Ele parece ficar nervoso, se bem que eu o dobro, claro.

— Não, ele fica feliz, sempre comenta comigo depois que desliga. Ele não para de me dizer que você tem bom gosto, que está fazendo uma ótima decoração no apartamento. Ele gosta de ser surpreendido — mentiu Cássio, feliz ao ver o contentamento da moça.

Depois disso, ganhou a prima. Conversou mais alguns minutos, beliscou os petiscos que Maíra escolhera. De repente, ele se levantou, deu um beijo no rosto da prima e partiu, pedindo, obviamente, segredo sobre aquela conversa. Fez isso satisfeito e certo de que plantara naquele momento a semente que germinaria o fim da paz de Matheus.

A moça estava tão feliz que nem se lembrou da conta que deixaria para o primo pagar. Saber que Matheus estava bem financeiramente tornou sua noite ainda melhor. Tanto que pediu a conta. Constava lá, além da água, a porção e a bebida de Cássio, o que resultou numa conta alta.

Maíra deu de ombros, entregou o cartão de crédito que dividia com Matheus. Pensou que o noivo, agora bem de grana, poderia pagar aquela conta sem pestanejar, pela informação dada por Cássio.

Capítulo 7

Cristiane chegou em casa pensando no rapaz do trem. Nunca tinha ficado tão impressionada com alguém. Atribuiu isso a não ter retribuído o sorriso ao moço. Acabou rindo da situação, achando-se ridícula com tudo aquilo, pela importância que estava dando ao que acontecera.

Já no quintal da casa, a voz de Márcio ao telefone a fez parar atrás da porta. Ele falava com Lirian, e Cristiane só pôde ouvir o fim da conversa.

— Sei disso, Lirian. Não, não posso. Alice está no banho agora, a gente se fala depois. Não!

Desligou o telefone e, da forma que o fez, Cristiane percebeu que estava bravo. Ela não perdeu a oportunidade, entrou na cozinha, onde ele estava, já questionando sobre a ligação:

— Sim, estava falando com a Lirian — afirmou Márcio.

— Você ligou pra ela?

— Não, ela me ligou — fez uma pausa e sorriu da forma mais cínica possível. — Queria saber como estão as coisas na empresa. Está voltando de férias...

— Acho que seria melhor contar tudo de uma vez para Alice. Ela merece a verdade.

— E quem vai contar? Você? Já imaginou que tal revelação pode destruir a amizade de vocês?

— Ela é minha irmã.

— Sou marido dela. O amor da vida dela — afirmou ele, rindo. — Em quem acreditaria? — desafiou, com sorriso maldoso.

Foi nesse momento que os dois ouviram a voz de Alice, saindo do banho, vindo do quarto pelo corredor. Estava linda, cabelos molhados, um rosto bonito, natural.

— Já chegaram? Minha irmã em casa cedo? Que coisa boa! Vou preparar um jantar especial para a gente. Merecemos.

— Isso mesmo, meu amor — falou Márcio.

— Vou preparar seu prato favorito, amor da minha vida — emendou Alice, indo para a pia, sem notar a troca de olhares entre Cristiane e Márcio. Ele, sorrindo, piscou o olho para a cunhada, que o fuzilava com o olhar.

— Ótima ideia. Vou pedir para a Cristiane ir ao mercado para a gente, comprar uns refrigerantes. Você pode, cunhada? — pediu, dando dinheiro para a moça, que aceitou contrariada, ainda perplexa com a atitude de Márcio.

— Claro, eu vou. Estou precisando andar um pouco.

Alice sorriu, feliz com a aparente harmonia da casa. Passou pelo marido, beijou-o levemente nos lábios, deu também um beijo no rosto da irmã e sumiu pelo corredor no sentido do quarto.

— Tenho nojo de você. Como me arrependo de tudo — revelou Cristiane quando se viu sozinha com o cunhado.

— Está perdendo seu tempo. Vai logo. Some da minha frente, menina.

— Monstro!

— Eu também te adoro. Traga umas cervejas também, está muito quente hoje.

Márcio ficou olhando a cunhada sair e pegou o celular. Olhou o visor e teve o cuidado de apagar as ligações de Lirian, bem como as mensagens. Fez isso, sorriu e guardou o aparelho no bolso.

— Cadê a Cris? Já saiu? — perguntou Alice ao voltar para a cozinha. — la pedir para ela trazer fermento. Mas deixa, depois vou buscar.

— Ela já foi. Pedi para ela trazer umas cervejas.

— Você não fez isso! — repreendeu Alice. — Sabe que minha irmã...

— Relaxa, faz tanto tempo já — confortou Márcio, abraçando Alice.

Ela, com o rosto colado ao peito do marido, estava preocupada com a irmã, pois sabia do fraco que Cristiane tinha por bebidas, apesar de fazer tempo que se distanciara do álcool. Márcio, por sua vez, sorria, torcendo pela recaída da cunhada.

No mercado, Cristiane colocou dentro da cesta os refrigerantes, as cervejas e também dois litros de uísque. Sentiu um calor repentino ao tocar nas latas de cerveja. Fazia tempo que não bebia, tocava ou mesmo se recordava da experiência que tinha quando bebia. Pegar naquelas latas foi como se transportar ao passado.

No início, as tardes de calor eram refrescadas com as bebidas, depois passou a beber ainda mais e sem data comemorativa, sem que estivesse calor, sem um motivo, nada. Era o refúgio de seus problemas, assim pensava.

Mesmo no inverno, à noite, ingeria a bebida com a desculpa de que esquentava o corpo. Ou ainda dava crédito ao fundamento de que a bebida aumentava o prazer sexual. Ela, jovem, embalada pelo amor, se entregava à bebida sem limite. E isso resultou numa mudança radical em sua vida.

Cristiane pensava naquilo tudo quando chegou à fila do caixa. Sentia o suor escorrer pelas costas, o corpo quente ao reviver toda aquela fase de sua vida. Ao colocar as bebidas na esteira, suas mãos tremiam. Só ouvia a voz e se lembrava do rosto de Márcio: "Sou o amor da vida dela... não vai acreditar em você...".

Apressada, ela deixou os refrigerantes de lado e passou no caixa somente as latas de cerveja e o uísque. Fez isso muito rápido, quase saindo sem pagar. Tirou do bolso as notas amassadas e deu-as ao caixa, sem esperar o troco. O rapaz do pacote teve de correr atrás dela para lhe entregar o troco. Ela agradeceu sem olhar para o rapaz e saiu para a rua, visivelmente desnorteada.

Numa rua não muito distante do mercado, quase deserta pelo horário, a moça se sentou no banco de um ponto de táxi desativado e abriu uma lata. O simples som ao abri-la a fez se sentir bem, e Cristiane tomou o líquido como se fosse água, rapidamente. Há quanto tempo não fazia isso! E aquela prática fora constante, pois a anestesiava e a distanciava da realidade. Era o que ela precisava naquele momento: uma anestesia para fugir da realidade.

Depois da primeira, as outras latas foram ingeridas sem perceber. As pessoas passavam por ela e a olhavam horrorizadas. Algumas ficavam admiradas por ela ser tão jovem, bem-vestida, e entregue à bebida daquela forma.

Por conta do tempo de abstinência, o corpo de Cristiane aderiu muito rápido ao álcool, por isso logo ficou bêbada. A bebida tinha o poder de transformá-la, tornando-a uma mulher mais alegre, sorridente, falante, por isso oferecia bebida aos que passavam pela calçada. Ria a todo momento.

Quando tentou se levantar, desequilibrou-se e caiu. À sua volta estavam várias latas de cerveja, um litro de uísque vazio e outro pela metade. Estava quase adormecida, a noite tomava conta do cenário. Não fazia ideia de quanto tempo estava fora de casa.

Estava assim, meio sonolenta, debruçada no banco que um dia fora ponto de espera de táxi, quando sentiu alguém chutar seu pé e abriu os olhos. Era Márcio, rindo, registrando tudo no celular.

— Pare com isso, Márcio. Pare...

— Isso, faz assim mesmo. Fala mais, sua bêbada!

A moça tentou se levantar, mas não conseguiu. Márcio riu, e ela, finalmente, com dificuldade, conseguiu se sentar no banco.

— Chega de show. Vamos embora agora — debochou Márcio, indo para o carro que estava estacionado no meio-fio. Lá, abriu a porta e fez sinal para a cunhada. Ele se divertiu ao vê-la cambalear até chegar ao veículo.

— Não consigo.

— Vou te ajudar, pra ver que não sou tão ruim como fala — ele a colocou no colo e a sentou no banco do passageiro. Ele pôde sentir o perfume da moça misturado com a bebida. Fechou a porta do carro e ocupou a direção, indo para casa.

Alice estava no portão, preocupada, em lágrimas, e correu para abri-lo quando os viu chegando. Seu choro só aumentou ao ver Cristiane naquele estado, tendo de ser carregada. Alice ficou chocada ao constatar que a irmã estava praticamente desacordada.

Cristiane tentava falar algo, mas não conseguia concluir nem ser compreendida. Márcio a levou ao banheiro, colocou-a sentada no chão e abriu o chuveiro, mesmo diante do protesto de Alice.

— Não tem outro jeito. Ajude sua irmã, vou colocar roupas limpas aqui na porta para você trocá-la. Vou preparar um café também. Forte! Quando terminar, me chame para eu carregá-la para o quarto.

E assim foi feito. Alice chamou o marido depois de secá-la e trocá-la. Ele levou Cristiane para o quarto. Estava acomodando a cunhada na cama, sob os olhos assustados de Alice, quando falou:

— Vá buscar o café. Fiz bem forte. Traga-o logo, Alice!

Falou de forma tão brusca que fez a mulher sair correndo em direção à cozinha, sem questionar.

Cristiane, sonolenta, mas já se recuperando, com os olhos entreabertos, balbuciou:

— Vou contar tudo para minha irmã. Agora. Não tem importância que ela me expulse daqui...

Aquilo deixou Márcio aflito, mas foi rápido ao dizer, mesmo com receio de Alice surpreendê-lo naquela cena:

— Não vai, não. Em quem sua irmã vai acreditar? Numa irmã bêbada ou em mim, o amor da vida dela?

Cristiane fechou os olhos e sentiu uma lágrima quente rolar pelo rosto. Assim, a moça adormeceu, envergonhada e temerosa por estar naquela situação.

Somente no dia seguinte, após o banho, quando se arrumava para o trabalho, Matheus sentiu falta de sua carteira. Revirou o apartamento em busca dos documentos, do dinheiro que tinha, e nada! Sentou-se no sofá desorientado, sem saber onde havia deixado a carteira.

Levantou-se rapidamente e sentiu a perna repuxar, por conta da colisão com o veículo.

— Aquela maluca. Deu ré e nem olhou pelo retrovisor!

Na hora do acidente ele não havia sentido nada. Conseguiu até dirigir. Foi para casa, tomou um banho, preparou um prato rápido, viu um pouco de televisão e deitou-se. Tudo sem sentir dor. Agora, pela manhã, a dor, junto com a perda da carteira, vinham dando o tom do que seria seu dia.

Por fim, deu a carteira por perdida. Lamentou-se, mas não era homem de ficar debruçado sobre o problema, preferia enfrentá-lo de uma vez. Terminou de se arrumar, apanhou as apostilas da faculdade para a aula que teria à noite, a chave do carro e partiu para o trabalho. Fez o percurso rezando para não ser abordado por um guarda de trânsito, já que sua habilitação estava na carteira, com os demais documentos.

Estacionou o carro e se dirigiu à empresa pensando no que fazer primeiro. Teria de ir à delegacia registrar um Boletim de Ocorrência. Daí se lembrou de que poderia fazer isso pela internet. Respirou aliviado.

Na porta da empresa, encontrou-se com Cássio, todo sorridente, feliz da vida. O que Matheus não percebeu foi que a felicidade do outro aumentou quando lhe relatou o que havia acontecido.

— Meu chapa, não fica assim. Acontece. Perder documentos, dinheiro... — tranquilizou-o Cássio, bem irônico.

Matheus estava tão preocupado que nem deu importância, só agradeceu o apoio do amigo, já que assim o considerava.

Estava passando a catraca quando a recepcionista, sempre muito simpática, o chamou. Cássio ficou do outro lado, esperando por Matheus, mas na verdade estava era especulando o que a recepcionista queria com ele.

76

— Não acredito! Como veio parar aqui? — Matheus levantou a carteira e mostrou para Cássio. Depois voltou, muito feliz, para ouvir a recepcionista.

— Foi uma moça que passou logo cedo. Queria falar com você, mas desistiu quando soube que o expediente começaria em meia hora.

— Muito obrigado! Nossa... Minha vida está aqui! — brincou Matheus.

Cássio ficou sério e pensativo: "Que cara de sorte. Achar a carteira! Só falta me dizer que está com todo o dinheiro que havia lá também".

— Acredita que até o dinheiro está aqui?

— Não mexeram em nada?

— Não. Pelo que percebi, deve ter sido a mesma moça que quase me atropelou ontem quem a trouxe.

— Atropelou? Que história é essa?

— Longa... depois te conto.

Matheus o deixou curioso, mas àquela altura já estavam no silêncio do departamento, e Cássio preferiu não ficar de conversa.

Quando o telefone de Matheus tocou, ainda naquela manhã, Cássio ficou atento. Percebeu que era a prima e ansiava que o encontro com ela tivesse gerado algum resultado. E, para a felicidade dele, seus planos estavam dando certo.

— Como assim? Você comprou aqueles móveis? — Matheus estava quase gritando, tanto que o departamento inteiro se voltou para ele, inclusive o chefe. O rapaz, agitado, passava a mão pelos cabelos e decretou: — Desfaça o negócio, o acordo, seja lá o que for. Não temos condições de comprar esses móveis. Não interessa, Maíra. Na próxima ligação espero que você já tenha resolvido isso. Não sou sovina, não. Agora preciso trabalhar. Não posso conversar mais!

Quando desligou o telefone, sentiu as mãos suadas e se lembrou de que estava no escritório, pois havia se esquecido disso ao discutir com a noiva.

— Tudo bem? — indagou Cássio, cínico.

— Sua prima está passando dos limites. Lembra que comentei dos móveis caríssimos que vimos no shopping? Pois é, ela comprou. Achou que está dentro do nosso orçamento. Está louca! — Matheus estava descontrolado.

Da sua sala, o chefe assistia a tudo em silêncio, atento aos comentários dos outros funcionários. Aquela impaciência, as atitudes impulsivas que Matheus vinha tendo, estavam de acordo com os relatos de Cássio. E algo com que não concordava era que a vida pessoal de um funcionário interferisse em sua vida profissional. Estava certo de que aquele comportamento e os erros poderiam, e muito, prejudicar a produtividade da equipe.

Pensando assim, Atílio abriu a primeira gaveta, onde mantinha várias revistas de decoração, sua paixão, e apanhou um papel em que tinha a relação de nomes dos funcionários. Nessa relação, Matheus ocupava a última posição. Depois de colocar a caneta sobre o papel, pensar, ele puxou uma flecha com o nome de Matheus ao lado do de Cássio.

O tempo estava se esgotando, o departamento de Recursos Humanos cobrava dele um nome. Talvez em breve lhes desse o nome que seria cortado do departamento. Mesmo contrariado, naquele momento, parecia já saber qual seria.

Maíra, que tinha por hábito desligar o telefone, ficou surpresa com a atitude do noivo quando percebeu o fim da ligação. Ficou, sim, muito preocupada. Não esperava que ele fosse agir daquela forma, ser até agressivo com ela. Em sua cabeça, não admitia que Matheus agisse assim; afinal, tinha sido promovido, estava bem de grana, e não era justo ele recusar terem o melhor para o apartamento.

Estava no hospital, dentro do banheiro, escondida de sua supervisora, quando passou uma mensagem para Cássio, desabafando, explicando seu lado, e também o quanto estava chateada com Matheus. Interessante que, até tempos atrás, jamais passaria pela sua cabeça que teria em Cássio um amigo, mas ele fora tão cordial falando ser os seus olhos na empresa e totalmente a seu favor, que depositou confiança no primo.

Poucos minutos depois, Maíra olhava no relógio angustiada, esperando o retorno do primo. Para sua alegria, Cássio ligou.

— Onde está? No departamento, perto do Matheus?

— Relaxa, prima, estou no café, em outro andar. Desci logo que recebi sua mensagem. Fica tranquila. Está tudo bem.

— O Matheus ficou bravo com o que fiz. Tenho certeza, percebi pela voz dele. Nunca o vi assim...

— Ele adorou o que fez — mentiu. — Claro que não vai admitir. Pense bem. Nós, homens, ainda gostamos de dar a última martelada. Dizer que fomos nós quem fechamos o negócio.

— Sério que ele gostou? Então nem vou desfazer o negócio — anunciou entre risos, como uma criança recuperando o brinquedo, visivelmente insegura.

— Não! Também não vai abrir a boca sobre eu estar revelando a você o outro lado de seu noivo. Se fizer isso, seus olhos aqui dentro se fecham, você sabe.

— Claro, acha que sou boba?

"Sim, não só acho como tenho certeza, sua ridícula", pensou Cássio sorrindo.

— Vai dar tudo certo. Logo estará casada. E para quando está marcado o casamento?

— Ainda não marcamos, ele falou para esperar dois meses, por conta do clima na empresa. Assim me disse...

— E você vai esperar? Bem, não tenho nada com isso. Ele deve estar esperando ser divulgada a promoção para contar para você. Sabe como ele é, tudo no papel, certinho. E ainda não está regularizado...

— Entendo. Bem, vou desligar, primo. A gente conversa depois. Obrigada por tudo.

Cássio desligou o aparelho rindo, agradecido pela confiança da prima.

Capítulo 8

Quando Cristiane acordou, por volta do meio-dia, sentiu o corpo todo dolorido. Com dificuldade, abriu os olhos e pôde, com a visão embaçada, ver o sorriso de Alice. Rapidamente o episódio do dia anterior veio à sua mente. Sentiu-se tão envergonhada que preferiu ficar de olhos fechados.

Foi a voz suave e a mão macia de Alice que a despertaram para a realidade. Prestativa, a irmã preparou para Cristiane uma bandeja com suco, pedaços de bolo, torradas e deixou-a ao lado da cama, para que ela se servisse ao acordar. Mas achou pouco, então, entre seus afazeres, Alice ia ao quarto para ver como estava a irmã.

— Aconteceu de novo. Que vergonha, Alice — confessou Cristiane numa voz chorosa quando finalmente abriu os olhos. — Que horas são? Preciso trabalhar...

— Precisa descansar, meu bem — recomendou Alice. — Márcio já avisou que você passou mal e não vai trabalhar hoje.

Cristiane pegou a mão da irmã e falou:

— Eu não consegui, estava indo tão bem e fraquejei.

— Não vamos pensar nisso. Agora você precisa se alimentar, cuidar de sua saúde. Tire o dia para relaxar. Relembrar o que aconteceu nada vai resolver. Vai só se magoar. Agora vamos! É hora de se levantar, sentar para um café...

Cristiane obedeceu à irmã e, com dificuldade, se sentou. Sua cabeça parecia que ia explodir. Sentia um peso enorme, e seu estômago parecia apertar com uma dor aguda. Tudo começou a rodar. Não reclamou por vergonha, pois tudo aquilo era consequência de sua bebedeira.

Como Cristiane gostava dos cuidados da irmã! Sua única irmã, sua família. Tinha a filha, mas ela estava distante, em outro Estado, aos cuidados da avó paterna. Naquele instante achou justo não ter a filha por perto. Era uma alcoólatra. E sua irmã estava sempre ao seu lado. Foi quando recordou tudo que acontecera e se sentiu culpada, uma traidora. Alice não merecia aquilo.

— Não mereço todo esse seu cuidado.

— Como não, minha irmã? Por que diz isso?

Cristiane abriu a boca para contar para a irmã, mas o que conseguiu falar foi:

— Eu a fiz passar vergonha. Eu me lembro do que fiz... Ou melhor, lembro-me o bastante para querer passar o resto da vida dentro deste quarto.

— Esqueça isso. Pensei em sair com você para dar umas voltas, ir ao centro da cidade ver vitrines. A gente gostava tanto de fazer isso, mesmo sem dinheiro — convidou Alice, na tentativa de animar a irmã.

— Alice, preciso falar uma coisa pra você — anunciou, pegando a mão da irmã.

— Nossa, pelo tom deve ser...

— Grave? Sim, é grave.

O telefone tocou nesse momento. Era Márcio. Alice atendeu toda sorridente ao identificar o número no visor do aparelho.

— Amor da minha vida! Sim, acordou, está bem, sim. Não, foi agora há pouco.

Segundos depois, Alice esticou o braço com o aparelho para Cristiane. Ao entregar o telefone, comentou com a irmã:

— Ele gosta muito de você. Está preocupado, deseja saber como está. Já ligou várias vezes pela manhã. Pediu que ligasse pra ele assim que você acordasse.

Cristiane nada disse. Estava séria e decidida a abrir o jogo com a irmã, a se livrar de uma vez daquele segredo que sufocava sua alma.

Agora ela lamentava aquela ligação ter interrompido sua coragem, e mais ainda saber que era seu cunhado. Encostou o aparelho no ouvido e disse um alô morno, sem ânimo.

— Espero que não tenha feito nenhuma besteira, ou melhor, mais uma. Que vexame, cunhada. Bêbada, caída na calçada — zombou Márcio. — Não tente nenhuma gracinha, viu? Sei que fica corajosa quando bebe, fala demais. É melhor pensar antes de falar qualquer coisa. Você pode se arrepender.

— Não entendi o que poderia fazer — escolheu as palavras com ar de riso, contradizendo seu rosto abatido.

De certa forma, Cristiane queria poupar a irmã de qualquer desentendimento que tivesse com Márcio.

— Não se faça de ingênua. Eu filmei tudo o que fez, a cena da bebedeira, cunhada. Caída na calçada, abraçada a um litro de uísque. Se quer mesmo reconquistar a guarda de sua filha, lembre-se desse episódio.

— Você não seria... — os olhos encheram de lágrimas, mas diante dela Alice sorria, feliz com a conversa da irmã com Márcio.

— Não duvide. Está nas minhas mãos. Nada de gracinha ou essas imagens vão parar nas mãos da avó de sua filha — ameaçou Márcio, sorrindo. Depois, sério, mandou: — Agora agradeça a ligação, para sua irmã não perceber.

— Obrigada.

Márcio desligou. Cristiane devolveu para a irmã o aparelho. Alice, desatenta com a relação hostil que existia entre o marido e a irmã, apenas comentou:

— Ele ficou tão preocupado com você, Cris. Ontem, quando viu que você estava demorando, saiu correndo com o carro para encontrá-la. Sentiu-se culpado por ter pedido a você que buscasse as bebidas... — parou, sentindo-se envergonhada por tocar no assunto: — Ele trouxe você nos braços, fez café. Ele é um homem perfeito, não acha, Cris? Tive sorte no amor, minha irmã — observando a irmã calada, triste, as lágrimas descendo pelo seu rosto, mudou de assunto: — Minha querida, não fique assim, tudo passa. Agora me conta, o que tinha para me dizer?

— Nada importante. Coisa da minha cabeça. Já passou.

Alice não insistiu. Pegou a bandeja e a ajeitou no colo da irmã. Fez isso recomendando cada um dos itens, como um comercial, só para aguçar o apetite da irmã.

Cristiane forçou um sorriso para não desapontar a irmã. Lembrou-se da voz grave do cunhado ao telefone e, pela primeira vez, sentiu medo e também preocupação sobre como revelar à irmã o outro lado de Márcio. Alice dormia com o inimigo e não sabia. E o mais triste era que ela se enquadrava nessa condição também, pelo menos era como se sentia.

— Cássio, atende pra mim, por favor. Se for a Maíra, diga que estou em reunião — pediu Matheus ao amigo.

Matheus estava muito chateado com Maíra. A última da moça, comprar os móveis caros sem seu consentimento, o deixou muito aborrecido. No início, achava as pequenas coisas divertidas, depois veio tomando proporção, e com tal força que estava fugindo de seu controle.

Cássio atendeu ao telefone sorridente. Divertia-se com a situação. Ficava com uma sensação de felicidade ao notar a briga entre a prima e o amigo.

Ao perceber que era Maíra, ele fez questão de falar alto, para despertar não só a atenção de Matheus e do departamento, mas também a do chefe, que estava em sua sala com paredes de vidro, de onde tinha visão e podia ouvir o departamento.

— Maíra, minha prima! Ele não está — falou contente, enquanto via Matheus acenando aflito que não estava. — Saiu. Reunião. Isso. Sei... — fez uma pausa e ouviu algo que fez seu rosto iluminar-se.

— Eu segui seu conselho, primo — revelou Maíra do outro lado da linha. — Não desfiz o negócio. Até paguei uma taxa extra para entregarem ainda hoje e montarem. Quero fazer uma surpresa para o Matheus. Será que ele vai gostar?

— Sim. Fez bem — Cássio se divertia com o que ouvia.

Depois que desligou, virou-se para Matheus e contou-lhe a novidade, em detalhes e com acréscimos.

— Não acredito que ela fez isso! — Matheus estava completamente alterado, de uma forma que as pessoas do departamento o desconheciam, inclusive o chefe.

Matheus bateu na mesa, muito irritado. Não esperou nem que Cássio voltasse para sua mesa. Acessou, pela internet, sua conta e sentiu o rosto queimar ao ver

85

os valores em vermelho, que demonstravam retiradas vultosas de sua conta.

— Acho que não fez bom negócio em deixar o cartão com a prima.

— Hoje mesmo ela vai me devolver aquele cartão. Hoje!

Disse isso e saiu a passos largos em direção à porta. Foi para a copa, onde encheu um copo, generosamente, de café.

Cássio, no departamento, comemorava a situação. Ouviu os comentários dos colegas de trabalho e não deixou de prestar atenção no rosto sem expressão do chefe, olhos voltados para a mesa de Matheus.

Cássio estava confiante de que seu plano para tirar Matheus da empresa estava no caminho certo, assim como o de destruir os sonhos de casamento da prima mimada.

Amanda acordou bem-disposta, embora a noite não tivesse sido das melhores. Remoeu o encontro que tivera com Lucas no apartamento de Lirian.

Pensativa, deu crédito ao que o tio lhe dissera sobre cuidar de sua vida. Ver o passaporte de Lucas a fez se sentir ainda mais só e certa de que não fazia mais parte dos planos dele. Precisava, de uma vez por todas, tomar as rédeas de sua vida.

Como acordou cedo, resolveu fazer o que havia planejado, ou seja, devolver a carteira do rapaz que quase atropelara. Sentia-se tão culpada pelo ocorrido que, mesmo vendo o número do telefone de Matheus em sua carteira, resolveu não ligar.

Ao abrir a carteira do rapaz, Amanda descobriu onde ele trabalhava e resolveu devolvê-la pessoalmente. Considerava que seria melhor que pelo telefone. Também teria a oportunidade de vê-lo novamente. Achou-o bonito, e algo nele chamou a atenção dela, a fez sorrir, o que não acontecia havia muito tempo. Mas foi só se lembrar de Lucas e seu sorriso desapareceu.

Depois do banho, se arrumou, apanhou a chave do carro, os óculos escuros e saiu. Na portaria, soube o valor da troca da fechadura, e deu o dinheiro ao porteiro sem lhe dar muita atenção.

— Prefiro o seu Lucas. É mais atencioso. Essa aí quase morreu, eu ajudei a voltar à vida, e olha como agradece? Ingrata. Só ouço da boca dela "bom dia", "boa noite", "obrigada"... Esnobe! — ruminou o porteiro, inconformado por não conseguir estabelecer com Amanda um diálogo que fosse além dos cumprimentos cordiais dela.

Amanda entrou no carro, encaixou a chave na ignição e deu partida. Percebeu que o dia estava lindo, algo em que não vinha reparando. Saiu com o carro e foi até a empresa onde Matheus trabalhava. Lá descobriu que o rapaz só chegaria mais tarde, então resolveu deixar a carteira na recepção.

De volta ao carro, sentiu-se triste por não ter entregado a carteira nas mãos de Matheus. Pensou que poderia ter esperado por ele, mas achou bobagem. Não tinha por que esperá-lo. Era capaz até de o rapaz estar bravo e brigar com ela pelo que havia acontecido. Decidiu que as coisas deveriam seguir dessa forma mesmo: carteira devolvida, e dificilmente reencontraria Matheus.

No carro percebeu-se com fome. Dirigiu-se até uma padaria que tinha costume de frequentar com Lucas. Foi para lá não só pela variedade de pães e bolos, mas também na esperança de ver o ex-marido. Queria que ele a desculpasse pelo ocorrido na casa de Lirian. Sabia que estava recente, que o tempo poderia distanciá-lo do que ela fez e, quem sabe, pudesse perdoá-la. Ela tinha essa esperança.

A padaria, ampla, que ocupava meio quarteirão, oferecia, além de almoço e jantar, serviço de café da manhã com muitas opções, para agradar aos mais diversos paladares.

Amanda fez questão de ocupar a mesma mesa em que costumava se sentar com Lucas, na mesma posição, de frente para a rua, onde via as pessoas entrarem e saírem, os carros estacionarem... Em nenhum desses movimentos ela viu Lucas. Tinha uma pequenina chama de esperança de que ele pudesse aparecer ali.

Na sua frente, além do copo de suco de laranja, dois pratinhos com pão e bolos. Estava ali, saboreando os quitutes e pensando em sua vida, quando foi surpreendida por alguém se sentando à sua frente:

— Bom dia! Está ocupado aqui?

— Evandro!

O moço, de terno e gravata, cabelos louros e impecáveis, penteados com gel, rosto bonito, barbeado, sorriu para Amanda. Era seu amigo da época da faculdade. Fizeram parte do mesmo grupo de trabalho e tinha sido uma amizade de bons momentos, mas também de muitas discussões.

— Você era um folgado, deixava tudo nas costas das meninas do grupo — recordou Amanda, numa conversa amistosa, rindo das recordações, o que a fez se esquecer de seus problemas por ora.

— Elas adoravam fazer o trabalho e colocar meu nome. Tinham esperança de um dia ficar comigo. Até "peguei" duas delas — se gabou o rapaz.

— Sério? Nunca soube. E você continua convencido! No meu grupo teve que trabalhar — constatou Amanda, rindo.

— E quando vai trabalhar comigo? Aquela proposta continua de pé. Você sempre me esnoba. Sabe que a quero muito na minha empresa. Quem não queria Amanda por perto? A mais inteligente, a mais bonita, a líder do grupo, da sala...?

"O Lucas não me quer, mesmo sabendo de tudo isso e do meu amor", pensou Amanda, sentida, mas sorriu para não deixar transparecer seu sofrimento.

Ela, aos poucos, se abriu com Evandro, contou-lhe rapidamente sobre o término de seu casamento, o que vinha passando no processo de separação, a venda do apartamento.

Os olhos de Evandro brilharam com tudo aquilo, pois ele viu ali a oportunidade de realizar seu desejo, sua necessidade:

— Então terá que recomeçar. Eu lhe proponho sociedade.

— Sociedade?! — Amanda se surpreendeu.

— Sim, estou em busca de parceria na academia. Você está desempregada, vai receber uma bolada com a separação...

— Bolada?! — começou a rir. — Nada, pouco, parte do apartamento e de um terreno que compramos logo depois do casamento.

— Já é o bastante para você aplicar no seu futuro, não acha? Como vai se manter a partir de agora? Depois, tem boas ideias, vai me ajudar muito a administrar o lugar.

Ele sabia como seduzi-la. De fato, Amanda teria de pensar em como se manter. Logo precisaria deixar o apartamento, e o que faria para pagar as despesas?

A parte que receberia com a venda do terreno poderia ajudar, mas tinha que dar sequência à sua vida, agora sem Lucas. Naquela separação, pelo menos como pensava, sairia com a menor parte, sem o amor de Lucas, e ainda estava muito difícil ter de aceitar essa realidade.

— Preciso pensar.

— Vamos comigo para a academia, precisa conhecer o espaço. Vai encher seus olhos, com certeza terá muitas ideias... sempre foi muito boa nisso.

— Já quer me explorar de novo, como na época da faculdade!

Os dois começaram a rir. Meia hora depois, Amanda estacionou seu carro ao lado do de Evandro, depois de segui-lo. O rapaz saiu do carro sorridente e, ao abrir a porta da academia, logo na recepção, como um corretor de imóveis, tratou de contar as vantagens do local, mostrar as salas, os equipamentos, a piscina, a sauna...

Por fim, depois de percorrer toda a área, Evandro a levou para sua sala e ofereceu-lhe café, que ele mesmo serviu, pois tinha uma máquina à sua disposição.

— Gostou?

— Sim, tudo muito bonito, agradável — comentou animada.

— Podemos ser sócios?

— Calma, vou pensar com carinho.

Evandro a levou até o carro, sempre dizendo as maravilhas de tê-la como sócia na academia. Quando a viu partir com o carro, seu sorriso desapareceu. A recepcionista, que por várias vezes tentou interrompê-lo enquanto apresentava a academia para Amanda, voltou a se aproximar, e desta vez foi logo falando:

— Três ligações e quatro cobranças. Já não sei o que dizer.

— Diz que morri! — foi o que Evandro falou, tomando distância da moça, como se estivesse com uma doença.

Tudo lindo e maravilhoso aos olhos de Amanda. Ela não conseguiu ver, na apresentação cheia de glamour de Evandro, a instalação precária, as infiltrações, alguns equipamentos quebrados e escondidos, poucos alunos ocupando o espaço, assim como também não ficou ciente das dívidas monstruosas que a academia vinha acumulando.

— E foi isso que aconteceu. A Amanda foi ao apartamento da Lirian, invadiu meu quarto, a gente discutiu, ela achou meu passaporte...

— E rasgou. Meu irmão, como ela é louca! — comentou Márcio a Lucas, no corredor do andar onde trabalhavam, ao se encontrarem na copa para tomar água.

— Não se convence de que acabou. No início eu senti, por tudo que vivemos, mas agora, com o que ela fez, eu vi o quanto é possessiva. Já tinha falado pra ela do meu sonho de seguir a vida fora do país e ela fez isso...

— Então já está certo de nos deixar?

— Sim, faria isso esta semana, mas agora, com o que a maluca fez, não sei ainda como proceder. A certeza que tenho é de que quero distância dela. Isso não é amor, Márcio, é doença. E não sou o remédio certo para ela. A doença dela não tem cura. Estou fora.

— Conta comigo para o que precisar. Vamos sentir sua falta na equipe. A gente não conversou sobre isso, mas você ficou decepcionado por não ter sido promovido, né?

— Foi um despertador na minha vida. Estou com trinta e cinco anos, mais de dez dedicados à empresa. Fiz tudo por esse lugar, trabalhei até tarde, nos fins de semana... Está certo que fui remunerado por isso, mas também fui deixado de escanteio quando o assunto foi promoção, aumento de salário. Confesso que isso me deixou abalado sim, por isso sinto que chegou o momento de ir embora.

— Tem o meu apoio, desejo-lhe sorte.

— Eu falando aqui... e você, como está? Parece preocupado. Hoje chegou mais tarde. A Cristiane não está bem, ouvi você comentando. Desculpe-me, ouvi quando ligou para a chefe dela.

— Sim, ela é alcoólatra — revelou sem preocupação de esconder o fato. — Acredita que saiu de casa para ir ao mercado comprar uns negócios lá pra casa e não voltou? Fui atrás e a encontrei caída na calçada, bêbada.

— Nossa, coitada. Precisa de ajuda, tratamento. Não sabia que ela estava nessa situação.

— Precisa é de vergonha na cara. Hoje mesmo vou conversar com a minha mulher sobre isso. Não a quero em casa, dando trabalho, vexame, escândalo na rua...

— Agora que ela mais precisa de apoio você vai querer que volte para Minas Gerais? — perguntou Lucas, que já era conhecedor da origem da cunhada do amigo, assim como da filha que a moça deixara aos cuidados da avó paterna, por determinação do juiz. — Não tem pena dela?

Márcio apenas riu. Não revelou que não tinha pena alguma dela, só sentia desprezo, principalmente por não ter dela, de Cristiane, o que queria. Na cabeça dele, a moça era uma ingrata.

— Fiz muito por ela, meu irmão. Eu a trouxe do inferno em que vivia para a paz da minha casa, indiquei-a para o emprego, colocando em risco meu nome. Já pensou se resolve ter uma bebedeira no expediente? Com que cara eu fico? Ela volta para Minas, é o melhor agora!

— Falando em volta, a Lirian está voltando das férias.

Aquela frase transformou o rosto de Márcio.

— É verdade. Férias! Como é bom, pena que duram pouco — desconversou.

— Pouco? Foram mais de trinta dias! Ela emendou com os feriados. Falou que voltará decidida a mudar algumas coisas. Falou isso pra mim de uma maneira tão séria! Será que está querendo deixar o emprego também?

— Mudar?! O que será que está querendo dizer com isso? — quis saber Márcio, curioso e preocupado.

Isso o fez se lembrar da conversa que tivera com Cristiane, em uma carona até a empresa. A moça dissera: "...É até a volta da Lirian o prazo que te dou. Até porque a Lirian também pode abrir a boca. Não passou isso pela sua cabeça?".

— Vamos fazer um happy hour hoje, depois do expediente. Não quer ir com a gente? — comentou Lucas.

Márcio estava longe com seus pensamentos. Começou a se preocupar.

Capítulo 9

Cristiane, após a conversa com Márcio, levantou-se, tomou um banho relaxante, sentiu-se uma nova mulher ao se ver diante do espelho. Esboçou um sorriso, buscando forças. Estava linda, cabelos soltos, olhos miúdos por conta das lágrimas que lhe faziam companhia nas últimas horas, depois da bebedeira.

Ela se maquiou levemente, o que realçou sua beleza. De volta a seu quarto, a moça apanhou o celular e fez uma ligação para Yoná, sua ex-sogra. Foi uma ligação curta, de cumprimentos breves e direta ao assunto:

— O que está fazendo em casa em dia de semana? Não está trabalhando? — questionou Yoná, mais áspera do que de costume.

— Peguei folga por conta de banco de horas — justificou, tentando se conter para não brigar com a mulher que tinha a guarda de sua filha.

— Deveria usar esse tempo para visitar sua filha, não acha? Melhor do que gastar para ficar em casa sem fazer nada...

Cristiane quase respondeu à altura, mas se conteve, por isso cortou o assunto ao finalizar a ligação dizendo:

— Então ficamos assim: daqui a meia hora vou me conectar à internet para conversar com a Isabela. Estou com muita saudade da minha filha.

Yoná ficou muda e foi Cristiane quem se despediu e desligou o telefone. Pensou com pesar: "Ela nunca vai me perdoar pelo que aconteceu. Nunca".

Antes do combinado, faltando exatamente dez minutos para ver sua filha pela tela do notebook, Cristiane se colocou na frente do computador. Antes, abriu a janela de seu quarto e arrumou tudo que parecesse bagunçado, não somente para que a filha visse onde estava, mas para Yoná também saber que estava bem, recuperada, diferente e distante daquela mulher que conhecera em Minas Gerais.

Cristiane colocou sua melhor roupa, secou os cabelos e os penteou como se fosse a um evento, abriu um sorriso para que a filha já a encontrasse assim, bem e feliz. Era essa a imagem que gostava de passar para a filha, e sempre conseguia.

Isabela apareceu na tela, também sorrindo. Ela era a cópia reduzida de Cristiane. À pedido da menina, Yoná, ainda que contrariada, cortava seus cabelos imitando o corte da mãe.

Tinha oito anos e, apesar de muito inteligente e esperta, comportava-se como uma criança de sua idade. Não havia nela trejeitos de adulto. Cristiane, nesse ponto, tinha de reconhecer e agradecia a educação rígida a que Yoná submetia a menina.

— Mamãe, minhas notas foram as melhores da sala. Minha redação foi escolhida para ser publicada...

A menina falava desembaraçada, gesticulava, era toda carinhosa, enchia Cristiane de alegria e orgulho.

95

Por vezes, conversando com a menina, se segurava para não chorar. Não queria demonstrar o sofrimento que era não tê-la por perto, não poder abraçá-la, não ter seus beijos nem ver seu desenvolvimento, seu crescimento como pessoa, participar das descobertas da sua vida... Como sentia falta de tudo aquilo.

Cristiane respirava fundo e continuava conversando com a filha, ouvindo as novidades, admirada de ver como Isabela estava maior ao compará-la com a última vez que a vira.

Vez ou outra, Cristiane se dispersava da conversa, reparando na menina sentada numa cadeira, num quarto lindo, bem decorado em tons de rosa, princesas desenhadas no papel de parede e, pior, as mãos envelhecidas de Yoná também apareciam. A mulher não deixava a neta sozinha para conversar com a mãe, ficava ao seu lado o tempo todo. Yoná não se mostrava, somente suas mãos apareciam, ora arrumando a tela, ora as costas da neta. Era uma mulher muito rígida. Orgulhava-se do ofício de educadora, mesmo depois de ter se aposentado.

— Você está fazendo balé, minha linda? Me conta, está gostando?

— Não! Mas estou tocando piano. A vovó me colocou na natação, disso gosto, mas do resto...

— Precisa para ter disciplina, postura, menina, já conversamos sobre isso! — Yoná falou para se defender das muitas atividades que vinha dando para a neta.

Cristiane apenas ouviu a voz da ex-sogra, não a via desde a última vez que fora a Minas Gerais, numa breve visita.

— Minha querida, é para o seu bem. Um dia vai agradecer a sua avó por isso — disse emocionada, pois na verdade não concordava em ver a filha sofrendo ao fazer algo que não fosse do seu gosto.

96

Cristiane pensou também que tudo corria pela vontade de Deus, e Yoná, criando sua filha, poderia, com os recursos financeiros que possuía, dar mais oportunidades para Isabela.

— Agora se despeça. Vai começar sua aula de piano daqui a pouco. Cinco minutos.

Isabela, contrariada, fez cara de choro, não queria aula de piano, queria o amor de sua mãe.

— Vamos, Isabela. Me obedeça, lembra-se do que conversamos?

— Sim — respondeu a menina. — Se não cumprir o combinado, serão cortados os minutos para falar com minha mãe.

Cristiane quase explodiu ao ouvir aquilo. Teve vontade de brigar com Yoná na frente de Isabela, mas não fez isso porque Alice, com seu jeito meigo, entrou no quarto naquele momento para conversar com a sobrinha e ouviu o fim da conversa.

Alice apenas fez um sinal com a cabeça para a irmã se conter. Com seu jeito suave, cumprimentou a sobrinha e Yoná, mesmo sem vê-la. A avó da menina, que tinha um pouco de afeição por Alice, retribuiu o cumprimento, mas sem aparecer na tela. Somente a voz seca, e mais alta, invadiu o quarto de Cristiane.

Aquela voz fez Alice ter recordações da época de escola, quando Yoná era diretora, mas logo tratou de se concentrar na sobrinha e conter a emoção ao vê-la.

Alice e Isabela conversaram por uns cinco minutos e, antes de desligar, a menina se despediu da tia e da mãe carinhosamente. Como fazia todas as vezes, Isabela aproximou-se da câmera e encostou os lábios, deixando a marca do beijo. Cristiane deixou as lágrimas escaparem no canto dos olhos e rapidamente retribuiu o gesto.

— Te amo, mamãe.

Antes de Cristiane responder, rapidamente, viu uma das mãos de Yoná limpando a câmera das marcas do beijo de Isabela, com o comentário:

— Já falei para não fazer isso, menina. Estraga a câmera.

A tela ficou escura. A conexão com sua filha foi cortada. O único meio de vê-la foi interrompido. Cristiane caiu no choro, apoiando-se no ombro da irmã.

— Viu como Yoná trata minha filha, Alice? Como uma prisioneira. Isabela é uma criança. Não pode fazer isso. Está certo que precisa haver disciplina, mas da forma que faz é cruel.

— Yoná quer dar um norte para a neta, por isso a mantém na linha.

— Nortear é uma coisa, mas fazer o que faz!...

— Ela tem medo de perder a neta da forma que perdeu o único filho — fez uma pausa, sabendo que aquele assunto deixava a irmã triste. — Desculpe-me, meu bem.

— Tem razão. Yoná deu muita liberdade para o filho e o perdeu. Mas ninguém é igual a ninguém, compreende? Por que tudo tem que ser assim, meu Deus?

"Consequência das escolhas", Alice pensou, mas não ousou falar. Apenas disse:

— Procure descansar, minha irmã. Vou preparar um chá para você. Volto já.

— Tão boa, minha irmã. Não merece o marido e a irmã que tem. Não merece — disse Cristiane, baixinho, agora deitada, com os olhos fixos no teto, as lágrimas saltando dos olhos.

Na cozinha, Alice preparou um chá, cortou fatias de bolo e acomodou tudo em uma bandeja. Ao ver o bolo, sentiu vontade de comer um pedaço. Parecia tão bom! Ela o havia feito e não o provara, isso era comum, já que tinha uma rejeição a seus pratos, mesmo colecionando elogios.

No entanto, ficou tentada a comer. Sentiu um prazer ao provar o bolo que havia muito tempo não sentia, tanto que até fechou os olhos, tamanho prazer. Foi então que as lembranças da infância apareceram fortes.

— Olha quem está na cantina, a Tibum, gente — revelava o menino bonito da escola, rodeado das meninas e mais meia dúzia de moleques que o imitavam.

— Me deixem em paz! — defendeu-se Alice, saindo do local.

— Tiiiibuuummm! Você vai explodir, igual aquela mulher da novela, Tibum.

— Está de saia nova, viram isso? — falou outra menina, pendurada no ombro do menino, líder da turma. Era uma jovem bonita, mas manipulável, que fazia aquilo para agradar o tal namorado e ter dele não só o respeito, mas o amor também. — Está parecendo uma capa de botijão de gás.

Alice vestia uma saia que a mãe fizera no dia anterior para ela. A mãe era costureira, e por vezes vestia as duas filhas com roupas por ela confeccionadas, muitas vezes com sobras de retalhos. As meninas não se importavam. E Alice, naquele dia, pela primeira vez, sentiu vergonha de usar aquelas roupas.

Diante das grosserias e dos risos dos meninos da escola, Alice saiu correndo para o banheiro, onde chorou muito, depois se colocou diante do espelho e se viu ainda mais gorda com a saia rodada, cheia de pregas, que tornava seu corpo ainda maior. Teve vontade de rasgar tudo. Foi quando a menina, a mesma que a havia insultado na cantina minutos antes, apareceu e, vendo-a chorar, começou a debochar ainda mais dela.

Alice correu em direção aos reservados, mas estavam, os dois únicos do banheiro, interditados para limpeza. Ela olhou para o alto e só viu a janela... como gostaria de sair dali pela janela! Como se a menina tivesse adivinhado seu pensamento, gritou para outros jovens que estavam na porta do banheiro, fazendo uma tremenda algazarra.

— Ia pela janela, Tibum? Você não passa por ali nem em pensamento...

Alice, brava, saiu pela porta e empurrou a menina com tanta força que ela caiu no chão. Estava tão possessa de raiva que não olhou para trás, só ouviu o grito da menina e os comentários dos outros alunos, que ela ignorou:

— Olha o que a Tibum fez! Ela está desacordada... Chama a diretora!

Alice estava longe, correndo, sentindo o vento quente secar suas lágrimas.

— Alice, cadê você, minha irmã? — Cristiane procurava a irmã pela casa.

— Já estou indo! — falou Alice, forçando um sorriso, pois não queria que a irmã a visse daquele jeito.

No entanto, ao fechar os olhos, voltou ao passado, onde era muito viva a lembrança do menino bonito debochando dela:

— Tibum, você matou a menina!

Matheus fez o que pôde para se desvencilhar das ligações de Maíra, a começar pelo celular, que manteve desligado durante o dia de trabalho. Contou com a ajuda de Cássio para que a noiva se mantivesse à distância.

Cássio, claro, fazia tudo se divertindo, sentia prazer em ver o circo pegar fogo, em ver o desentendimento do casal, e mais: em ver o sofrimento de Matheus. Maldoso, ele observava de sua mesa quando Matheus esmurrava a mesa, principalmente em uma tarde, no silêncio do departamento, quando o viu consultar a conta corrente e ver várias faixas vermelhas no extrato, correspondendo às dívidas feitas por Maíra.

— Que erro o meu em deixar o cartão com sua prima.

— Fica tranquilo, esse gelo que está dando nela vai servir para ela refletir.

Cássio dizia isso atento aos olhares silenciosos do chefe, cercado pelas paredes de vidro. No banheiro, se comunicava com a prima, mandava mensagens em que a tranquilizava com a falsa história de que estava tudo sob controle. Nesse ínterim, Cássio esperava resposta da prima. Maíra acreditou que o primo não estivesse livre para atender suas ligações e resolveu ligar na mesa do noivo. Foi atendida.

— Precisamos conversar. Não desligue, por favor — apelou Maíra com a voz tensa.

— Está certo. No apartamento, depois que eu sair do trabalho.

— Ótimo, podemos nos encontrar lá. Hoje vou trabalhar à noite, vou cobrir o turno de uma amiga...

Matheus desligou sem interesse naquela novidade. E fez como combinado: saiu do trabalho direto para o apartamento. Estava triste, pensativo com os acontecimentos de sua vida, com a possibilidade de ficar desempregado, pois já não havia outra notícia que não fosse esta pelos andares da empresa.

Quando ele colocou a chave na fechadura, antes de girar, a porta foi aberta por Maíra. A moça estava quase

101

chorando e, quando o viu, não se conteve, o abraçou forte, beijou sua nuca, seu rosto... Matheus se desfez do abraço, de maneira jeitosa, carinhosa, embora estivesse chateado e não conseguisse disfarçar.

— Meu amor, não podemos ficar assim. Precisamos conversar sobre o casamento. Já fiz a lista dos convidados. Dos trezentos, vou ficar com duzentos, pois minha família é maior, tenho mais amigos e você nem tem tanto contato com sua família... Não vou convidar ninguém do hospital. De lá quero distância. Saio de lá direto para a igreja e não volto mais. Por falar nisso, hoje tenho plantão naquele lugar. Troquei o turno com uma colega...

Matheus parecia não ouvi-la. Saiu andando pelo apartamento, lembrando a alegria que tivera a primeira vez que abrira a porta; agora tudo parecia estranho, distante. Nem deu ouvidos para as sandices da noiva. Ia andando pelo apartamento e Maíra o seguindo, falando:

— Já vi as lembranças. Quero diferente para os padrinhos. Vi uma que achei uma graça, é uma cesta com vinhos...

— O que é isso aqui?! — a voz de Matheus saiu como um grito assim que entrou em um dos quartos e viu o armário instalado.

Maíra, mesmo assustada com a interrupção, falou com seu jeito espontâneo:

— Gostou, meu amor? Lindo, não é? Então, como sonhei, do jeito que planejei. Uma graça! Paguei um pouco mais para montarem logo...

— Você sonhou, você planejou, pagou um pouco mais... tudo com o meu dinheiro?

— Não esperava que fosse sovina!

— Sabe quanto custa esse seu capricho? Com esse valor é possível mobiliar todo o apartamento!

— Não exagera, meu amor.

102

— Em que mundo você vive? Sabe que não estou numa fase boa, pois estamos gastando mais do que o permitido e o casamento não está nos custando barato. Também estou numa situação delicada na empresa. Várias demissões estão acontecendo.

Maíra pensou em falar que já sabia do seu aumento de salário. O que não sabia era que tudo não passava de invenção de seu primo. E como tinha Cássio como seus olhos na empresa, resolveu silenciar sobre aquela informação. Mas explodiu ao dizer algo que feriu Matheus:

— Tem medo de dar um passo à frente — disparou ofendida, em meio ao discurso do noivo. — É um acomodado.

— Como?!

— Acomodado — repetiu cheia de si, retribuindo no mesmo tom. — Está no último ano da faculdade e não se mexe para arrumar um emprego melhor, para ganhar mais. Falta atitude.

— O que está falando? Sabe que não está fácil para ninguém — argumentou, desapontado.

— E por isso vai passar a vida escondido naquele emprego, esperando as oportunidades caírem do céu? Acho que você precisa mudar, querer mais, ser mais ambicioso. Contenta-se com muito pouco.

— Mudar? Ninguém muda ninguém. Você me conheceu assim, disse me amar desse jeito, agora quer me mudar?

— Precisa melhorar...

— Posso melhorar, sim, é o que tento fazer todos os dias na minha vida, mas querer mudar o outro é algo muito diferente. Você sabe que é. Por vezes não conseguimos mudar alguma coisa na gente, quanto mais mudar no outro. Quer saber? Chega!

— Aonde você vai?

103

— Andar por aí, à toa...

— Vou com você. Ainda tenho um tempo antes de ir para o hospital.

— Vou sozinho. Preciso ficar sozinho, pensar.

— Não fica bravo comigo. Eu pensei... — ele já estava longe, batendo a porta do apartamento.

Maíra correu até o hall e o pegou entrando no elevador:

— Espere, não saia assim, para onde vai desse jeito? — perguntou, arrependida do que dissera.

Matheus, já dentro do elevador, respondeu quase ao mesmo tempo que soltou o botão que mantinha a porta aberta:

— Vou tomar uma atitude. O que já devia ter feito antes.

Capítulo 10

Amanda ficou fascinada com a academia, tanto que não se atentou aos defeitos que eram nítidos até a um leigo, ou pelo menos não lhes deu a importância merecida. É certo também que Evandro, com sua lábia e seu charme, conseguiu envolvê-la a ponto de ela não perceber o caos no lugar.

A moça sentia-se enferrujada pelo tempo em que ficara casada, dedicada ao lar, e levou a sério ter Evandro como sócio. Depois que saiu da academia, quando estava entrando em seu apartamento, recebeu uma ligação de Evandro, muito simpático, chamando-a de sócia, todo risonho.

— Calma! Preciso pensar...

— Tenho outros interessados — mentiu o rapaz, ocultando a ansiedade. — A minha preferência é você, já a conheço, sei o quanto é dedicada — quanto a essa observação, ele foi sincero. — E o investimento será muito bom para você, que está recomeçando sua vida, como disse...

Por fim, não demonstrando o interesse que Evandro esperava, Amanda encerrou a ligação com a promessa de retornar.

Evandro, não satisfeito, no decorrer da tarde enviou a ela duas mensagens, uma pedindo o e-mail dela e outra falando sobre os projetos que pretendia implantar na academia, como se já a tivesse como sócia.

Amanda ignorou as duas mensagens. Ela estava tentada a aceitar, mas não assim, de imediato. Era inteligente o bastante para fazer algumas pesquisas, sondar o mercado e, sobretudo, consultar Ney, pois o tinha como seu guru, mestre, aquele a quem recorrer na dúvida.

Fez algumas pesquisas na internet, mas logo se cansou de ficar na frente do computador. Refletiu sobre sua vida, as mudanças, as oportunidades que estavam surgindo. Pensou que trocaria tudo aquilo por ter sua vida de antes com Lucas.

Sentia-se tão sufocada que, depois de um banho, vestida com uma blusa de tricô verde que a deixou mais jovial, um jeans surrado e uma sandália, apanhou a chave do carro e assim saiu.

Impossível não pensar em Lucas, tanto que dirigiu até o bairro onde o rapaz trabalhava, não muito longe de onde ela morava. Fez isso propositalmente, querendo encontrá-lo por acaso. Queria conversar com ele, o que não tivera oportunidade de fazer desde o último encontro, na casa de Lirian, quando rasgara o passaporte dele.

Ela começou a circular pela rua lentamente, girando a cabeça à procura de Lucas, e isso irritou, e muito, os outros motoristas, que naquele horário saíam de seus trabalhos ansiosos, correndo contra o tempo, querendo chegar em casa, à faculdade, aos cursos, a seus encontros...

106

Foi assim que Amanda, numa rua próxima da empresa onde Lucas trabalhava, o viu sentado num bar de esquina ao lado de alguns amigos. Estavam em cadeiras na calçada. Sobre as mesas, que estavam juntas, era possível ver petiscos e cervejas. Entre os amigos de Lucas, Amanda reconheceu Márcio, pois foram apresentados rapidamente, num dia qualquer do passado. Foi muito rápido, trocaram apenas cumprimentos, mas Amanda era boa fisionomista e o reconheceu facilmente.

Lucas estava alegre, rindo, assim como os demais, mas Amanda só tinha olhos para ele, por isso foi reduzindo a velocidade para não perdê-lo de vista. A partir daí foi tudo muito rápido. Amanda viu uma moça rindo e encostando a cabeça no ombro de Lucas. Não viu ali uma amiga de trabalho, um toque de amigos. Amanda ficou alterada, muito incomodada com a felicidade do rapaz. Parou o carro na rua, em frente ao bar, e desceu, indiferente à fila de carros que se formava, às buzinas, aos xingamentos. Saiu cega do carro, descalça, pois havia tirado as sandálias para dirigir.

Com sentimento de posse, aproximou-se furiosa da mesa de Lucas. O rapaz só percebeu que estava diante da ex-mulher quando a viu empurrando a moça que estava a seu lado.

— Que é isso?!

— Você não tem vergonha de ficar se insinuando para o Lucas? Ele é casado.

— Amanda?! — gritou Lucas, transtornado com a cena e envergonhado ao ver que todos no bar olhavam curiosos, cochichando. — Você está desequilibrada. Ela é minha amiga, ainda que não lhe deva satisfação.

Amanda, como se estivesse tomada por um espírito perturbado, e de fato estava, pois seus pensamentos atraíam esse tipo de semelhantes, apanhou uma garrafa

107

de cerveja sem se importar que estava cheia e a quebrou na mesa. Tal ação fez com que o líquido, além de se espalhar pela mesa e pelo chão, também respingasse no rosto e nos cabelos dela. Com o caco da garrafa, Amanda foi em direção à moça, que saiu correndo, assustada. Lucas, enfurecido, partiu para cima da ex. A força dele dobrou, e nem Márcio conseguiu detê-lo.

— Sua maluca, agora você ultrapassou todos os limites!

— Você é meu, só meu! Não admito isso — Amanda gritava em lágrimas.

— Chega! Olha o que fez! — ele falava isso tentando segurá-la pelas costas.

De repente, Lucas sentiu a moça enfraquecer. Rapidamente formou-se um movimento frenético na rua. Ele viu o carro de Amanda ligado, a porta aberta. Naquele momento, o rapaz teve vontade de sair correndo e deixar tudo para trás.

Amanda, ao sentir o corpo de Lucas atrás do seu, deixou o corpo desfalecer, os braços caírem rente ao corpo, mas sem soltar o caco de vidro em uma das mãos.

Quando Lucas achou que estava no controle, que percebeu Amanda se acalmando e deixando de falar os vários desaforos que jamais imaginou ouvir dela, foi se afastando.

— Você só me decepciona. Como faz uma coisa dessas? Agora, mais do que nunca, tenho certeza de que quero distância de você.

— Eu te amo...

— Eu te odeio. Parabéns, pois conseguiu fazer com que eu perdesse qualquer sentimento bom que tivesse por você. Acabou. De vez.

Ele disse isso e se afastou. Amanda deixou que as lágrimas rolassem livremente pelo rosto, indiferente à plateia, que não tirava os olhos da cena. Alguns a chamavam de louca, outros ficaram com pena dela, de notarem seu jeito triste ao ver Lucas se distanciar.

Como um vulcão entrando em atividade, ao ver Lucas deixando o bar acompanhado por Márcio, Amanda saiu correndo com outra garrafa na mão e não pensou duas vezes quando a quebrou ao meio e lançou-a em direção ao rapaz. A garrafa atingiu o braço de Lucas em cheio, fazendo um corte profundo.

Dois rapazes fortes, seguranças do bar, seguraram Amanda e afastaram-na do local aos gritos. Antes de ser arrancada de lá, ela viu rapidamente o sangue escorrendo aos borbotões pelo braço de Lucas e o desespero de Márcio para socorrê-lo. E ainda pôde ouvir dos curiosos e clientes do bar:

— É maluca!

— Ex-mulher! Louca, coitada!

— Alguém chamou a polícia? Precisam deter essa doida.

— Melhor chamar alguém com camisa de força.

Alguns riam. Outros debochavam.

— Me solta — ordenou Amanda.

O dono do bar apareceu cobrando o prejuízo, e ela, tão fora da realidade, não se importou em tirar o que tinha no bolso e jogar no chão. O senhor, filho de português, não se importou em agachar no asfalto e apanhar o dinheiro, mas saiu bufando, ameaçando chamar a polícia.

Amanda estava alheia a tudo à sua volta. Descalça, cabelos emaranhados, a blusa de tricô esgarçada, chorando, sentindo um vazio no peito. Corria em direção aos carros, como se estivesse vendo Lucas em todos eles. Tudo era confuso em sua cabeça, as pessoas à sua volta faziam os mais variados comentários, seu carro abandonado no meio da rua, porta aberta...

Foi nesse momento que viu um rapaz furar o bloqueio das pessoas que formavam uma parede para assistir a seu desespero. Ele foi muito prestativo, passou um dos braços sobre seu ombro e a conduziu até o carro, enquanto falava energicamente aos curiosos:

— Chega, o show acabou! Voltem para suas vidas...

Com jeito, o rapaz abriu a porta do passageiro do carro de Amanda e a colocou no banco como se ela fosse uma criança, com todo o cuidado. Depois de fechar a porta, correu dando a volta no carro e acomodou-se no banco do motorista. Deu partida no veículo, que saiu macio, tomando distância do local.

Houve um breve silêncio, interrompido por uma Amanda nitidamente envergonhada:

— Muito obrigada pela gentileza.

— Eu tinha que retribuir. Queria muito revê-la para lhe agradecer por ter me devolvido a carteira. Não esperava encontrá-la... — Matheus interrompeu, receoso de fazê-la recordar o acontecido.

— Qual o seu nome mesmo? Eu me lembro do seu rosto, vi seus documentos, mas não me lembro do seu nome.

— Tuca — respondeu sorrindo e também surpreso por revelar o apelido que o acompanhava em sua família e entre amigos.

— Prazer, Amanda. Acho que não tivemos tempo para nos apresentar — ela sorriu para ele e logo depois as lágrimas voltaram a molhar o seu rosto.

— Quer ir para algum lugar? Onde mora? Posso deixá-la em casa...

— Quero ver o Lucas. Eu o machuquei muito.

Matheus acabou parando o carro numa rua, algumas quadras à frente do bar, e ficou conversando com Amanda.

110

Conseguiu tirar dela alguns sorrisos e a convenceu a voltar para casa.

Ele havia saído do seu apartamento muito chateado com Maíra. Pensativo, conversava com Deus pedindo a Ele que lhe mostrasse o que fazer, pois já não acreditava que sua noiva fosse quem realmente esperava e também não se imaginava ao lado dela por muito tempo.

Depois de andar à toa, percorrer ruas sem destino, se viu entre os curiosos, apreciando a briga de um casal. Foi pego de surpresa ao reconhecer Amanda protagonizando a cena, totalmente alterada. Conteve-se até vê-la perdida no meio da rua, sem saber o que fazer, vendo as pessoas distantes, amedrontadas com a moça que fora capaz de lançar uma garrafa de cerveja no ex-marido.

Agora estava ali, diante do sorriso de Amanda, a moça que quase o atropelara, que tivera a generosidade de devolver sua carteira na empresa onde trabalhava... Lembrou-se de Deus e agradeceu em pensamento a oportunidade de conhecê-la, pois desde a primeira vez que a viu sentiu que algo muito especial ainda sentiria por ela. Deus havia escutado as suas preces.

Assim que Lucas passou pela porta do hospital, acompanhado por Márcio, foi amparado por um segurança, que lhe ofereceu uma cadeira de rodas. Não tinha quem não olhasse para o jovem machucado, rosto pálido, segurando o braço ensopado de sangue.

— Ele precisa ser atendido com urgência, meu irmão, não de uma cadeira de rodas! — esbravejou Márcio, já assustado com a quantidade de sangue que o amigo vinha perdendo.

Márcio falou isso e foi arrastando Lucas pelo outro braço até o balcão, ignorando o segurança com a cadeira de rodas.

A atendente, acostumada com os mais variados casos, não deu muita importância para o que viu. Entregou uma ficha e caneta para que Márcio a preenchesse e lhes deu as costas para atender o telefone.

— Claro que vou, como não? Essa festa será top — dizia a moça, toda maquiada, ao telefone, enquanto apreciava as unhas esmaltadas e sem cutículas.

Lucas se fazia de forte, mas estava sentindo as pernas trêmulas, e quem o via podia dizer que estava diante de um fantasma, de tão pálido que estava.

Aquele comportamento egoísta, indiferente da moça irritou Márcio, que não entendia alguns itens pedidos no formulário e precisava do auxílio dela. Verdade também que estava muito nervoso e não conseguia se concentrar, por causa do estado de Lucas.

Márcio chamou uma, duas vezes a moça, que pareceu não ouvir de tão entretida que estava ao telefone. Ele não pensou duas vezes, pulou o balcão, e a confusão começou. O segurança aproximou-se, os outros pacientes que estavam aguardando deram razão àquela atitude, e foi um rebu daqueles.

Lucas assistia a tudo quase debruçado sobre o balcão, sentindo náuseas. Logo apareceu um médico, um enfermeiro, mais dois seguranças... Márcio só não foi retirado da recepção e posto para fora do hospital porque o médico deu razão a ele, pois não simpatizava com a recepcionista.

Enérgico, o médico, com o olhar pequeno escondido atrás dos óculos também miúdos, organizou tudo. Olhou rapidamente para o braço de Lucas e pediu que ele fosse levado à emergência.

112

— Anuncie a enfermeira Maíra. Hoje é plantão dela. Quero que acompanhe o procedimento — o médico falou enquanto sentava o jovem na cadeira de rodas, para satisfação do segurança que, a pedido do médico, o conduziu pelo corredor iluminado. — Leve o rapaz para a emergência, coloque-o no setor dois, a enfermeira já estará lá para recebê-lo — finalizou, olhando para a recepcionista, que estava nervosa, organizando os papéis sobre a mesa. — Já anunciou? É para ontem!

— Farei isso agora! E o formulário para preencher? — perguntou, olhando com medo para Márcio.

— O rapaz lhe dará as informações, e você, mocinha, o preencherá — disse isso e saiu apressado, consultando o relógio.

A moça, que antes fazia tudo a seu tempo, sem pressa, agora, depois das ordens do médico, pareceu até atrapalhada. Pegou a prancheta com papel e caneta e os documentos que Márcio lhe entregou. Ela estava com as mãos trêmulas. Em seguida, anunciou numa voz firme:

— Enfermeira Maíra, queira comparecer à emergência. Enfermeira Maíra...

Márcio teve vontade de rir, mas aproveitou que a moça anunciava a enfermeira e ligou para Alice, para avisar que ia se atrasar.

Capítulo 11

Alice desligou o telefone com um sorriso no rosto, típico da sua personalidade sensível, amorosa. Estava na cozinha. Depois de colocar o aparelho na base, lavou as mãos e, após secá-las, abriu a geladeira, de onde retirou o bolo que havia feito naquele dia. Era uma encomenda, assim como os quitutes que estavam dispostos sobre a mesa, acomodados em travessas.

— Que delícia! Não vou resistir — falou Cristiane, entrando na cozinha, toda animada.

— Não mexe aí, menina! — brincou Alice, batendo com a colher de leve na mão da irmã. — Acha que não pensei em você? — foi até o forno, de onde tirou uma vasilha de vidro cheia de salgados.

Cristiane pegou a vasilha, alegre como uma criança, e começou a comer em pé mesmo, encostada na pia, ouvindo a irmã falar, orgulhosa do marido.

— O Márcio ligou agora mesmo. Está no hospital com o Lucas, amigo dele. Pelo que disse, estavam saindo do trabalho quando a ex-mulher do amigo, furiosa, apareceu com uma garrafa na mão e acertou ele.

— Nossa, com uma garrafa na mão? Eles não estavam no bar? — perguntou desconfiada e certa de que o cunhado estava num bar e não quisera falar a verdade.

— Não, estavam saindo do trabalho — afirmou Alice, sorrindo. — Marido de ouro eu arrumei, minha irmã. Tão generoso, acompanhou o amigo!

Cristiane ficou quieta, e por alguns segundos deixou de ouvir os elogios que Alice tecia sobre o marido. Pensou em falar quem de fato ele era, do que era capaz e o que fizera. Tinha vontade de contar tudo para a irmã, porém ainda se lembrava da voz grosseira do cunhado ao telefone, ameaçando divulgar as imagens dela bêbada, o que significaria a perda definitiva da guarda de sua filha. Triste constatação, mas tinha de reconhecer que estava nas mãos do cunhado.

Farta de ouvir elogios que não eram cabíveis a Márcio, Cristiane beijou a irmã, agradeceu pelos salgados e foi saindo da cozinha. Mudou de assunto:

— Como estou feliz, minha irmã, por ter conversado com a minha filha. Como isso me fez bem. Viu como ela está linda?

Alice sorriu concordando, e quando a irmã desapareceu pelo corredor, na direção dos quartos, seu sorriso também sumiu. Estava feliz por rever a sobrinha, mas ouvir a voz de Yoná, ver suas mãos enérgicas sobre Isabela, a fez ficar triste e voltar ao passado, à época da escola... Fechou os olhos e era como se tudo voltasse...

— Tibum, você é assassina! — divertia-se o menino, sorrindo, o que o tornava ainda mais bonito e hipnotizava Alice.

— Pare com isso, menino. Vá para sua sala agora — ordenou Yoná, anos mais jovem, esguia, cabelos negros e soltos nos ombros.

— Com licença, dona Yoná.

Yoná, a diretora, acenou positivamente com a cabeça e deu um sorriso leve para o menino, que saiu correndo pelo pátio do colégio.

— Agora é entre nós duas, mocinha — falou olhando para Alice. Depois a pegou, apertando o braço gordo da menina, e saiu arrastando-a até sua sala. — Quero saber o que aconteceu.

Alice bem que tentou contar que fora vítima das gracinhas e chacotas dos outros alunos, que zombavam dela por ser gorda, mas Yoná não lhe deu permissão e ainda redigiu uma carta para que fosse entregue à mãe da garota.

— Vá para sua casa, está suspensa. Só volte amanhã... e acompanhada de seus pais.

— Mas, dona Yoná, tenho prova.

— Espero que sua mãe seja educada...

— A senhora conhece minha mãe.

Era verdade, Yoná conhecia bem a mãe de Alice, mas diante do problema entre o menino, filho de uma amiga pessoal dela, e a filha da costureira, preferia defender o causador da discórdia.

Quando a menina saiu, Yoná observou o olhar choroso dela ao fechar a porta e pensou: "Herdou o olhar do pai, os traços finos do rosto". Depois tratou de dissipar aquelas lembranças.

No dia seguinte, Alice voltou acompanhada da mãe. Era uma mulher bonita, jovem, embora seus traços revelassem que a vida não vinha sendo fácil. Yoná percebeu isso logo que a viu, ainda assim, pôde perceber que era feliz.

— Quero saber o que aconteceu aqui para suspender Alice. Espero que tenha uma desculpa plausível para isso, pois não aceito que não tenha acreditado na versão da minha filha, ou melhor, prefiro não imaginar que você não quis nem ouvi-la.

Yoná ficou sem jeito, não esperava encontrá-la tão bem, forte, uma leoa. Mesmo assim sustentou o que havia acontecido com a outra menina, no banheiro, que a deixou alguns minutos desacordada.

— Uai! E agora minha filha pode ser achincalhada e tem que engolir seco? Quer saber, tenho muito o que fazer para ouvir seus desatinos.

— Tem costuras para fazer, né? — havia deboche na voz da diretora.

— Sim, com muito orgulho. Agora minha filha vai voltar para a sala de aula e você vai aplicar a prova que ela perdeu. E não vai deixá-la com falta. Estamos entendidas?

— O que vai fazer se eu não cumprir...

— Vou fazer uma coisa que você gosta muito: usar as minhas influências.

Yoná começou a rir.

— A esposa do dono do jornal é minha cliente. Não duvide de que eu faria de tudo para divulgar uma nota sobre como está essa escola. Você é diretora aqui, né?

— Bobagem, quem daria crédito a uma costureira? — falou num tom que fez a mãe de Alice entender que havia ficado preocupada.

— Não duvide de mim — pegou a mão de Alice, que assistia a tudo sem entender muito bem. — Vamos, minha filha, me mostra onde é sua sala, vou te levar lá.

Antes de sair, a mãe da menina, já na porta, disparou:

— Sabemos muito bem por que está fazendo isso. Em vão. Espero não ter o desprazer de revê-la. Não me faça voltar aqui, Yoná. Ah! Agora é mãe, tem um filho, pensei que soubesse como educar. Não me venha dizer que isso que você faz com essas crianças é educação — disse isso e bateu a porta.

117

Yoná, que até então manteve o corpo esguio ereto, deixou-se desfalecer na cadeira, tinha a respiração ofegante. Colocou uma das mãos no peito e respirou fundo.

No mesmo dia, quando Alice chegou em casa, a mãe anunciou que ela sairia da escola. Estava resolvido. A menina começou a chorar, o que durou a noite toda. Alice não queria deixar a escola, pensar que não veria mais o menino por quem era apaixonada. Ela não viu ali a oportunidade de ter paz, novos amigos, argumentos que o pai usou para tentar convencê-la.

Durante a noite, a mãe da menina acordou para beber água e pôde ouvi-la chorando.

— Menina, vai dormir! Desse jeito acorda sua irmãzinha. Cristiane custou a dormir, se acordar, você vai fazê-la dormir — falou isso puxando a coberta para cobrir Alice, e percebeu que ela estava com febre.

A mãe a medicou e passou a noite a seu lado, apreciando a filha. Como amava suas meninas, seu marido. Era muito agradecida a Deus por tê-los por perto. Sentia-se feliz, mesmo com as dificuldades.

No dia seguinte, para sua alegria, Alice abriu um sorriso ao saber que não deixaria a escola. Isso sob a advertência de sua mãe:

— Mais uma queixa e você deixa essa escola. Mesmo que eu tenha que costurar dia e noite para pagar seu transporte, você vai para outra escola.

A menina, feliz da vida, beijou a mãe e depois deu a mão fofinha para o pai, que naquele dia a deixaria na escola antes do trabalho.

De sua sala, por trás da cortina, Yoná pôde ver Alice chegando à escola em companhia do pai. Ele, muito amoroso, beijou a testa da menina, agachou à sua altura, fez o laço do sapato dela, arrumou sua blusinha num laço frouxo no pescoço, deixando o tecido cair sobre o ombro, passou a mão levemente em seus cabelos desalinhados, conversou algo que fez a menina se desmanchar de rir e depois a abraçou. Ele se levantou e ficou observando a menina entrar na escola. Foi nesse ínterim que ele olhou para a escola, num gesto triste, como se lhe desse certa saudade. Rapidamente, Yoná, emocionada com a cena, fechou a cortina.

Alice entrou na escola sorridente ao ver o menino, mas estava tão feliz por vê-lo que não se importou ao ouvir:

— Olha quem chegou, a Tiiiiiibummm!...

Cristiane voltou para a cozinha bem nessa hora da recordação:

— Está chorando, Alice? O que foi, minha irmã?

— Nada, minha querida, só recordações do papai — disse ao abrir os olhos.

— Tenho muita saudade dele.

— Passou — comentou numa voz firme, secando as lágrimas. — Daqui a pouco estamos as duas lavando a cozinha.

Começaram a rir. Cristiane abraçou a irmã. Ficaram assim por alguns segundos, cada uma com seu pensamento.

"Como sou agradecida por ter minha irmã ao meu lado, ter o Márcio na minha vida, um marido tão bom."

"Alice, como tenho medo de que você sofra com a verdade. Uma hora ela vai aparecer e espero que esteja preparada."

Maíra, depois da breve discussão com o noivo, ficou em lágrimas no apartamento. Como queria que ele tivesse gostado do armário do quarto!... Lembrou-se de Cássio, afirmando que Matheus estava fascinado com

119

aquela atitude dela, por isso não conseguia entender a reação do noivo.

Ficou assim por alguns minutos, sentada no sofá, ainda embalado com plástico e papel, com os olhos fixos na porta. Tinha esperança de que o noivo voltasse se desculpando, dizendo o quanto tinha gostado de tudo, aprovando suas compras.

Isso não aconteceu, e o relógio indicava que ela estava atrasada para seu plantão. Foi ao banheiro, lavou o rosto. Depois de secar e ver o rosto inchado no reflexo do espelho, Maíra apanhou a bolsa, apagou as luzes, fechou a porta e foi embora.

Chegou ao hospital péssima, mal-humorada, sem querer falar com ninguém. Esse comportamento era típico dela, que não tinha simpatia alguma pelo ofício. Não estava ali pela mãe, que era um exemplo de enfermeira, mas pelo noivo, que insistia em vê-la trabalhando, conquistando seu espaço profissional. Ela odiava tudo aquilo, por isso planejava parar quando se casasse. Melhor, ela já tinha esse desejo secreto de, quando a data do casamento fosse marcada, pedir demissão. Tinha com ela que Matheus ganhava bem o bastante para sustentá-la. Para que se sacrificar no transporte público, aguentar cara feia de gente de quem não gostava, e por aquele mísero salário?

Depois de se trocar, ela se trancou no banheiro e começou a chorar novamente. Apanhou o celular e viu a foto do noivo sorrindo, passou o dedo sobre o visor, e as lágrimas escorreram ainda mais. Foi então que ouviu seu nome sendo anunciado. Teve vontade de fugir daquele lugar.

"Parece de propósito. Ainda tinha que ser emergência?", pensou.

Ela chegou ao setor e tratou de afastar a cortina para ver o paciente. No entanto, fez isso sem dar importância a quem poderia ser a pessoa. Fez algumas perguntas de costume, enquanto preparava os materiais que usaria para o procedimento.

Outra enfermeira entrou no setor, uma moça acelerada, pequena e de cabelos longos, toda sorridente, como se estivesse numa festa. Era uma das poucas amigas de Maíra no hospital. O celular da moça tocou e ela saiu sorridente, fazendo sinal de que era um rapaz pelo qual estava interessada.

Maíra sentiu inveja da moça, teve vontade de chorar pela enésima vez, mas se conteve. Pegou a bandeja com agulha, algodão e um tubo, e foi então que reconheceu Lucas. Ele estava com tanta dor que não a reconheceu do episódio em que dissera que Amanda estava grávida. Ela teve vontade de rir ao se lembrar dele nervoso, a ponto de querer agredi-la pelo equívoco.

A enfermeira preparou a injeção para aplicar nele e pensou em espetá-lo com força. Antes de aplicar, preocupada em não cometer o mesmo erro, ela voltou para a mesa onde estava a prancheta e a leu atentamente para ver se o procedimento estava correto. Leu sem poder acreditar, mas, se era o que estava escrito, tinha que cumprir. Constatou que estava fazendo errado, era outro medicamento que tinha que aplicar no paciente. Jogou fora o que tinha preparado e aplicou o que tinha por certo no braço de Lucas.

O rapaz, que estava deitado na maca, rapidamente apagou. Ela saiu arrastando sua maca, ainda seguindo o prontuário, e o levou para a sala de cirurgia, onde lhe aplicariam a anestesia.

Depois de deixar o rapaz na sala, voltou pensando em Lucas e no que poderia ter lhe acontecido. Viu o estado do braço dele, mas não pensou em nada. Ela ainda

121

passou pela copa e se serviu de um café antes de ser abordada por Márcio, que perguntou pelo amigo.

— Já está na cirurgia. Aguarde que o médico virá dar notícias...

— Cirurgia?

— Sim, amputação do braço. O procedimento leva...

— Como assim? — Márcio ficou desesperado. — Meu amigo se cortou com uma garrafa de cerveja quando estávamos no bar — foi essa a versão que Lucas convenceu Márcio a contar no hospital, pois, embora estivesse furioso com Amanda, não gostaria de vê-la envolvida com a polícia por tentativa de homicídio. — Tem certeza? Veja isso direito, moça...

Maíra começou a ficar preocupada com o nervosismo de Márcio, por isso correu até a sala onde fizera o prévio atendimento e checou os prontuários. Estava tão tensa ainda com sua situação amorosa que não se deu conta de que mais uma vez trocara os prontuários. Dessa vez, ela leu os nomes e viu que aplicara em Lucas o medicamento errado. Pegara o prontuário de sua amiga, que tinha saído para atender o celular.

Márcio, que acompanhara a enfermeira até ali, ficou preocupado com a palidez e o silêncio dela.

— O que aconteceu? Me diga, fale alguma coisa!

Maíra nada disse, saiu correndo. E Márcio atrás dela. Ela havia mandado, indevidamente, um homem para o centro de cirurgia, para amputação do braço. E já fazia meia hora...

— Moro neste prédio — indicou Amanda para que Matheus estacionasse o carro.

— No trajeto, me disse onde morava e achei melhor trazê-la para cá.

— Eu preciso ver o Lucas! — falou brava. — Ele deve estar no hospital por minha causa, eu o coloquei lá. Que situação, meu Deus. Eu estava fora de mim. Como pude fazer isso com ele?

Matheus ficou em silêncio, observando-a. Achou-a linda assim mesmo, tanto que só prestou atenção em seu rosto, em seus olhos, e não se atentou em nada do que ela falava.

— Se acontecer algo grave com ele, não vou me perdoar. Não sei onde estava minha cabeça ao come-ter aquela agressão — parou ao ver o sorriso nos lábios de Matheus. — Você está rindo? Deve me achar uma louca.

— Linda!

— Como?

— É o que acho. Você é linda.

Amanda ficou sem jeito, disfarçou e insistiu para que ele a levasse ao hospital.

— Acha mesmo que ele quer vê-la? Sinceramente, você deve ser a última pessoa que Lucas vai querer ver nesse momento. Vá pra sua casa, tome um banho quente, um calmante, relaxe. Amanhã será outro dia e por certo estará com a cabeça fresca para decidir o que vai fazer.

Amanda ficou em silêncio, ouvindo as recomen-dações de Matheus. Refletiu e percebeu que ele esta-va certo.

— Obrigada, Tuca — disse sem jeito ao chamá-lo pelo apelido, já que não recordava seu nome e ficou constrangida em perguntar.

Ele apenas sorriu, deixando aparecer os dentes perfeitos, o rosto iluminado. Depois desceu do carro.

123

Amanda fez o mesmo. Já na calçada, Matheus entregou a chave do automóvel para ela.

— Muito obrigada por tudo. Você foi um anjo que apareceu naquela hora, não sei o que faria se...

Matheus, a cada palavra de Amanda, se aproximava mais dela, a ponto de interrompê-la com um beijo. E foi correspondido. Foi um beijo breve, intenso, de muito significado, assim como o abraço caloroso no qual Matheus a envolveu. Ela sentiu o corpo estremecer. Fazia tempo que não sentia algo tão forte e intenso.

Ainda assim, confusa, Amanda desfez-se do abraço. O rapaz não se encabulou, beijou-a no rosto, depois saiu andando com o rosto voltado para trás, encarando Amanda como se estivesse contemplando fogos em noite de ano-novo.

Três passos depois, o rapaz se virou novamente, sorrindo, e continuou andando, deixando Amanda na calçada, estática. Só quando o viu desaparecer na esquina a moça se deu conta de que deixara o carro aberto. Resolveu deixar o veículo ali mesmo depois de fechá-lo.

Ao passar pela portaria, cumprimentou o porteiro sem lhe dar mais atenção. Estava muito confusa com tudo que havia acontecido e também se via muito apaixonada por Lucas para dar maior atenção àquele beijo. Ainda séria, Amanda apanhou o elevador.

O porteiro, que acompanhou a chegada da moradora desde a rua, não deixou de comentar sozinho:

— Esses jovens de hoje não perdem tempo. Outro dia mesmo estava chorando pelo marido. A cama nem esfriou e já está doidinha para colocar outro lá.

Capítulo 12

O trem, como de costume, estava lotado. Cristiane tentava de uma forma ou de outra desvencilhar-se das pessoas e achar uma posição melhor. Impossível. Sentia suas pernas doloridas pela força que fazia para se manter em pé enquanto as pessoas pareciam cair sobre ela.

— Por aqui — foi o que sugeriu o jovem que observava Cristiane. Sorrindo, com brilho intenso nos olhos, ele fez isso enquanto estendia uma das mãos.

Cristiane a segurou como se fosse uma corda para tirá-la de um poço sem fundo; representava a salvação naquele trem lotado. A moça sentiu aquela mão macia segurar a sua e correspondeu ao sorriso encantador do jovem.

— Obrigada. Estava com medo de cair ali...

— Está tão cheio que, se desmaiar, só irão perceber quando as pessoas começarem a descer — falou o jovem com voz divertida.

Cristiane, ainda segurando a mão do rapaz, agora mais próxima dele, pôde sentir seu hálito adocicado. Os cabelos bem cortados não refletiam a moda atual, mas eram bem cuidados, penteados com gel. Ele usava em uma das orelhas um brinco pequeno, que lhe conferia certo charme.

— Estava curioso para saber de onde a conheço.

— Tudo tem seu tempo, não acha? — devolveu ela, sem tirar o ar simpático do rosto.

Cristiane o fitou como se estivesse diante de um quadro, daqueles que hipnotizam, que fazem refletir, pensar, viajar, querer ter em casa.

— Eu vi você com a Lucimar. Ela trabalha comigo.

Ele ficou sério. O sorriso desapareceu. Ela não percebeu, atribuiu essa mudança ao solavanco que o trem deu, o que fez os passageiros balançarem de um lado para o outro. O rapaz, prestativo, segurou-a com mais força, tanto que depois, quando houve a estabilidade do trem, pegou a mão dela como se a fosse ler.

— Lê mãos? Vai ler a minha? Adoro saber o que está para acontecer... — brincou, pensando em Isabela. Se pudesse fazer alguma pergunta, a primeira seria se ganharia a guarda da filha de volta.

— Não! — ele falou sério, olhando em seus olhos, enquanto passava os dedos na palma de sua mão.

— Como? — o silêncio prosseguiu, o que a deixou angustiada. Não sabia interpretar o que estava acontecendo. Teve vontade de puxar a mão, mas não conseguiu.

Cristiane ficou confusa, era como se ele tivesse lido não apenas sua mão, mas também seus pensamentos.

— Não é possível que isso... não posso acreditar! — a voz do rapaz saiu surpresa. Como por um impulso, ele soltou a mão de Cristiane e, sem desviar o olhar, se distanciou dela, o que a deixou aflita.

Cristiane quis chegar perto dele, mas não conseguiu. Cada vez ele estava mais distante. Foi quando ela começou a gritar, tomada por um desespero incontrolável.

126

— Calma, Cris! Minha irmã, acorde! — pediu Alice, sentada na beira da cama de Cristiane. — Você sonhou, meu bem.

— Meu Deus! O que aconteceu? — falou assim que despertou, sentindo o corpo tenso, como se realmente tivesse acabado de sair do trem.

— Foi um pesadelo. Estava na cozinha e ouvi você gritando — tornou Alice com um sorriso ameno, consolador.

— Eu estava num lugar apertado, tinha muita gente, me apertavam... — relatava com dificuldade, em lágrimas, revivendo aquela angústia.

— Estava no trem, então.

— Isso! — gritou ao recordar do jovem. — Ele estava lá. Não me lembro o que disse...

— Ele quem?

— O rapaz que vi me observando no trem.

— Ele deve estar a fim de você. Devia falar com ele ou deixá-lo se aproximar — sugeriu Alice, sorrindo. Fez uma pausa quando observou o rosto tenso da irmã e aconselhou: — Esqueça. Tem vivido momentos muito tensos em sua vida ultimamente. Procure descansar. Vou preparar um chá pra você.

Para Cristiane tudo parecia muito real, tanto que, ao fechar os olhos, foi o rosto do jovem que ela viu. Ele não estava sorrindo como de costume.

Mesmo tarde da noite, nitidamente cansado, Márcio não conseguia controlar o riso ao se lembrar de Maíra. O rapaz estava dirigindo seu carro pelas ruas tranquilas da madrugada da cidade. Ao seu lado estava Lucas, adormecido, braço enfaixado.

— Que maluca essa enfermeira! Como pode isso? — falava sozinho ao se recordar de Maíra invadindo o centro cirúrgico para impedir seu erro. Ela acabou aos prantos depois de apalpar o braço de Lucas.

O pensamento de Márcio mudou ao estacionar na frente do apartamento de Lirian, onde Lucas estava vivendo ultimamente. Cuidadoso, cutucou o braço do amigo, que acordou sem saber onde estava. Márcio brincou fazendo o resumo das últimas horas.

— Sua ex lançou uma garrafa em seu braço, a enfermeira mandou você para a cirurgia, iam amputar seu braço. Meu irmão, as mulheres estão na bronca contigo. Aconteceu do jeito que falei. Depois de desfeita a situação, levaram você para um quarto, cuidaram do seu braço. Quando você despertou, teve alta.

— Essa enfermeira maluca... Agora estou me recordando dela. Na hora que a vi eu não estava muito bem. Eu a vi apenas enquanto estava mexendo no prontuário, mas foi o bastante para me lembrar do que fez.

— Você não viu nada. Eu que te contei! Vai dormir que o seu mal é sono.

— Não. É ela mesma. Ela também confundiu os prontuários e falou que a Amanda estava grávida. Quase me joguei do andar onde estava. Eu me separando e ouvindo isso!

Os dois acabaram rindo. Lucas sentiu uma pontada na cabeça e percebeu que realmente precisava descansar. Ele abriu a porta do carro e, com dificuldade, desceu. Márcio saiu do carro e rapidamente foi para o lado do passageiro ajudar Lucas a chegar até o portão. Conversou com o porteiro e o levou até o elevador.

— Obrigado, meu amigo. Não chamo você pra subir porque é tarde e acho que já não aguenta mais ver minha cara.

— Relaxa. Boa recuperação. Me liga se precisar de qualquer coisa.

— Preciso fazer uma ligação ainda hoje. Para alguém que pode dar uma segurada nas maluquices da Amanda.

— Ainda hoje? Deixe para amanhã.

Márcio se despediu e foi apressado em direção a seu carro. Ele pensava: "É um risco ver a Lirian. Melhor ir logo embora".

Ele chegou em casa exausto. Depois de guardar o carro, entrar em casa, passar a chave na porta, sentiu o quanto precisava de sua cama. Tomou um banho e, antes de se deitar, saboreou um copo de leite. Esse foi seu jantar. Viu sobre a mesa um prato, mas não se deu o trabalho de ver o que Alice havia lhe preparado.

Quando acordou, Alice não estava a seu lado. Saltou da cama e consultou o relógio, preocupado se estava atrasado. Não estava.

Já pronto para o trabalho, cabelos ainda molhados, Márcio apareceu na cozinha. Carinhoso, abraçou Alice por trás e deu um beijo em seu pescoço que a fez se desmanchar em risos.

— Estava tão boa a despedida de solteiro!

— Seu bobo, você me avisou que estava no hospital com o Lucas.

Ele apenas riu. Gostava da confiança que a esposa tinha nele.

Alice o bombardeou de perguntas enquanto preparava a mesa para o marido. Ora ria, ora ficava séria, pensativa.

— Pobre moça, deve ser muito apaixonada pelo Lucas para fazer uma coisa dessas. Agora, essa enfermeira, coitada, deve ter perdido o emprego.

— Não sei, mas uma suspensão ela mereceu. Erro grave. O Lucas podia acordar hoje sem um braço por um erro dela — vendo a esposa rir, ele mudou de assunto.

— E a Cristiane, cadê? Vai folgar hoje no trabalho também?

— Já saiu, coitada. Foi mais cedo. Não quis te esperar. Cheguei a conversar com ela antes de sair.

— Sei — havia um ar sério, preocupado em seu rosto. Foi quando resolveu colocar em prática seu plano para tirar Cristiane de sua casa. — Estive pensando, acho que não é boa ideia manter sua irmã aqui.

— O que quer dizer com isso?

— Depois do escândalo que fez... Acho que começa assim, depois piora. Melhor mandá-la de volta para Minas Gerais.

— Não acho boa ideia. Lembra do estado dela quando a trouxemos para cá? Você mesmo deu a ideia de tê-la aqui em casa, para trabalhar, reequilibrar-se e lutar pela guarda da filha.

— Me enganei, meu amor. Já pensou na vergonha se ela começar a beber como antes, aparecer jogada nas calçadas. O que os vizinhos vão pensar?

— Não estou preocupada com os vizinhos, Márcio, mas com minha irmã, com o bem-estar dela — falou séria, preocupada com o rumo da conversa.

— Daqui a pouco estará tomando nossos perfumes, como já fez...

— Deixa de bobagem! — falou, virando as costas para Márcio, mexendo na pia.

Os olhos de Alice se encheram de lágrimas. Lembrar as situações pelas quais já tinha visto a irmã passar era reviver uma grande tristeza. Não queria mais aquilo para Cristiane.

— Você mesma me contou. Melhor pensar direito nisso. Não estou a fim de ser conhecido no bairro como o cunhado da pinguça.

Márcio levantou-se da mesa certo de que já havia plantado uma semente na cabeça de Alice, de que o certo era ter Cristiane longe deles. Consultou o celular para ver a hora e viu uma ligação perdida de Lirian. Tomou o cuidado de apagar o registro, depois guardou o aparelho no bolso.

Ele percebeu que havia deixado a esposa chateada com aquela conversa, mas não voltou atrás no que havia sugerido, no seu desejo de despejar a cunhada de sua casa.

— Já vou trabalhar, Alice — vendo que a mulher nada disse, Márcio foi até ela e, como fizera ao entrar na cozinha, repetiu o gesto e a beijou, desta vez na cabeça. Ficou ainda alguns segundos sentindo o perfume de seus cabelos e finalizou antes de sair: — Bom dia, meu amor. Pense no que lhe disse. Acho que será melhor pra todo mundo.

Alice nada falou, nem o acompanhou até o portão, onde costumava ficar acenando até o carro tomar distância. Ela amava demais a irmã para se afastar dela, principalmente naquele momento em que seu problema com álcool parecia um vulcão adormecido que começava a dar sinais de querer entrar em erupção. Agora estava ali, no meio de um dilema: apoiar o marido, que tanto amava, ou brigar pela irmã, que tanto precisava de sua compreensão, de seu carinho...

Maíra tivera uma noite péssima, um de seus piores plantões. Depois de conseguir desfazer o erro dos prontuários, de ver que Lucas não ficara sem braço por sua culpa, ela respirou aliviada. Ouviu muito também do médico-chefe, recebeu advertência, que ela assinou entre risos e lágrimas.

Quando terminou seu plantão no hospital, se deu conta de sua realidade. Ligou para Matheus e ouviu a voz dele na caixa postal. As lágrimas recomeçaram.

Então Maíra resolveu fazer o que sua avó sempre fazia: entrar numa igreja para agradecer. Mas ela entrou para pedir. Ao ver o padre, teve uma ideia e se sentiu tão agraciada que não perdeu tempo. Foi correndo falar com ele, depois foi à sacristia.

Vinte minutos depois, a moça descia do táxi, na porta da empresa em que Matheus trabalhava. Com sorriso no rosto, pediu que o chamassem. Estava radiante, eufórica, e nem se lembrava mais do que fizera no último plantão.

— Maíra, o que aconteceu? Você aqui a essa hora! — foi assim que Matheus a recebeu, logo que desceu do elevador e ficou na frente dela.

A moça não se importou com a indiferença do noivo, quase se jogou nos braços dele. Fez isso dando um beijo rápido nos lábios de Matheus, que falava sem entender aquela visita inesperada.

— Preciso lhe dizer uma coisa. Algo que vai marcar nossas vidas!

Matheus também ansiava falar com ela. Algo que também mudaria suas vidas. Depois que o rapaz deixara Amanda no prédio dela, na calçada, que a beijara, ele se sentiu mudado, como se tivesse, de fato, descoberto o amor. Claro que tinha tido boas sensações ao lado de Maíra, mas com Amanda tinha sido diferente. Era como se tivesse sido um reencontro. Não conseguia explicar, queria apenas sentir.

Por isso, quando voltou para casa, com sorriso fácil no rosto, Matheus ficou pensando em sua vida sem Maíra,

132

e percebeu como tudo poderia ser diferente. Descobriu que não gostava dela a ponto de se casar, ter filhos, constituir família. Custou a dormir pensando numa forma de pedir-lhe um tempo.

Estava confuso. Amanda havia mexido com seus sentimentos. Chegou ao trabalho certo de tomar alguma decisão. Pensou em desabafar com Cássio, mas antes ouviu o comentário do amigo invejoso:

— Está bem hoje. Feliz. O que aconteceu? Passe a fórmula, compartilhe — pedia com o rosto sério, muito incomodado com a alegria de Matheus, que, de tão feliz, não percebia o tom odioso com que o outro lhe dirigia a palavra.

— Nada, não. Está tudo bem — limitou-se a dizer, pois Cássio era primo de Maíra e não se sentiu à vontade para falar sobre outra mulher com ele.

Agora Matheus estava ali, diante de Maíra, com a oportunidade de romper aquele noivado, os planos de uma vida em comum. A sensação de desfazer o relacionamento o fazia sentir-se leve. Por conta disso, tomou coragem e rebateu:

— Também preciso dizer algo sobre a gente...

Ela não prestou atenção no que ele estava falando, como era comum, e o interrompeu:

— Marquei a data do nosso casamento.

— Você fez o quê?

Ela, tomada pela felicidade do ato, repetiu e, não contente, começou a falar sem parar, sem se importar com a expressão contrariada no rosto do noivo.

— Meu amor, já até falei com o padre. Quero o dia só pra mim. Nada de dividir decoração com outras noivas. Não sou qualquer uma, quero o fim da tarde reservado só pra nós. Já peguei o contato da florista. Ela cobra caro, mas vale a pena pelo que vi nas fotos da igreja.

— Sem me consultar, Maíra?

— O irmão da florista é músico, veja que legal, amor. Vou contratá-lo também. Quero entrar sozinha, de branco, tapete vermelho — falava gesticulando, mexendo o corpo todo, como se estivesse numa apresentação para o público. — Nossa, não sei por que estou dizendo isso pra você. É surpresa! Adoro fazer surpresas.

— Não gosto de ser surpreendido — revelou Matheus com a voz alterada, chamando a atenção da recepção.

Naquele momento, Cássio passava por ali, pois ouvira Matheus comentar que a noiva estava no térreo e ficou curioso demais para aguardar em sua cadeira até saber o que tinha acontecido. Por isso pegou um maço de papéis e anunciou que iria tirar cópias.

Quando viu a prima encenando e a alteração de Matheus, tratou logo de divulgar o barraco pela empresa por meio de mensagens de texto pelo celular. Digitou uma só mensagem, para a moça da contabilidade, e foi o suficiente. Ela, que se dizia amiga de todo mundo, na realidade era a fofoqueira de plantão, pronta para comentar com todo mundo a vida de todos.

Com isso, o hall foi tomado por uma plateia armada por Cássio e pela moça da contabilidade.

— Você é louca? Como marca a data do casamento sem me consultar, assim, de repente?

— Como de repente, Matheus? Há quanto tempo estamos noivos? Minha família acha que está me enrolando, já ouvi isso da minha tia, mãe do Cássio. Não foi diretamente para mim, mas ouvi ela comentando em festas da família. Tive vontade de afundar a cabeça dela no bolo da aniversariante.

— Estou me lixando pra sua família — explodiu o rapaz. — Quer saber? Chega! — ele tirou a aliança e a colocou na mão de Maíra.

134

Matheus saiu rápido, estava furioso. Entrou no elevador sem olhar para trás e sem ver Maíra aos prantos, amparada pela moça da contabilidade e por Cássio.

— Vamos dispersar, gente. Que coisa feia, ficar cuidando da vida dos outros... — disparou a moça da contabilidade, controlando o riso, praticamente empurrando as pessoas para seus postos de trabalho.

— Não fica assim, prima, ele te ama. Só ficou assustado com a sua atitude. Aliás, ele gosta de mulheres assim, de atitude.

— Será? — perguntou Maíra, molhando o ombro do primo.

Enquanto isso, Cássio pensava: "Espero que o chefe saiba logo o que aconteceu. Ele não vai gostar nada de saber que Matheus está tratando de sua vida pessoal dentro da empresa".

Capítulo 13

Amanda acordou com o sol invadindo seu quarto pela fresta da janela. Queria ter ficado mais tempo na cama, talvez para sempre. Não estava nada animada, sentia o corpo dolorido quando se levantou. Consultou o relógio e ficou espantada com o horário. Fazia muito tempo que não dormia tanto.

Usava um pijama largo, de Lucas. Estava descalça quando chegou ao banheiro, onde lavou o rosto e escovou os dentes.

Pensou em tomar um banho na hora de sair, já que resolveu naquele momento que iria ver Lucas, pedir desculpas pelo ocorrido e implorar por seu amor mais uma vez. Sem se olhar no espelho, prendeu os cabelos de qualquer jeito no alto da cabeça, com um elástico surrado.

A campainha tocou e o coração da moça acelerou. Pensou que pudesse ser Lucas. Abriu um sorriso largo. Correu até a porta, estava certa de que era ele, arrependido, de malas e sorrisos, pedindo para voltar.

— Surpresa!

Foi o que a moça ouviu ao abrir a porta. Seu sorriso murchou, mas não desapareceu, pois, embora estivesse vivendo um momento turbulento em sua vida, ter o tio por perto lhe transmitia segurança.

Amanda não disse nada, apenas deixou que as lágrimas rolassem pelo rosto e fechou os olhos, quando sentiu o abraço afetuoso de Ney.

— Sabia que você ia se emocionar com a minha visita inesperada, mas nem tanto — brincou. — Posso entrar?

— Claro, Ney. Que bom que está aqui. Como sabia que precisava de você?

— Vim a tempo de vê-la em sua casa. Jamais iria vê-la na cadeia. Já aviso que não vou! Como assim, tomar remédios e parar no hospital? Rasgar o passaporte do Lucas, agredir o moço no bar, depois lançar garrafa no braço do rapaz... Que papelão!

— Como sabe disso? Não foi bem assim...

— O Lucas me ligou.

— Ele não tinha o direito de ligar pra você.

— E você tem o direito de fazer o que vem fazendo? O que está fazendo de sua vida, minha jovem?

— Mamãe já sabe?

— Claro, eu contei!

— Não acredito que fez isso!

— Ué? É sua mãe! Queria que descobrisse quando estivesse presa na delegacia, ou pela televisão? Depois eu ia aguentar Felipa Bianco dizendo que a filha era uma santa, que não entendia o que estava acontecendo? Não!

Em outra ocasião, Amanda deixaria o riso correr solto, mas não conseguiu.

— Tio!

— Já disse: tanta gente falando de mim e eu sozinho para falar de todo mundo.

137

— Não sei como ela não veio com você.

— Deus é mais! Não, Felipa queria vir, falei que passaria em Campinas antes de vir para cá. Não vou ficar arrastando a mala da sua mãe. Já basta a minha — fez uma pausa, pegou as mãos da sobrinha, sentiu-as geladas e, carinhoso, puxou Amanda para o sofá, onde se sentaram. — Querida, o que está acontecendo? — quis saber Ney.

— Minha vida não tem sentido sem o Lucas.

— E vê-lo morto ou a odiando vai resolver a situação? Não imagina que ele esteja fascinado por você com o que vem fazendo, imagina?

— Eu amo o Lucas.

— Bela demonstração de amor tem dado. Olhe pra você, como está se destruindo. Está certo que, até chorando, você é linda — observou a moça esboçar um ar de riso, mas foi enérgico: — Cadê o seu amor por você, o chamado amor-próprio? Está se acabando, está apática. Cadê seu brilho, mulher?

Amanda começou a chorar, soltou o corpo no encosto do sofá, depois abraçou uma almofada e apertou-a contra o corpo.

— Ao fazer isso coloca-se na altura do rodapé. É assim que quer ser vista? É onde está se colocando. Você acha que dessa forma vai reconquistá-lo? Não foi por essa mulher que ele se apaixonou, sinto informá-la. Lucas não se apaixonou por uma mulher chorosa, possessiva, grudenta, infantil... — de repente deu um grito que a fez parar de chorar: — Levanta do rodapé, menina! — Ney a pegou pelas mãos e a colocou de pé. — Cabeça erguida! Tanta beleza, juventude, pra se afogar em lágrimas por quem não a quer? É isso?

— Não estou te reconhecendo, tio.

138

— Eu é que não estou te reconhecendo! Não era para estar com esse corpo lindo envolvido por esse pijama horroroso, descalça, cabelos desalinhados. Não! Era para estar ainda mais linda, cabelos penteados, no salto alto e lá fora, lutando pela vida, buscando ser feliz.

— Eu fiz tudo por ele, Ney. Deixei minha vida de lado, me isentei para ele brilhar.

— Porque foi tonta! Num relacionamento, os dois podem brilhar. Em que geração você vive, na da tosca da sua mãe? Isso é a cara dela... um tem que sofrer para o outro sorrir. Liberte-se disso, pode parar com essa ideia. Livre-se da Felipa com aquelas ideias antigas. Está envelhecendo e se equiparando à sua mãe? Jogue fora a cartilha dela, por favor.

— Não gosta dela, né?

— Não é isso, embora eu tenha os meus motivos, que não vêm ao caso agora. Mas pense nisso: não se pode cobrar quando se faz algo a alguém.

— Ele poderia ter o mínimo de consideração, reconhecer tudo o que fiz por ele. Agora me chutou, me arrancou da vida dele como se não significasse nada.

— Não ouviu o que eu disse? Como você é egoísta.

— Como?!

— Isso mesmo, egoísta! Quer dizer que fez tudo o que fez para agora cobrar? Não foi de coração? É egoísta, sim. Fez pensando na recompensa, o que está fazendo agora. Precisa aprender que fazemos pelo outro só se for de coração, sem segundas intenções.

Amanda, chorosa, sem argumentos para rebater o tio, o abraçou certa de que ele falara tudo para o bem dela e que estava com a razão.

— Vá tomar um banho, se arrumar, mesmo que para ficar em casa, mas sempre bonita. Anda, menina!

139

— Tem razão, vou colocar uma roupa legal, me arrumar melhor para o Lucas.

— Não! Para você. Para se sentir bem, bonita! Precisa se valorizar. Vou te dizer uma coisa... Em nada me agrada interferir na vida dos outros. Brinco com a minha famosa frase...

— ...tanta gente falando de mim e eu sozinho para falar de todo mundo — completou Amanda, nitidamente feliz com a presença do tio.

— Falo isso para irritar a sua mãe. Ela morre de medo de contar os podres da família para os parentes de Ribeirão — os dois começaram a rir. — Aconselho quando me pedem, mas, no seu caso, meu anjo, não consegui ficar assistindo lá da poltrona de casa a você se destruir assim.

Amanda forçou um sorriso quando, na verdade, a tristeza parecia estampar seu rosto, depois beijou de Ney e saiu saltitando para o banheiro.

Ney ficou na sala, deixou o corpo afundar no sofá, descansando, mas a cabeça a mil por hora. Não agradava seu coração ver a sobrinha daquele jeito, dependente, com baixa autoestima, tomada pela tristeza.

Cristiane chegou ao trabalho cedo, pois, como de costume, fugiu da carona do cunhado e, por ter faltado no dia anterior, pretendia se mostrar disposta.

Aquela pausa no trabalho a fez pensar em algo que vinha amadurecendo em sua cabeça, que era mudar de emprego. Quem sabe assim poderia ganhar mais e se mudar de casa também, ter sua vida, se concentrar e lutar pela guarda de Isabela, sua filha.

Pensar na possibilidade de deixar Alice apertava o coração de Cristiane. Não estava em seus planos deixar a irmã, mas o convívio com Márcio a forçava a pensar assim. Estava insustentável encarar Márcio no trabalho, em casa e já temia que Alice desconfiasse disso. Não queria criar qualquer animosidade com a irmã.

Cristiane pensava que, se arrumasse outro emprego e mudasse de casa, poderia juntar forças para contar a Alice tudo o que acontecera, relatar à irmã quem de fato era Márcio. "Será que minha irmã vai me perdoar?", pensava.

A jovem estava na copa assim, pensativa, saboreando um café, quando Lucimar chegou e mostrou-se feliz ao vê-la.

— Como está? Melhor? Que bom que veio hoje! — comemorou sorrindo ao ver Cristiane.

Cristiane abraçou Lucimar, que, sem jeito, retribuiu.

— Estou bem — falou com um sorriso imenso, que a fez ficar ainda mais linda.

— Menina, perdi meu sapato no trem hoje, acredita? Não é a primeira vez — as duas começaram a rir. — A sorte que eu tinha um par na gaveta. O vagão estava tão cheio...

Ficaram ali conversando durante algum tempo. Cristiane, por alguns segundos, deixou de prestar atenção na conversa de Lucimar. Ficou estudando seu rosto, querendo desvendar seus mistérios, um pouco da sua vida, já que ela não se abria com ninguém. Era muito reservada, de poucos amigos e poucas palavras. Não convidava ninguém para sua casa.

No entanto, diante de Cristiane, Lucimar sentia-se à vontade. E a jovem conquistou seu coração numa ocasião em que outra funcionária deixou cair café no chão e tratou Lucimar mal. Cristiane assistiu o bastante para comprar a briga e, assim, ganhar a amizade de Lucimar.

— Eu a vi no trem e estava acompanhada — revelou Cristiane, indiferente ao que Lucimar falava.

— Acompanhada, eu? — perguntou sem jeito. — Deve ser alguma vizinha que mora perto de casa...

— Não! Estava com um rapaz — Cristiane descreveu em detalhes o rapaz que vira no trem, no sonho, e estava tão empolgada que não percebeu o brilho nos olhos de Lucimar. Prosseguiu: — Ele, quando desceu na estação, segurou sua sacola.

— Eu estava sozinha — afirmou rapidamente e enérgica. Apanhou a bandeja e saiu apressada.

Cristiane ficou sem entender. Ela estaria louca ou realmente Lucimar estava acompanhada por um rapaz? Pensava que estava nas mãos de Lucimar desvendar quem era ele. Depois do sonho, o moço ficou ainda mais presente em seus pensamentos.

Será que o rapaz vinha se fazendo tão presente em sua vida que se confundira? "Tenho certeza de que era ele mesmo ao lado de Lucimar", pensou Cristiane.

Lucimar saiu apressada para que Cristiane não visse as lágrimas que insistiam em descer por seu rosto seco, que por muito tempo não via água. Ela se trancou no banheiro e lá deixou as lágrimas rolarem livremente. Depois se olhou no espelho, consultou o relógio e viu que não havia tempo para se lamentar pelos acontecimentos da vida. Concluiu que precisava ser forte, como vinha sendo.

Por fim, depois de lavar e secar o rosto, prender os cabelos no alto da cabeça, passar as mãos molhadas pela nuca, ela falou baixinho:

— Então aquela mulher estava certa. Ele está ao meu lado. Não é possível, meu Deus. Não acredito nessas coisas!

142

Todos, sem exceção, olharam Cássio entrando na empresa. Impossível não vê-lo bem-vestido, como sempre, e com um ramalhete de rosas nas mãos, que ele levava na altura do tórax, para despertar ainda mais a atenção das recepcionistas, assim como no elevador e no departamento.

— Ganhou rosas, Cássio? — comentou uma das moças do departamento, sem conseguir conter a curiosidade.

— Seu aniversário? — especulou outro.

O rapaz, sorrindo, apenas cumprimentou todos e deixou o ramalhete sobre a mesa de Matheus, que estava ao telefone e só ouviu os burburinhos ao redor.

Antes de desligar o telefone, já demonstrou no rosto a surpresa com a ação do amigo. Por conta disso, ainda ao telefone, fez um gesto questionando Cássio.

— É para você dar para a Maíra. Ela vai adorar essa surpresa — falou Cássio e, sem tempo para o outro se defender, pois ainda estava ao telefone, prosseguiu, dessa vez para o departamento: — Ele pediu para eu trazer para ele — mentiu. — Podia muito bem mandar entregar para a minha prima, mas achou melhor levá-las pessoalmente no almoço.

— O que está aprontando? — perguntou Matheus, baixinho, nitidamente irritado com a novidade, já que estava sem falar com Maíra havia alguns dias.

— Não viu a reação do pessoal com a possível reconciliação?

— Cássio, eu não me lembro de ter falado em me reconciliar com Maíra...

— Então, eu fiz esse favor para você. Minha prima está sofrendo tanto, deprimida por você não atender suas

143

ligações, fugir dela — falou isso alto, para ser ouvido, depois baixou a voz e completou: — Depois do que fez com ela na recepção, as moças que antes o admiravam, que suspiravam de amores por você, mudaram de opinião. Precisa tirar essa imagem negativa. Até o chefe observou.

Matheus avaliou que Cássio estava certo. De onde estava pôde ver o chefe, atrás do vidro grosso, olhando em sua direção. Talvez Cássio estivesse certo, pensou o moço, tinha tratado muito mal a noiva. Não queria o mal dela, mas não se via a seu lado, não depois do beijo que roubara de Amanda.

Depois do rompimento com Maíra, Matheus passou dias, após o expediente, circulando em volta do prédio onde Amanda morava. O dia que tomou coragem para se aproximar, a viu bem arrumada ao lado de Ney e, como não sabia quem era ele, deixou o sorriso desaparecer do rosto, assim como a coragem de falar com a moça.

Deduziu que ela estivesse conhecendo outra pessoa, pois a viu sorrindo, de braços dados. Amanda, carinhosa, em determinado momento, ainda beijou o braço de seu acompanhante.

— Está me ouvindo, Matheus? — perguntou Cássio ao notar o olhar perdido de Matheus.

Cássio vinha notando esse comportamento dele. Percebia Matheus agitado, impaciente, principalmente ao ler as mensagens de Maíra. Muitas das mensagens eram incentivadas por Cássio, só para vê-lo nervoso.

O jovem ambicioso não tinha intenção de unir o casal simplesmente para vê-los felizes ou para alegrar a prima. Não! Ele fazia isso porque conhecia Matheus o bastante para saber que já não havia interesse nenhum dele por Maíra.

144

Mas aquela situação tirava Matheus do eixo. E era notório ao departamento, e também para o chefe, esse desequilíbrio. Logo ele, Cássio, se colocava como o melhor amigo, o cara que encobria os erros, que acalmava as fúrias de Matheus e, com isso, conseguia o que mais almejava: ser visto pelo chefe como o funcionário de confiança, enquanto Matheus tornava-se a opção de corte.

— Sim, melhor, não... desculpe-me. Você tem me dado a maior força e eu aqui nem dando a mínima.

Cássio apenas riu, depois deu as coordenadas:

— Já fiz as reservas no restaurante, avisei minha prima.

Matheus, mais uma vez, estava longe, pensando em Amanda.

Capítulo 14

— Muitos se deixam levar pelos pensamentos dos outros, acatam as decisões impostas sem questionar e, por isso, deixam de ouvir seu coração, se realmente é aquilo que sua alma almeja — comentou Ney para a sobrinha enquanto saboreavam um farto café da manhã, recheado de pães, geleias, frios, patês, bolos e sucos.

— E como há pessoas manipuladoras... Quando vejo, já estou envolvida... — ela refletiu.

— Sim, querida. É preciso se atentar aos seus sentimentos, dar importância ao que o coração sente, porque isso é se valorizar.

Amanda, depois daqueles dias na companhia do tio, tinha um aspecto melhor. Seu sorriso voltava aos poucos ao seu rosto. Ela andava mais arrumada, vaidosa com os cabelos, porém, ainda fascinada por Lucas.

— Me conta, como foi ontem com o Lucas? Eu também saí para aproveitar a cidade, cheguei cansado e dormi.

Amanda forçou um sorriso e contou com detalhes a Ney como havia sido o encontro.

Aquilo fez Amanda voltar ao dia em que recebera a ligação de Lucas. Ele fora distante, ainda mais do que de costume, mas ela não poderia negar que ele fora educado também, mesmo depois de tudo que ela vinha aprontando em sua vida. O motivo da ligação dele era para ela encontrá-lo ao cartório. A moça ficou radiante com aquela ligação que durara poucos minutos.

— Pés no chão, mocinha. Não querendo ser o chato, mas não é o primeiro encontro amoroso... Pelo que sei da história, é para ratificar a separação, a venda do apartamento...

A moça abraçou o tio em silêncio. Ao se desfazer do abraço, Ney viu as lágrimas descendo pelo rosto da sobrinha.

— Meu bem, tenha pés no chão. A cabeça pode estar nas nuvens, mas os pés, sempre fincados no chão. Isso evita tombos doloridos.

— Eu amo demais o Lucas para vê-lo saindo assim da minha vida.

— Não será a oportunidade que a vida está lhe dando?

— Para quê, tio? Que oportunidade é essa? De ficar sofrendo?

— O sofrimento é escolha de cada um. A vida contribui para amadurecer, abrir novos caminhos. Cabe a cada um saber interpretar os sinais que vão aparecendo.

Amanda, naquele momento, lembrou-se de Matheus e do beijo que trocaram. Esboçou um sorriso, mas estava muito confusa para entender que o rapaz podia ser um atalho para toda mudança que vinha acontecendo em sua vida. Ainda estava apegada demais a Lucas, presa pela vaidade.

— Admiro o Lucas com sua sinceridade — prosseguiu Ney. — De chegar e dizer o sente, que não quer

147

mais continuar. Bem melhor do que viver um relacionamento de farsa, por conveniência, dependência.

— Minha mãe...

— Não me venha com Felipa Bianco! O casamento dela não serve de exemplo. Ela, como muitas, dependia financeiramente do marido e teve que viver sem amor, refém do seu pai. Outra história!

Amanda ficou pensando naquilo. Acontece que não conseguia ver sua vida sem Lucas, sem seu amor, sem sua proteção, não entendia que a vida estivesse sendo generosa ao tirar Lucas de sua história. Não conseguia enxergar nada de bom.

Quando Ney viu a sobrinha aparecer na sala, arrumada para se encontrar com Lucas, quase deu um grito de susto:

— Menina, está de luto? Toda de preto! Vamos voltar para o quarto.

Ney contribuiu com seu bom gosto e seu bom humor indicando a Amanda roupas coloridas que realçavam o tom de pele dela.

— Agora está linda! Abra um sorriso. O sorriso é seu sol, garota. Vamos, trate de iluminar seu coração — disse isso ao colocá-la em frente ao espelho grande, de corpo inteiro, que tinha no quarto dela. Estava linda!

Ela apanhou os óculos escuros, a chave do carro e partiu. Quando chegou ao cartório onde havia combinado de encontrar Lucas, ele já estava lá. Ela pôde observar a ansiedade dele ao vê-la, pois quase amassou o copinho de café que tinha numa das mãos. Amanda constatou que ele estava ainda mais bonito, de terno e gravata.

Ao cumprimentá-lo, ela o beijou no rosto, procurando conter seus impulsos de implorar por seu amor, e sentiu o perfume diferente, que a deixou ainda mais encantada.

Basicamente ele só a cumprimentou, pois estava acompanhado de um advogado falante, que apresentou alguns papéis, explicou tudo sobre a separação e o que já havia acertado com Lucas.

Não tinham bens que dificultassem aquele rompimento. Cada um ficaria com seu próprio carro. O apartamento e um terreno no interior seriam vendidos e divididos em partes iguais. Ela se lembrou das economias que ele vinha juntando no decorrer dos anos, mas preferiu não trazer para o momento.

Lucas a percebeu mais madura e atribuiu isso à presença de Ney. Sabia que ele a colocaria no eixo, a tranquilizaria com sua paz, sua sabedoria.

Amanda ora estava concentrada no que dizia o advogado, ora perdida no rosto de Lucas, buscando seus olhos, mas não os teve.

Foi nesse momento que chegou ao cartório um casal jovem, animado, a moça falante, vestida como se fosse a uma festa, usando um perfume forte que rapidamente espalhou-se pelo ambiente. O rapaz, tímido, de poucas palavras, roupas discretas. Eram o oposto um do outro.

Amanda logo concluiu que a moça o manipularia, e também entendeu naquele instante que seria aquele casal os novos donos de seu apartamento, do lugar onde fora feliz e imaginara que o seria pelo resto da vida.

— Já conhecemos o apartamento. Minha tia tem um ali, no bloco ao lado. Vamos nos casar daqui a três meses. Até lá já estará desocupado, não é mesmo? — perguntou a moça para Amanda, assim que viu todos assinarem os documentos de transação de venda.

— Sim, acredito que até antes — Amanda respondeu, vendo que já não tinha mais o que fazer ali.

As lágrimas insistiam em vir, mas Amanda aguentava firme, sem saber de onde vinham suas forças. Ela se despediu sem olhar para trás nem ouvir o que o advogado comentava com Lucas.

— Essa é sua ex-mulher? Linda! Não pareceu a barraqueira, obcecada que você relatou.

— Que ela seja feliz. Desejo o melhor para Amanda.

Agora, de volta à mesa de café com o tio, Amanda acabava de relatar tudo o que havia acontecido no cartório.

— Foi isso, Ney. Nosso encontro serviu para formalizar a venda do apartamento. Parece que também já tem alguém interessado no terreno. O advogado vai juntar a papelada para dar início ao processo de separação. Volto do próximo encontro separada oficialmente. Vou assinar os papéis semana que vem.

— E agora, o que fará?

— Não sei — Amanda foi de total sinceridade.

— Vamos atrás de um apartamento, precisa desocupar este — Ney falava com entusiasmo, não se deixando impressionar com a tristeza que aparecera no rosto da jovem, acompanhada de lágrimas — Cadê o sol, moça?

— Que sol, tio?

— Para iluminar esse rosto e esse coração. Precisa ser prática. Já chorou demais e viu que isso não vai trazer de volta a vida *tão* feliz que dizia ter com Lucas. E cadê aquele seu amigo, me esqueci o nome dele, dono da academia que lhe ofereceu sociedade?

— Evandro... Nem o Lucas, quando queria me conquistar, me ligou tanto ou passou tantos e-mails. Será que devo aceitar? Quando lhe contei da proposta não ficou muito animado.

— A decisão é sua, meu bem. Não posso interferir. O livre-arbítrio na sua vida é só seu. Portanto, se aceitar, terá de arcar com as consequências, sejam elas boas ou não.

— Fala de um jeito... parece saber o que vai acontecer, mas não me diz.

— Precisa tomar decisões, minha linda. Tomar conta de sua vida, ser responsável por ela e fazer por ela o melhor. Se assim fizer, estará a favor do seu espírito, que corresponderá positivamente. Não pode se deixar nas mãos dos outros. Não acha?

Amanda colocou sua mão sobre a do tio e sorriu. Como gostava da presença dele por ali.

— Bem, agora veja o que quer fazer. Se quiser, podemos ver apartamentos. Adoro ver imóveis pela cidade. Vai comprar, alugar? Vamos fazer isso antes de Felipa chegar...

— Daqui a pouco ela chega aqui.

— Só não veio antes por conta do bebê que ela tem em casa. Como deixar Bruno sozinho?

— Meu irmão é um homem.

— Todos nós já sabemos disso, só Felipa custa a aceitar.

Começaram a rir. Amanda levantou-se, aproximou-se da cadeira onde Ney estava sentado e o beijou.

— Vamos lá! Vida nova! — anunciou a moça que, nesse momento, pensou em Evandro.

A sociedade seria um bom lugar para aplicar o dinheiro obtido com a venda dos bens da separação? Era uma pergunta que começava a martelar em sua mente.

— Como você está linda, cada vez mais! — falou Cristiane entusiasmada diante da tela do notebook que tinha sobre o colo. Fazia esse contato de seu quarto, deitada em sua cama, encostada em almofadas grandes e coloridas.

Isabela, noutra cidade, abriu um sorriso e passou a ponta dos dedos na tela do computador, como se com isso pudesse tocar a mãe.

— Menina, já pedi para não fazer isso, estraga o monitor — repreendeu Yoná, a avó da menina, que estava a seu lado, deixando mostrar só as mãos enrugadas e a voz firme, como sempre fazia.

A menina voltou a tocar a tela do computador, sorrindo, não se deixando abater pelo comentário da avó. Depois recuou rapidamente, o que fez Cristiane imaginar o olhar ameaçador da mulher para a menina, que a fizera parar.

— Já contou para sua mãe o que fez? — perguntou Yoná para a menina.

— Mamãe, desculpe — disse Isabela depois de um breve silêncio. Falou numa voz sentida.

— Do quê, minha flor? — Cristiane perguntou sem entender. Estava linda, cabelos escovados, rosto maquiado, sorridente. Gostava de se mostrar assim para a filha e também para que a ex-sogra pudesse vê-la bem e feliz, mesmo distante da filha que ela havia tirado de seus braços.

— Eu empurrei uma menina na escola.

— Meu amor, por que fez isso?

— Ela me olhou feio, era minha melhor amiga... Ela chorou, mamãe.

— Então não é para mim que deve pedir desculpas, é para sua amiga. Imagina como a mãe dela ficou triste ao ver a filha chegar chorando porque foi empurrada na escola. Queria me ver triste se tivessem feito isso com você?

— Não, mamãe — confessou em lágrimas.

— Não precisa chorar, meu bem, só peça desculpas e pronto. Procure ser gentil com o próximo.

— Te amo, mamãe.

— Eu também, meu amor, e muito. Lembre-se sempre disso.

— Já chega! Tem aula de natação. Já conversou muito e tem seus horários para cumprir — Yoná alertou, seca.

— Quero ficar mais com a minha mãe — exigiu a menina.

— Anda muito respondona, mal-educada. Se começar assim, vou reduzir os horários...

Cristiane ouvia tudo aquilo com o coração apertado. Odiava Yoná. Não queria ter aquele sentimento, mas aquilo vinha crescendo desde a época de Ricardo, o pai de Isabela. Aquela mulher parecia odiá-la também, e fazia isso com a menina para atacá-la, tinha essa sensação. Cristiane estava a ponto de explodir.

— Meu amor, obedeça sua avó. Fique com Deus, meu amor. Comporte-se! Saiba que a amo muito, muito...

— Então está bom com isso... — decretou Yoná, sem paciência para aquela cena.

A menina beijou a tela, o que irritou Yoná, mas a avó se conteve. Cristiane fez o mesmo gesto, segurando as lágrimas. Por fim, quando despediu-se da filha, pediu:

— Minha filha, pode nos dar licença, preciso falar com sua avó. Um minuto, por favor. Yoná, pode ser?

— Claro — devolveu prontamente, numa voz sem emoção. E ordenou à neta: — Vá para o banho. Dez minutos e quero você se secando, mocinha.

153

Segundos depois, Cristiane pôde ouvir a porta do quarto de Isabela se fechar e ver Yoná se sentar na cadeira antes ocupada pela menina.

— Peço que seja breve, porque tenho que levá-la à natação...

— Sejamos diretas... — fez uma pausa e se surpreendeu com a ex-sogra maquiada, cabelos tingidos de louro escuro, presos no alto da cabeça, usando uma malha de gola alta que lhe deixava mais elegante. — Sei que não gosta de mim e eu também não tenho simpatia por você, mas poderia ser mais maleável com minha filha.

— Esqueceu que é minha neta? Quero o melhor para ela — retrucou séria. Preferiu não rebater seus sentimentos pela ex-nora.

— Parece que faz para me atacar. Gostaria de estar enganada.

— E está, faço para o bem dela. Quero que seja uma moça educada, apreciada, sem vícios, que, na idade de namorar, saiba como se comportar, respeitar.

Cristiane percebeu que, indiretamente, Yoná queria atacá-la.

— Isabela é especial...

— Deve ter puxado ao pai — rebateu Yoná.

Cristiane riu.

— Pode ser. Bom, não quero tomar seu tempo. Seja mais delicada com minha filha, por favor. Não se esqueça disso, ela ainda é *minha* filha.

— Lamento que minha única neta tenha vindo de você.

— Se pudesse escolher a avó de minha filha, eu ainda gostaria que você ocupasse o posto.

Aquela resposta deixou Yoná sem jeito, esperava que Cristiane retrucasse com algo ofensivo, o que não ocorreu. Cristiane continuou:

154

— Lembre-se de que ela não é só minha filha, filha da pessoa que você tanto odeia, como já me disse. Ela é filha do Ricardo também.

— Você matou meu filho. Meu único filho. Isabela foi o que me restou. Não teria como não amá-la. Você matou o Ricardo!

Antes de Cristiane se defender, Yoná fechou a tela. Cristiane ficou tomada pela raiva. Gritou com vontade de esmurrar o notebook. Aquela reação fez Alice ir correndo até o quarto da irmã.

— O que aconteceu? Cadê a Isabela? Queria falar com minha sobrinha...

Cristiane não conseguia falar, só chorava. Depois, mais calma, ainda em lágrimas, contou para a irmã a breve conversa que tivera com Yoná.

— Ela é muito arrogante, dona de si. Sempre com a última palavra. Acha que é a diretora da vida, como um dia foi na escola — desabou Cristiane.

Alice ajeitou a cabeça da irmã em seu colo e voltou ao passado. Recuou para aquela menina gorda, com rabo de cavalo, saia rodada, no pátio da escola, assistindo ao jogo de futebol dos meninos. Eles comemorando os gols, sem camisa.

— Olha lá, pessoal, a Tibum está na plateia. Está imensa. Cabelos novos. Está de rabo de cavalo, Tibum? — gritou o menino.

A menina ficou encabulada, todos começaram a olhar para ela. Alguns sérios, a maioria rindo, apontando.

— Tibum, vou fazer um gol pra você. Fica vendo... — falou o menino.

A menina abriu um sorriso, e por ora a preocupação de que estava sendo ridicularizada se foi. Só via o menino loiro e bonito por quem era apaixonada. O gol, como havia anunciado, saiu na sequência.

155

Ele nada disse, apenas apontou em sua direção e saiu correndo com os outros meninos, comemorando. A menina ficou radiante. Um gol para ela! Tanto que, mais tarde, na sala de aula, em seu diário, escreveu que havia ganhado um gol dele, do menino mais bonito da escola.

A professora, que na ocasião explicava a matéria, ficou irritada com a menina por ela não saber responder o que havia lhe perguntado e a mandou para a diretoria com a alegação de que estava fazendo outra tarefa em sua aula.

— Menina, você novamente aqui? — indagou Yoná ao ver Alice em sua sala. A diretora estava linda, jovem, vestida como uma grande atriz para receber um prêmio. Usava um perfume suave que a tornava ainda mais atraente.

Alice nada disse. A diretora prosseguiu:

— Não vou chamar seu pai aqui. De nada vai adiantar — sua vontade era chamar Bento, assim teria a oportunidade de vê-lo de novo, mas quem apareceria seria a grossa da costureira, com ameaças de pôr em dúvida sua direção. Pensou, e por isso disse firme: — Volte para a sala e comporte-se. Amanhã quero que me apresente cópias dos cinco primeiros textos do livro de português — a menina tentou negociar, mas a diretora foi irredutível. Abriu a porta da sala e a entregou para a inspetora de alunos com a ordem: — Leve-a para a sala de aula. Desapareça com essa menina da minha frente.

Quando Alice retornou, a sala estava agitada, todos falando, rindo. O menino loiro estava com o diário dela nas mãos, lendo-o em voz alta.

— Ele fez um gol pra mim. Como eu amo esse menino! Vamos nos casar e nossos filhos serão como ele: magros, loiros e lindos!...

Mais risadas foram ouvidas. Alice correu na direção do menino, esbarrando em alguns alunos, com a única preocupação de recuperar seu diário. Quando tomou-o da mão do menino, ouviu:

— Como está forte, parece um touro. Pare de comer mingau! Tititititiitiitiitibummmm!

— Está me ouvindo, Alice? — chamou Cristiane. — Perece longe. Para onde foi minha irmã?

— Estava dando uma volta no passado, minha irmã — replicou Alice, levantando-se da cama. — Vou preparar um café para a gente. Nada como um café para nos acordar e nos trazer para a realidade.

Capítulo 15

Matheus chegou ao restaurante no horário marcado. Maíra já estava lá. Ela o recebeu com sorriso, meio sem jeito, ainda encabulada com as palavras do noivo. Ele a viu como se estivesse vendo uma estranha, nada sentiu.

— Que lindas! São para mim? — perguntou Maíra ao vê-lo chegar com o ramalhete de rosas.

Depois de colocar as rosas sobre a mesa, Matheus foi até a cadeira onde Maíra estava sentada e a beijou no rosto.

— Sim, são para você — falou a contragosto ao entregar as rosas para a moça.

— Minhas preferidas! Obrigada, meu amor.

"Cássio acertou sua preferência", pensou Matheus se sentindo incomodado naquela posição de uma possível reconciliação. Não a amava, estava constatado, mas não tinha firmeza para seguir seu coração e declarar o fim do relacionamento. Estava, sim, preocupado com sua imagem na empresa, no que os outros poderiam dizer. Estava emocionalmente frágil, a ponto de acreditar em Cássio e em seu discurso inflamado.

O que não notava era que estava sendo manipulado pelo suposto amigo, que queria seu lugar na empresa e, para isso, fazia de tudo para que Matheus perdesse o emprego.

Tudo estava ficando fácil, porque Matheus agia de maneira contrária à sua natureza, se exaltava facilmente quando uma situação não saía da forma que queria. Na verdade, esse desequilíbrio vinha ocorrendo não porque estivesse com problemas no trabalho, mas pela forma como vinha conduzindo sua vida, dirigida pelos outros e, por consequência, sufocando suas vontades, seus anseios.

Quando Matheus virou o prato que havia sobre a mesa, viu sua aliança. Ele ficou sério, sem saber o que fazer e com a certeza de que não a queria no dedo, assim como não havia mais espaço em seu coração para Maíra.

— Amor, o lugar dela é no seu dedo, e o seu é ao meu lado.

Matheus, como se estivesse ouvindo Cássio e se sentisse observado pelas pessoas ao redor, colocou a aliança no dedo. Tal gesto fez Maíra sorrir.

— Olha os nossos pratos chegando. Já fiz os pedidos. Para você eu pedi um de que gostei muito. Precisa experimentar — adiantou ela, animada, sempre impondo suas vontades.

— Mas eu pensava em pedir... — desistiu de falar quando o garçom aproximou-se da mesa e começou a servir os pratos.

No prato de Matheus havia camarões, a que ele era alérgico, mas resolveu deixá-los de lado e não comentar isso novamente com a noiva, pois sabia que ela não o ouviria. Ele afastou os camarões e procurou experimentar o complemento do prato.

159

Maíra ficou emocionada, levantou-se e o beijou, o que arrancou aplausos de alguns clientes sentados ali perto. Daí em diante, Maíra despejou sobre ele os preparativos do casamento e rapidamente tudo pareceu ser como antes. Como Matheus não suportava mais, disparou, após um longo silêncio:

— Chega, Maíra! — não gritou, mas a interrompeu num tom que a fez parar. — Você só fala no casamento. Em nenhum momento perguntou como estou, como estou na empresa, pois sabe a crise por que estou passando lá. O meu chefe vem pegando no meu pé, têm aparecido erros que eu jamais cometi, primários...

— Meu amor, me desculpe. Não perguntei porque o Sapo tem me falado. Sei como se sente. Lá no hospital também não está fácil. Outro dia mandei um rapaz para o centro cirúrgico, para uma amputação, enquanto ele deveria... A culpa não foi minha, muita coisa. Estava na emergência, imagina você...

Matheus percebeu que não havia espaço naquele relacionamento para expor seus sentimentos. E, definitivamente, não se sentia bem ali, com Maíra. Então, ouvindo as lamúrias da noiva, ele passou os dedos pela aliança, incomodado, com vontade de tirá-la e se livrar de tudo aquilo.

— Amor, eu já fiz contatos com dois fotógrafos, quero conhecer o trabalho deles. Tinha um terceiro, mas descartei. As fotos deixaram a noiva gorda, não gostei...

Em outra ocasião, Matheus iria rir, mas a reação foi diferente:

— Não sei se quero me casar, Maíra — falou mais uma vez interrompendo a noiva. A vontade era dizer que não tinha vontade de se casar com ela, mas se conteve, com receio de magoá-la.

160

— Como assim, não quer se casar? A data está marcada, os convites ficarão prontos essa semana. Já vou começar a distribuir. Mandei e-mails para meus parentes em Goiás avisando de que os convites estão chegando.

— Convites?! Você não desmarcou a data? Pensei que tivesse sido claro sobre não ter gostado da ideia de você marcar a cerimônia sem me consultar — Matheus disse isso consultando o relógio, ameaçando se levantar.

As palavras, as ações de Matheus deixaram Maíra irritada.

— Não posso fazer feio. Está fazendo papel de moleque. Já temos apartamento montado, a data é o de menos.

— O seu comportamento é de uma menina mimada. Daquelas que querem tudo do seu jeito. Quer saber? Não vai acontecer.

— Vai, sim! — gritou Maíra, levantando-se logo que o viu em pé.

Ele nada disse, tencionava sair dali o mais depressa possível, por isso apanhou a carteira que tinha sobre a mesa. Quando foi pegar o celular, sem dar ouvidos ao escândalo que a moça armava, ela foi mais ágil e pegou o aparelho.

— Me dá o celular, Maíra. Preciso ir embora, estou atrasado para voltar ao trabalho.

— Você tem outra, não tem? Pode falar — questionou, enquanto tentava destravar o celular para ter acesso à agenda, às mensagens que o rapaz armazenava no aparelho. — Qual é a senha? Me fala, então. Preciso ver.

— De forma alguma, não tenho ninguém. Você já me ocupou o bastante, não seria louco de ter outra. Agora me dá o celular, por favor.

161

Maíra, nervosa, sem conseguir acesso, lançou o aparelho contra um pilar no centro do restaurante. O celular se espatifou e caiu no chão em pedaços. Por muito pouco não acertou um garçom.

— Você não fez isso! Não posso acreditar. Você é louca! — constatou Matheus, apanhando os pedaços do aparelho espalhados pelo chão.

— Meu amor, me desculpa — disse chorando. — Você me deixou nervosa.

— A culpa agora é minha, Maíra, dos seus impulsos, da sua imaturidade, da sua incompreensão?

Furioso, Matheus caminhou a passos largos até a saída do restaurante. Estava muito envergonhado, não conseguia nem olhar para os lados, onde havia se formado uma plateia para assistir ao teatro ciumento de Maíra.

— O senhor não pagou a conta. Queira, por favor, me acompanhar... — pediu um dos garçons já na porta.

— Não vou pagar. A conta é por conta dela — falou apontando para Maíra, que estava com o rosto banhado em lágrimas, maquiagem borrada, as rosas na mão. Era uma cena patética. Depois virou-se para a moça: — A moça é quem pagará. Ela tem meu cartão, a senha... Pode pagar a última refeição, já que vou cancelar esse cartão ainda hoje.

Disse isso e saiu para a rua sem olhar para trás, para o cenário armado pela noiva e pelo amigo Cássio.

— Para alegria de todos, cheguei! — anunciou Felipa assim que viu a porta da casa de Amanda ser aberta por Ney.

— Deixa de show. Estou sozinho em casa. Amanda saiu, foi ver uns apartamentos. Não sei se percebeu, mas até o passarinho que estava no beiral da janela voou quando a viu chegar com essa energia carregada — disparou Ney, retribuindo o beijo no rosto da irmã.

— Nossa, você já foi mais gentil.

— E você já teve mais noção. A velhice não tem feito bem a você. Sua filha precisando de você, e onde estava, paparicando o Bruno?

— Está namorando, acredita? Meu menino — contou sem dar importância aos comentários do irmão.

— Que bom! Todo mundo precisa de alguém para querer bem.

— Não gostei dela! Ele tem que deixá-la! Já dormiu em casa no dia que foi me conhecer. Acordei com ela na minha cozinha, fazendo café, mexendo nas minhas panelas. Acho que ele não vai gostar dela. Ou talvez sim, só para me contrariar.

— Você reclamaria se ela tivesse ficado dormindo. Então... E depois quem tem que gostar dela é o Bruno, e pronto.

— Minha opinião é muito importante. Ele tem que me ouvir! — olhou para a porta onde havia deixado as malas e ordenou: — Leve minhas malas para o quarto, meu irmão, estou tão cansada...

— O sofá está ali — apontou Ney. — Descanse. Depois que estiver recomposta, leve você mesma suas malas para o quarto.

— Parei de fumar! — anunciou Felipa, feliz.

— Já ouvi isso várias vezes. Espero que agora consiga.

A porta da sala foi aberta nesse momento. Era Amanda que entrava. Felipa correu para abraçá-la e não a poupou de seus comentários:

— Minha filha, está magrinha. Como o Lucas, aquele homem lindo e maravilhoso, vai querer você do lado

163

dele? O que fez no rosto do rapaz? Coitado! Tão bonito e você o acertou.

— Foi o braço, Felipa — corrigiu Ney na esperança de frear os comentários inconvenientes da irmã.

— Estou bem, mãe, obrigada — falou Amanda quando se viu livre dos afagos de Felipa.

— Com essa voz fraca? Ainda assim, meu Deus! Imagina se a família de Ribeirão sabe disso! Amanda Bianco largada!

— Não será a primeira — contestou Ney. — A filha da tia Eunice deixou o marido e os filhos e foi ser feliz na Paraíba com um homem mais jovem que ela. Ela também era uma Bianco! — divertiu-se ao ver a irritação no rosto da irmã. — Amanda, minha querida, falei de ir embora, mas estou com dó de deixá-la com as maluquices da Felipa.

— Nossa família é renomada em Ribeirão, minha filha — frisou a mulher, impostando a voz. — Isso seria um escândalo. Família de políticos, da sociedade.

— Felipa, me atualize... Pelo que me lembro, o único político da família foi o filho da tia Carolina, candidato a vice-prefeito, e nem ganhou. Ninguém nem se lembra disso. Depois do término da eleição, ele foi para outra cidade, montou um negócio...

— E a tia Carolina foi miss.

— Em 1800! Nem ela se lembra mais disso.

Amanda começou a rir, pois já sabia de todas as histórias da família de Ribeirão e não respaldava sua vida por aqueles acontecimentos. Respeitava, mas não dava crédito a Felipa, pois a mãe sempre tentava se prender a fatos de uma família que não existia mais.

— Minha filha, você tem que voltar pra ele.

— Como se ele quisesse — interferiu Ney. — Desculpe-me, Amanda, eu tenho que falar. Felipa, se situa,

164

o Lucas a deixou. Não foi o contrário. Ele foi honesto com seus sentimentos e decidiu pela separação.

— Assim, do nada? O que você fez, minha filha? Conta pra sua mãe. Estamos em família. Tem que voltar pra ele, pedir perdão, implorar que volte, desfazer esse mal-entendido.

— Se fiz alguma coisa? Eu não fiz nada, mãe. De onde tirou isso agora? Pedir perdão do quê? — Amanda olhou para Ney como se estivesse pedindo socorro.

— Sim, tem que fazer isso pra tudo voltar a ser como antes — insistiu Felipa.

— Felipa, você já chegou falando *tem que*... como assim? Tem que o quê? Quer que as pessoas façam o que a sua cabeça pensa ser o certo? Se acha exemplo! Olhe pra sua vida, o rumo que teve, que tem! Dependente do afeto e do dinheiro dos filhos. Sei muito bem que está se lamentando é da falta da pensão que vinha mantendo você.

Amanda não ficou ali para ouvir a resposta de Felipa. Estava cansada, a presença da mãe com as mais variadas cobranças a deixava chateada, com a sensação de incapacidade para rebater.

Felipa não respondeu, mas ameaçou ir atrás de Amanda ao vê-la se trancar no quarto. Ney a segurou gentilmente pelo braço, impedindo-a de seguir.

— Ney, preciso conversar com ela. Está sofrendo. Saiu quase chorando daqui. Vai se trancar no quarto sozinha. Não é bom ficar assim...

— Muitas respostas para as questões da vida estão no silêncio, pois é na quietude que se ouve o coração.

A tarde de Matheus não foi das melhores. Após o terrível almoço, além da fome, chegou à empresa sentindo dor de cabeça e nos ombros. Não bastasse isso, teve que relatar os acontecimentos para Cássio. Agradeceu pela oportunidade de contar sua versão dos fatos.

— Agora estou sem celular — finalizou com um tom de voz triste.

— E minha prima, magoada! — essa frase saiu da boca de Cássio quase num grito, pois fazia questão de que os outros ouvissem e concluíssem que Matheus não era o bom moço que todos pintavam na empresa, mas um crápula.

— Me deixe quieto, por favor. Tenho e-mails para responder e uns relatórios para fechar.

— Me dá um deles, te ajudo.

— Sério?! Obrigado, meu amigo. Estou com a cabeça explodindo. Não sei por quê. Me sinto tão sufocado!

Meia hora depois, Cássio entregou para Matheus o relatório pronto.

— Muito obrigado! — agradeceu Matheus, sorrindo enquanto folheava as páginas. Quando chegou à última, seu sorriso se apagou.

— O que foi, não gostou? — especulou Cássio.

— Sim, claro. Mas você assinou com meu nome. Foi você quem fez. Não acho justo eu levar os créditos.

— Fica entre a gente — murmurou Cássio, sem a intenção de que fosse ouvido.

Matheus não se deu o trabalho de conferir o relatório. Confiava demais em Cássio para pôr em dúvida seu trabalho. Considerava que o deixaria ofendido se fizesse alguma conferência.

Faltando alguns minutos para o término do expediente, Matheus empilhou os relatórios, incluindo o preparado por Cássio, e os deixou sobre a mesa do chefe, que estava em reunião.

Quando o chefe voltou ao departamento, só encontrou Cássio trabalhando. Ele sentou-se, acomodou os óculos miúdos no rosto largo e começou a ler os trabalhos apresentados.

Ao ler o segundo relatório, meneou a cabeça negativamente. Por fim, inconformado com o que leu, foi à última página e viu que estava assinado por Matheus. Não pôde acreditar. Olhou para o departamento, onde viu Cássio sentado, e o chamou.

— Está um lixo isso aqui. Peço que o refaça.

— Faço agora! — propôs Cássio, reconhecendo o trabalho que havia feito para Matheus.

— Pode me entregar amanhã na primeira hora?

— Ainda hoje, se quiser.

— Amanhã, como disse. Já é tarde, vá para casa.

Cássio ainda tentou puxar assunto sobre futebol com o chefe, mas não teve êxito, então pediu licença e saiu sorrindo, acompanhado pelo olhar severo do chefe.

Quando se viu sozinho em sua sala, o chefe abriu a primeira gaveta e tirou o papel com diversos nomes, setas, indicações. Com a caneta, ele fez duas setas, uma no nome de Cássio e outra no de Matheus. No dia seguinte teria que resolver. O departamento de Recursos Humanos não aceitara estender mais o prazo.

167

Capítulo 16

— Cadê a Cristiane?

— Está no quarto dela, Márcio. Disse que não quer jantar — esclareceu Alice, arrumando a mesa do jantar com várias travessas de vidro com os mais variados tipos de comida. Cozinhar aliviava sua ansiedade.

— Conversou com ela?

— Sobre o quê? — Alice se fez de desentendida. Não queria tocar naquele assunto sobre pedir para a irmã ir embora.

— Sobre sua irmã voltar para Minas Gerais.

— Por que a implicância com a minha irmã agora?

— Já conversamos sobre isso. Vergonha. Não quero conviver com uma bêbada. Já pensou se ela começar a dar vexame no trabalho? Eu trabalho lá. Fui eu que a indiquei. Se fizer um escândalo como o que fez aqui no bairro, com que cara vou ficar?

— Fale baixo, por favor. Não gostaria que ela ouvisse isso — pediu Alice, paciente.

— Está resolvido, não quero ela por aqui.

— Eram tão amigos, agora esse distanciamento. Tenho percebido isso.

Era o que Márcio temia, que Alice começasse a questionar. Cristiane já havia perdido marido, filha e, por isso, ele sabia que não lhe custava muito abrir a boca e contar tudo que acontecera. A bebida foi só uma desculpa, pois, quando a trouxe de Minas Gerais, bem sabia o que tinha acontecido. Se ao menos ela ficasse na dela, não ficasse o tempo todo ameaçando, ele ficaria quieto.

Se Cristiane fizesse aquela revelação, colocaria tudo a perder. Seria o fim do seu casamento. Sabia que a amizade entre as irmãs também estremeceria, e confiava nesse argumento contra Cristiane, mas ele não vinha surtindo mais o efeito de antes.

Márcio estava muito preocupado, até porque Lirian estava voltando de férias e a cunhada lhe dera prazo até a volta da secretária. Foi pensando nisso que ele se levantou bruscamente, quase levando a toalha da mesa, indo em direção à porta da cozinha.

— Márcio, aonde vai? O jantar está pronto.

Ele nada respondeu. Alice encostou-se à pia e lembrou-se das palavras de sua mãe, como se ela estivesse a seu lado: "Os homens precisam de espaço, minha filha, por isso gostam de sair para respirar ar puro".

O que a mãe de Alice não revelava para a filha era que bem sabia quais os pensamentos que rondavam a cabeça de Bento. E os pensamentos eram povoados por Yoná...

Os homens e seus mistérios...

Só depois de sair do trabalho, Matheus sentiu-se aliviado. Estava tenso pelo dia que tivera, principalmente pelo almoço com Maíra, programado por Cássio. Sentia dores nas costas, na cabeça, e ainda assim saiu agradecido por Cássio tê-lo ajudado com suas tarefas.

Matheus não percebia que as reais intenções do suposto amigo eram prejudicá-lo. Confiava, e muito, em Cássio, até porque o conhecia fora do ambiente da empresa, nos encontros de família, visto que era primo de sua noiva.

Por só enxergar qualidades em Cássio, Matheus não via no outro a ambição desmedida, os olhos invejosos, os comentários maldosos que tencionavam prejudicar sua vida tanto profissional como emocional.

Já no carro, afrouxou a gravata e respirou fundo ao encostar no assento do motorista. Antes de dar partida, ele selecionou uma música que o fez pensar em Amanda. Um sorriso surgiu em seu rosto.

Como que guiado pelo coração, o jovem passou pela rua de Amanda. É verdade também que frequentemente mudava o seu trajeto para passar por lá. Naquela rua, por vezes, ele reduzia a velocidade, parava o carro no meio-fio e ficava um bom tempo apreciando o prédio onde Amanda residia. Tinha visto a moça acompanhada e sentiu-se frustrado, mas não sabia que aquele homem era tio dela. Ainda assim, não desistiria de se aproximar.

Como se fosse um milagre, ela apareceu. Foi revigorante, como a amenizar seu dia. Matheus estacionou próximo da calçada, desligou o carro, abaixou os vidros e colocou novamente a música que o fazia se lembrar dela.

Ao vê-la, tomado por uma coragem súbita, ele saltou do carro, despreocupado em deixá-lo aberto, e foi ao seu encontro. Em poucos passos, Matheus estava próximo de Amanda, que saía da portaria sorridente. Ela se surpreendeu ao vê-lo na sua frente.

— Tuca?!

Ele abriu um sorriso que havia muito tempo não aparecia em seu rosto. Ficou alguns segundos assim, sorriso aberto, apreciando o rosto da jovem. Sentiu o coração acelerado, a boca seca, como se fosse um adolescente.

— Poxa, desculpe-me, eu acabei não tendo como agradecer por aquele dia. Você foi tão gentil comigo em me tirar daquela confusão que armei no bar com meu ex-marido... — Amanda fez uma pausa. Rapidamente refletiu sobre a forma como se referiu a Lucas, como "ex-marido". Em seguida concluiu: — Ainda me aconselhou. Deve ter me achado uma louca.

— Linda! — foi o que disse baixinho, procurando os olhos da moça. Depois, desconcertado, completou: — Não tem o que agradecer. Devolveu minha carteira.

— Depois de quase atropelar você.

Os dois começaram a rir. Depois o silêncio surgiu e os dois não deixavam de se olhar.

— E você por aqui! — Amanda quebrou o silêncio.

— Meu carro. Parou aqui — falou apontando para o veículo aberto do outro lado da rua. — Achei melhor esperar um pouco, então vi você — mentiu e logo depois se sentiu arrependido.

— Mesmo? Entendo um pouco de mecânica de carro. Meu tio me ensinou algumas coisas. Vamos lá ver — sugeriu a moça, já atravessando a rua em direção ao carro de Matheus. — O que aconteceu? Foi algum barulho atípico?

— Estou mentindo — confessou ao se ver bombardeado de perguntas pela moça preocupada e ansiosa em ajudá-lo. Ficou envergonhado ao ver Amanda, ágil, abrir o capô do carro, prender os cabelos no alto da cabeça e investigar as possíveis causas da paralisação do veículo.

171

— Como? — perguntou confusa.

— Foi por sua causa que passei por essa rua, que parei o carro e agradeci a Deus por você ter aparecido — ele não deu ouvidos para o que ela começava a falar com ar de riso, e prosseguiu: — Você não sai dos meus pensamentos. É como se já nos conhecêssemos há muito tempo.

A moça desatou a rir. E silenciou quando o percebeu sério, o rosto bonito dele estudando o seu. Claro que tinha lembranças do beijo que ele lhe dera no último encontro. Só que era vaidosa e apegada demais para admitir que sentira algo por Matheus. Ainda estava presa a Lucas e, por puro capricho, não suportava a ideia de ter sido deixada.

— Você sabe que estou saindo de um relacionamento complicado, até presenciou...

— Eu sou noivo, ou melhor, estou sem vontade de estar. Algo confuso, nem eu sei explicar como estou nessa situação. A verdade é que, ao conhecê-la, percebi que não amava a pessoa com quem estou.

— Eu não gostaria de ser pivô da separação de ninguém.

— E não é! Pode acreditar que meu relacionamento já havia terminado antes de eu conhecer você.

Ele lhe contou rapidamente o que vinha passando, preso na teia do relacionamento imposto por Maíra. Acabaram rindo e se perdendo no tempo, ali parados, no meio da rua, carro aberto. Por fim, foi Matheus quem se apressou, encorajado:

— Aqui está meu telefone — entregou um papel amassado, em que ele mesmo havia anotado somente o número do telefone. — É da empresa onde trabalho, da minha mesa. Fique à vontade para ligar. Eu vou esperar sua ligação.

172

A moça leu o papel, depois pegou a caneta da mão dele e anotou o apelido do jovem.

Ele entendeu aquele gesto como interesse de Amanda por ele. Pensou em pedir o telefone dela, mas ficou sem jeito. No entanto, tomado por nova coragem desconhecida, o jovem aproximou-se do rosto de Amanda para se despedir e, ousado, a beijou levemente nos lábios, o que o fez se esquecer do dia difícil que tivera.

Por fim, como da primeira vez, Matheus partiu após o beijo. Dessa vez entrou em seu carro e deu partida, sem tirar o sorriso do rosto e também esperançoso de que Amanda entraria em contato.

Da mãe, os carinhos e os mimos; do pai, o dinheiro e a distância; dos irmãos, a indiferença. Quem soubesse disso, entenderia bem quem era Evandro Muller.

Caçula, o jovem fazia de tudo para se destacar no meio dos irmãos. Os problemas causados na escola eram abafados pelo dinheiro que o empresário Muller doava aos borbotões para a instituição.

Homem ocupado demais com seus negócios, Muller pai fizera nome em academias de musculação, e o sucesso que alcançara no país foi decisivo para ser reconhecido como um grande empreendedor. Não demorou para formar uma rede de academias lucrativas e de sucesso, levando seu nome ao patamar de celebridade a que muitos almejavam.

A senhora Muller era advogada e também encarregada por administrar a casa e cuidar da educação dos filhos. Os mais velhos não lhe deram trabalho, mas de Evandro não se podia dizer o mesmo. Fora um garoto-problema, sempre metido em confusões, que fazia de tudo para se destacar.

Aos dezessete anos ganhou do pai um carro. E não como um ato de rebeldia do pai, ao contrário. Ele tinha certeza de que Evandro estava completando dezoito anos.

Contudo, não tomou nenhuma atitude para desfazer o mal-entendido. Preferiu silenciar e ratificar que lhe dera, sim, por mérito. Tal argumento deixou a esposa tão irritada que não teve força para desfazer o feito do marido.

De posse do automóvel, por já saber dirigir, Evandro encheu o carro de amigos e pegou a marginal Pinheiros em sentido ao shopping.

Com o carro lotado, em alta velocidade, cometeu barbeiragens que fizeram a polícia pará-lo. Retido na delegacia, descobriram que era menor de idade e, portanto, não possuía habilitação.

Coube à senhora Muller, com seu conhecimento e influência, tirá-lo daquela situação e evitar o escândalo. De volta à sua casa, depois de passar um sermão em Evandro, ela reportou o assunto ao marido por telefone, pois ele participava de uma reunião fora do Estado. Ela desligou o telefone frustrada depois de ouvir:

— O que fez na sua juventude? Então... deixa o menino!

Ali ela se viu diante de um machista, totalmente desinteressado na educação do filho. Por conta disso, ela resolveu tirar do rapaz o veículo, sob a promessa de devolvê-lo quando ele tivesse a habilitação em mãos.

Duas semanas depois, a matriarca estava no escritório de casa quando o telefone tocou.

— Hospital? Como isso? Claro, estou indo agora. Me passe o endereço, por favor.

Meia hora depois, desviando do trânsito frenético que já fazia parte da cidade, ela chegou ao hospital onde Evandro estava.

No caminho, passou de tudo por sua cabeça, as piores cenas... Teve um choque ao se deparar com a realidade: o jovem sorrindo, deitado na cama, com ataduras em um dos braços, os lábios um pouco machucados, às vezes gemendo baixinho.

— Acidente de carro? Perdeu a direção e bateu no muro de uma empresa? — repetia ela tudo que tinha ouvido da enfermeira de plantão. — Completamente sem juízo. Onde está com a cabeça, Evandro? A moça está na UTI, sabia? E voltando do motel?

— Ainda bem que foi voltando, né, mãe?

— Você só tem dezessete anos! Como entrou... — se arrependeu de fazer a pergunta ao ver o ar malicioso estampado no rosto do jovem. Provavelmente ele tinha um documento de identidade falso no bolso. Ela desconhecia o filho e sofria em silêncio, com medo do que ele se tornaria.

— Ela já está saindo da UTI. Relaxa, mãe.

Ela pensou em perguntar o nome da menina, mas preferiu guardar a curiosidade com a certeza de que se surpreenderia com a resposta. Por conta disso, tratou de pagar todas as despesas do hospital referente aos dois jovens, o prejuízo com o carro, o muro da empresa... depois pediria reembolso para o financeiro da empresa do marido.

— O filho é seu também. Tem que participar de alguma coisa — respondeu, depois de ouvir a reclamação do marido diante do valor exorbitante sobre a sua mesa, e desligou o telefone.

E Evandro não parou. Continuou aprontando das suas. Fazia isso para ter a atenção dos pais. O pai estava

175

sempre ocupado demais com suas academias, suas palestras, enquanto a mãe dedicava boa parte de seu tempo aos problemas dos outros filhos e das outras pessoas. Percebeu que, envolvendo-se em confusão, poderia ter a mãe mais presente em sua vida.

Ao entrar na faculdade, a primeira pessoa que conheceu e por quem se encantou foi Amanda. Depois descobriu que a moça, além de linda, era inteligente, simpática, líder, enfim, tinha muitas qualidades.

Conseguiu facilmente fazer parte do grupo de trabalhos da faculdade que era liderado por Amanda. E conseguiu esse vínculo por intermédio de outras meninas do grupo que o elegeram o mais bonito da sala, descobrindo depois ser também o mais rico.

Ele, acostumado a ter a moça que quisesse, foi logo se oferecendo para Amanda, e recebeu dela o evidente desinteresse e as regras para se manter em seu grupo: estudar, se dedicar às pesquisas, cumprir prazos, entre outras que Evandro deixou de ouvir enquanto se encantava com os traços de Amanda.

Seu interesse pela moça fez dele um novo homem, pelo menos aparentemente. Deixou de sair nas noites de sexta-feira para acordar cedo no sábado, dia marcado para o grupo se encontrar e estudar na biblioteca da faculdade. Se chegava sonolento, reclamando ou com noites maldormidas, Amanda o ignorava. E ele sofria com isso.

Não amava Amanda, dela só queria mesmo uma noite para poder contar vantagens de que conseguia ter quem bem desejasse. Mas isso não aconteceu. Os anos se passaram e ele não teve o que desejara com tanto ardor.

— Estou de mudança. Vou passar uma temporada nos Estados Unidos com meu tio — mentiu Amanda

176

diante da insistência do rapaz em ter seu endereço, telefone, qualquer contato.

Nem com as amigas ele teve êxito. Amanda já havia explicado a elas que não tinha interesse no rapaz justamente por saber que ele queria mais que amizade.

Com o término da faculdade, Evandro se viu sem tempo para insistir em seus caprichos. Tudo porque seu pai falecera de um ataque fulminante pouco antes da formatura. A família, que já não era unida, ficou ainda mais distante, cada um ocupado com seus próprios interesses, exceto a matriarca, abalada e desnorteada com a perda do marido. Tal situação a fez ficar um tempo exilada num chalé que a família possuía em Campos do Jordão.

Ao retornar, ela convocou uma reunião e anunciou a partilha dos bens em vida. Prática, ela mesma redigiu os documentos necessários, colheu assinaturas e anunciou seus planos. Neles, a mulher, firme e decidida, para surpresa dos filhos, informou que o mesmo número de academias seria designado a cada um dos filhos, além do resultado da venda de alguns imóveis, carros e obras de arte.

— Esta casa, a do litoral e o chalé de Campos de Jordão não entram na divisão enquanto eu estiver viva. Também não preciso de mais do que isso para seguir minha vida. Acho justa essa divisão para que cada um de vocês desenvolva habilidades e adquira responsabilidade para lidar com suas vidas.

Após dizer isso, a mãe saiu e deixou os filhos trocando olhares, num misto de felicidade pelas conquistas e também de medo pelo que fazer com a fortuna que tinham em mãos.

Na partilha das academias, Evandro ficou com a maior de todas, de melhor rendimento. E a mãe justificou que essa divisão estava sendo feita respeitando a vontade do pai dos rapazes.

Eles se calaram, respeitaram a decisão. Um deles, já casado, tentou negociar com Evandro, mas o caçula, sorridente, disse *não* com todo o prazer. Sentiu-se dessa forma vingado pela indiferença que recebera do irmão durante a vida toda.

Confiante e certo do sucesso, já que conseguira também a academia mais bem localizada, bem-sucedida e de frequentadores assíduos, Evandro sentiu-se vitorioso, agraciado pela vida. Vendeu as outras academias e ficou só com aquela, acreditando que o lucro que ela lhe daria seria suficiente para manter sua vida cheia de confortos.

Acontece que ele não soube fazer bom uso do dinheiro que possuía. Gastou o dinheiro com mulheres, viagens internacionais com amigos a tiracolo, jogos, noitadas sem fim.

Preferiu isso a reinvestir parte dos dividendos na academia, com a compra de equipamentos modernos, manutenção adequada, reparos no prédio que, com o tempo, mostrou-se carente de uma boa reforma.

Quando o dinheiro começou a minguar, os amigos também foram desaparecendo, e Evandro resolveu procurar sua mãe. O rapaz se abriu, contou como os negócios vinham apresentando um cenário decadente, clientes desaparecendo, as dívidas aumentando, e ele sem recursos para virar o jogo.

— Meu filho, você leu o contrato de transação dos imóveis. Sei que o tem em mãos, aconselho que leia...

— Vim falar com a minha mãe e não com a advogada. E contornar a situação de maneira positiva.

— Não sei ser uma ou outra, está diante de uma mulher que quer o seu bem e que o orientou a fazer o melhor. Quando eu ligava ou queria visitá-lo, estava sempre ocupado com os amigos, nunca deu importância...

— Cobrança agora, não.

— Cobrança? Não, meu querido. Estou só constatando. Bem, posso auxiliá-lo, verificar os contratos que tem feito...

— Preciso de dinheiro.

— Lamento. Se fizer isso para você, terei que fazer para seus irmãos — falou isso virando-se para a estante de livros que revestia todo o escritório da sua casa, onde costumava passar boa parte do tempo. E quando se virou para Evandro, mudou de assunto: — Você fica para o almoço? — perguntou e não ficou para ouvir a resposta. Saiu falando: — Vou à cozinha ver como andam os preparativos.

Evandro ficou ali sentado, ouvindo a voz da mãe desaparecer. Sentido com a recusa da mãe em lhe dar dinheiro, levantou-se bruscamente e partiu sem se despedir.

Foi por aqueles dias que encostou o carro numa padaria, antes de ir para a academia. Logo que desceu do carro, se deparou com uma banca de jornal e, em destaque, viu uma revista de circulação nacional, marcada pelo sucesso, com a foto de um de seus irmãos na capa. O título da matéria dizia: "Herdeiro do império Muller revela o segredo do sucesso".

Ele ficou ali olhando, tomado pela inveja e por um sentimento de tristeza. Pensara em recorrer ao irmão, mas a relação com ele não era das melhores, pouco se viam, tinha a recordação de tê-lo encontrado em um dia das mães qualquer. Por isso não teve coragem de pedir ajuda a ele.

Entrou assim na padaria, pensativo e preocupado com sua saúde financeira. Da porta, olhou rapidamente o local, procurando um lugar para se acomodar, e viu

179

Amanda. Ficou realmente feliz ao vê-la. Quando ela lhe contou um resumo de sua vida, que estava se separando, Evandro viu ali a sua chance, a oportunidade de tê-la como sócia e, com isso, fazer seu negócio sair do mar de dívidas.

A partir daquele encontro, depois de conseguir os contatos da moça, ele não a deixou em paz. Viu nela a chance de levantar seu patrimônio, pois sabia que, além do dinheiro, Amanda também tinha inteligência bastante para recuperar a academia.

— Vamos contratar! — anunciou Amanda logo no primeiro dia que assumiu o posto de sócia.

Ela tinha relutado muito até aceitar aquela sociedade. Refletiu, seguiu os conselhos de Ney em ouvir seu coração. Sentia-se muito confusa, mas teve discernimento para acatar aquela situação como uma oportunidade.

Numa das reuniões que fez com Evandro, deixou claro, para surpresa do rapaz, que sabia perfeitamente o estado da academia, o que foi confirmado ao analisar os documentos contábeis. Mas isso não desanimou a moça, pelo contrário, viu tudo aquilo como um desafio e sentiu-se disposta a superar as dificuldades.

— Acho precipitado. Pensei em demitir e assumir...

— Pode ser estagiário — defendeu Amanda. — Logo assino meu divórcio, recebo minha parte do dinheiro e então fecharemos nosso acordo, com minha inclusão no contrato social.

Amanda já havia recebido parte do dinheiro da venda do apartamento, só faltava mesmo assinar o divórcio. Mas ela almejava, de início, sentir o negócio, para então apostar suas fichas, ou melhor, seu dinheiro. Por ora, ela seria uma consultora no negócio de Evandro.

Evandro, por sua vez, estava feliz e confiante. No entanto, não havia mudado a forma de ver a vida, as pessoas,

180

o mundo. Analisou Amanda como as pessoas ao seu redor, ou seja, vendo em que poderia tirar proveito. E pensou: "Com esse dinheiro posso ir para a Europa. Vou conquistar essa mulher, vou tê-la em minhas mãos. Se a vida a colocou no meu caminho novamente, é porque tenho muito a conquistar".

Capítulo 17

Cássio acordou atrasado. Tomou banho rápido, se vestiu ainda mais rápido e saiu sem tomar café. Fez tudo isso consultando o relógio, tomado pela ansiedade em chegar ao trabalho.

Era costume dele chegar atrasado, mas não queria, naquela fase de demissões por que a empresa vinha passando, dar motivos ao chefe. Fazia de tudo para se passar por um funcionário perfeito.

Sem poder, o jovem saltou do metrô e apanhou um táxi para diminuir o atraso. Como gostaria de segurar os ponteiros do relógio, que avançam precisa e lentamente sobre os números!

Na portaria da empresa, olhou para a recepcionista, fez um cumprimento breve, mas ainda pôde ver os olhos vermelhos da moça. Concluiu que estivesse irritada. Ao ver a moça do café chorando, deduziu que alguém tivesse morrido. Em seguida, no elevador, logo que as portas se abriram, saltou uma moça do seu andar; essa não estava chorando, mas estava nitidamente triste.

— Está sabendo o que aconteceu?

Antes que ela respondesse, quando já havia trocado de posição com a moça e se viu dentro do elevador e ela no hall, as portas se fecharam. Ele ainda tentou impedir o fechamento das portas, mas o sensor não identificou a presença e elas se fecharam.

Os andares que o conduziram até o seu destino foram eternos, pelo menos pensou isso, sem conter sua curiosidade para saber o que estava acontecendo. Pensou até que alguém tivesse morrido. Seu celular tocou. Ele viu o rosto de Maíra fazendo pose e bico diante do espelho. Riu e não atendeu.

Ao entrar no departamento, Cássio sentiu o clima tenso. Fez um cumprimento geral e obteve alguns retornos sem emoção. As pessoas, em silêncio, se olhando, cochichos pelos cantos. Ao se aproximar de sua mesa, pôde ver Matheus em pé, de costas.

Cássio animou-se ao vê-lo e fez, junto com o cumprimento, uma brincadeira, e não obteve o sorriso de sempre.

— Fui demitido — Matheus falou com voz triste, rosto abatido, olhos cansados e vermelhos.

— Como?! — perguntou Cássio contendo sua alegria. Sentia-se tão feliz que seria capaz de gritar no intuito de ser ouvido por todos.

Matheus começou a contar como tudo acontecera, que estava na leitura dos primeiros e-mails, como de hábito, quando o telefone tocou e pediram para ele ir ao terceiro andar. O rapaz fez isso levando consigo um relatório que pretendia deixar no Financeiro. Não passava por sua cabeça que seria demitido.

Cássio já não prestava mais atenção na história triste de Matheus, sentia-se eufórico, com o coração agitado. Olhou ao redor e não conseguia compactuar com o sentimento de tristeza que via no departamento. Olhou para a mesa do chefe e ele não estava. Por certo estava escondido

183

em algum departamento, esperando Matheus partir, para voltar a seu posto.

Matheus, mesmo sabendo da crise, não imaginava ser a vítima. Estava amuado, inconformado, arrumando suas coisas. Ganhara de uma colega uma sacola grande onde armazenava seus pertences. Nostálgico, fazia alguns comentários:

— Esse certificado eu ganhei logo que entrei aqui. No primeiro curso que fiz. Era assistente ainda, acredita? Essa caneta eu ganhei depois de uma sugestão...

— Melhor se apressar, não acha? — recomendou Cássio, impaciente, pois sabia que haveria uma reunião no departamento após a saída de Matheus, o que era comum acontecer, e ele ansiava por isso. Sem jeito, já que percebera a forma agressiva com que o tratara, Cássio corrigiu: — Desculpe-me o jeito. Eu só estou falando isso porque daqui a pouco os seguranças estarão na porta. Sabe como funciona a demissão na empresa.

— O chefe, ou melhor, ex-chefe, me deu o tempo que fosse preciso. Não quis me acompanhar e dispensou os seguranças. Falou que só estava me dispensando por conta da crise, mas gostava do meu trabalho.

— Você acreditou? Papo furado. Se gostasse, teria segurado você — fez uma pausa e se conteve. — Amigo, não fica assim, vai dar tudo certo — falou isso ajudando Matheus a guardar seus objetos na sacola.

Aproveitou que uma moça de outro departamento foi se despedir de Matheus e guardou de qualquer jeito os livros dentro da sacola. Enquanto ouvia a moça sussurrar em lágrimas no ouvido de Matheus, Cássio limpou as gavetas do rapaz. Quando a moça saiu, ele exibiu as gavetas vazias e apontou para a sacola.

— Está tudo aí...

184

Matheus, que não via maldade no outro, o abraçou emocionado.

— Obrigado, amigo.

Cássio tratou de se desfazer do abraço, depois ficou, de sua mesa, vendo Matheus se despedir de um por um. Como estava feliz! Conseguira se segurar no trabalho, suas prestações estavam salvas, seu emprego estava garantido. Depois, levantou-se e foi até o hall dos elevadores.

No hall, à espera do elevador, acompanhado por Cássio, Matheus falou:

— Anote os recados pra mim, se alguém me ligar. Estava esperando uma ligação de uma amiga — revelou ao se lembrar de Amanda. — Como estou sem celular...

Claro que Cássio havia percebido o comportamento de Matheus. Além de agitado por conta das insistentes ligações de Maíra, desprezadas pelo noivo, atendia ansioso as ligações.

Matheus entrou no elevador com a sacola branca e cheia, depois de dar mais um abraço em Cássio, que, antes mesmo de as portas se fecharem, correu para o departamento. Como esperava, viu um dos funcionários fazer a ligação e dez minutos depois viu o chefe entrando na sala. Estava com o rosto péssimo, cabisbaixo, num andar acelerado.

Logo que entrou, Atílio olhou para a mesa que era de Matheus e depois desviou o olhar. Assim que se sentou, convocou toda a equipe em sua sala. Fez uma reunião breve, com as justificativas para a demissão de Matheus, todas elas conhecidas. Deu a reunião por encerrada e pediu que Cássio permanecesse.

Cássio ficou, e muito satisfeito, com sorriso no rosto. Depois de ouvir do chefe que assumiria o lugar de Matheus, que diante da crise acumularia as duas posições, Cássio sorriu ainda mais agradecido.

185

— Parece feliz. Muito feliz — analisou o chefe.
— E estou! — declarou e depois, escondendo o riso ao perceber o olhar severo do chefe, remendou: — Claro que estou triste com a saída de Matheus, mas feliz pela confiança...
— Espero que possa honrá-la — disparou o chefe, dizendo na sequência: — Agora pode voltar — sem dar tempo de Cássio dizer qualquer coisa que o fizesse se arrepender ainda mais da decisão que tomara.

— Cris, o que houve? Isso é jeito? Entrou e saiu da cozinha como um furacão — observou Alice, que fez uma pausa ao ver o distanciamento da irmã.
— Estou cansada, com dor de cabeça, só isso — justificou Cristiane, dobrando as roupas lavadas que estavam sobre a cômoda. Fazia isso apressada, querendo não falar da sua atitude.
— Poderia ter sido mais receptiva. Foi tão fria!
— Não estou bem, estou enjoada — falou olhando para a irmã, e foi sincera ao dizer isso.
— Eram tão amigos, e agora parecem inimigos. Não vejo mais você conversando com o Márcio. E a Lirian, sua amiga. Pelo que me lembro, disse que ela a recebeu tão bem na empresa.
— A felicidade está mesmo ligada à ignorância... Por vezes é melhor não saber a verdade e continuar rindo.
Alice a olhou sem entender o significado daquelas palavras, ali, no meio da conversa. Considerou-as soltas e desconexas. Cristiane, após dizer isso, se calou, nem deu ouvidos ao que Alice argumentou depois, a favor do marido e de Lirian.

De fato, Cristiane não mentira. Chegou em casa muito cansada, desejando um banho quente, a saborosa comida da irmã e cama. No entanto, logo no quintal, quando estava próxima da cozinha, ouviu risadas e a voz de Márcio ressaltada, como se estivesse contando piadas. As gargalhadas a fizeram parar, ouvir e reconhecer as vozes sem mesmo entrar em casa. Eram de Márcio, Alice e Lirian. Esta última, Cristiane não esperava em sua casa, não depois de tudo.

Cristiane se muniu de reservas, e sua entrada silenciou os presentes. Alice foi quem correu para abraçar a irmã e anunciar:

— Viu quem veio nos visitar, minha irmã? Lirian! — festejou com alegria. — Já queria ir embora, mas a fiz ficar...

— Ela vai jantar com a gente — afirmou Márcio. Havia em seu rosto medo da reação da cunhada.

Alice estava tão feliz com a presença de Lirian que não observou a troca de olhares entre Márcio e a visita, e também, de início, não notou o descontentamento da irmã em presenciar aquela cena.

Cristiane apenas cumprimentou Lirian, que não se conteve com o aceno e correu para abraçar a outra, tecer elogios, mas não foi correspondida.

— Com licença, estou com um pouco de dor de cabeça — Cristiane justificou ao se retirar.

Minutos depois, Alice já estava no quarto da irmã, pedindo esclarecimentos e que ela se juntasse a eles na cozinha.

— Acho que está sendo indelicada com a Lirian, que parece gostar tanto de você...

— Não, Alice! — o grito saiu tão repentino, numa voz sufocante, vinda do coração. — Desculpe-me, estou nervosa. Tem hora que não consigo me segurar. Saber que

187

minha filha está em outra cidade, sob os cuidados de uma mulher que me odeia...

— O que está havendo, minha irmã? — interrompeu, estudando o rosto de Cristiane. — Não estou achando que o fato de Isabela estar vivendo com a avó após você ter perdido sua guarda seja o motivo dessa atitude. Sei que isso a preocupa, também tenho o mesmo sentimento. Me diz, você voltou a beber? Cris, sabe que pode contar comigo, não sabe? Márcio e Lirian viram você bebendo...

Cristiane tinha os olhos rasos de lágrimas. Sentia-se tão sufocada com aquele segredo, vivendo aquela angústia, remoendo-se em culpa, arrependida, que viu ali a oportunidade de revelar tudo.

— Por que esse silêncio, Cris? Então estou certa...

Cristiane respirou fundo, como se assim pudesse aspirar do ar a coragem necessária para revelar tudo e aliviar seu coração.

A moça deu passos rápidos até a porta, que até então estava aberta, e a fechou. Depois, colocou a mão no peito, ajeitou os cabelos, buscando as melhores palavras ao falar:

— Pois bem, minha irmã, vamos à verdade.

Amanda, logo que chegou à academia, recebeu uma ligação que a fez ficar perplexa. Era a agente de viagens, amiga de Lucas, responsável por traçar os roteiros das viagens que faziam quando casados.

— Amandinha, você vai adorar a Argentina! — exaltava a moça do outro lado da linha, ressaltando as maravilhas daquele país.

Lucas e Amanda, quando viajavam, deixavam tudo nas mãos da agente, que cuidava de todos os detalhes com capricho. Por conta disso, o casal sempre voltava satisfeito e programando o próximo passeio. Assim fizeram vários passeios e viagens intermediados pela efusiva moça de cabelos vermelhos e crespos, brincos longos e óculos coloridos que escondiam olhos grandes e verdes.

— Argentina? Lucas vai viajar? — murmurou baixo, tentando organizar seus pensamentos, tanto que a moça não ouviu seu comentário e prosseguiu falando até Amanda a interromper:

— Para quando está marcada essa viagem?

— Como para quando? Hoje à noite, Amandinha! Por isso que liguei. Houve um imprevisto no hotel, e como Lucas sempre pediu que eu tratasse direto com você quando houvesse algum imprevisto...

— Ele pediu isso agora, nessa viagem, para manter contato comigo?

— Não. É que em outras viagens ele sempre me pediu isso. Até já mandei os detalhes, endereços para seu e-mail. Passei no do Lucas também...

Amanda logo concluiu que, claro, ele não tinha intenção nenhuma em avisá-la daquela viagem. Ele sonhava em ir para fora do país, e Argentina fora sua escolha depois que se viu sem o passaporte. Amanda pensava nisso quando algo na fala da agente chamou sua atenção, tanto que pediu para que repetisse:

— Como disse, não me envolvi no processo diretamente, mas minha assistente fez tudo como Lucas pediu, duas passagens, reserva no hotel...

— Como assim, duas passagens? Com quem ele vai para a Argentina?

— Nossa! Agora você me confundiu. Não é com você? Com quem mais seria?

Amanda segurava o aparelho firme na orelha, andava de um lado para o outro, tensa. Sua revelação deixou a moça desconcertada:

— Estamos separados — falou isso e não esperou para ouvir a moça tentando desfazer o mal-entendido.

Amanda desligou o aparelho e o lançou sobre a mesa de forma brusca, sem a preocupação de que tal gesto pudesse quebrá-lo.

A moça sentou-se ofegante na cadeira, e ali ficou durante alguns minutos, processando tudo o que ouvira. Depois arrastou a cadeira até a mesa ao lado, onde tinha um computador, e rapidamente digitou sua senha. Após alguns comandos, acessou seu e-mail.

A cada palavra que lia tinha a confirmação do que a agente de viagens havia lhe falado há pouco. As lágrimas desceram por seu rosto livremente. Evandro entrou em sua sala naquela hora, falou algo. Amanda, só pensando em Lucas, balbuciou algumas palavras, levantou-se rapidamente e partiu depois de acomodar a bolsa no ombro.

— Então você vai para a Argentina, minha filha? — perguntou Felipa, depois de ouvir toda a história que Amanda contou assim que chegou em casa.

— Felipa, se atente, mulher! Você acha que ela contaria essa história nessa tristeza se estivesse com a passagem marcada para a Argentina, acompanhada por Lucas? — questionou Ney, rindo, o que fez Amanda rir também e esquecer por alguns segundos a angústia que estava sentindo.

— Se ele reservou duas passagens, uma é para você, minha filha. Surpresa! Vamos fazer suas malas.

— Desisto. Vou fazer um café, vocês querem?

— Aceito, tio, quero bem forte.

Ney acabou por fazer um chá para a sobrinha e a fez dormir. Não deixou que a moça voltasse ao trabalho.

— Minha filha não merecia passar por isso, Ney.

— Está nas mãos dela mudar essa situação. Não cabe a mim nem a você decidir isso. Ser infeliz é fazer mau uso do livre-arbítrio.

— Fala como se ela gostasse de ser assim. Ela foi largada pelo marido, deixada. Pelo visto, trocada por outra, já que Lucas reservou duas passagens para a Argentina. Poderia ter pena dela, da situação em que está. Às vezes acho você cruel com a menina.

— Não sou cruel, ela que está sendo cruel, se tratando da forma que vem fazendo. E ela não é mais uma menina, Felipa! É uma mulher e precisa se respeitar, acreditar nela, no que tem de bom.

— Espero que você não tenha contado nada para nossa família em Ribeirão.

— Tarde demais. Mais café? — perguntou sem paciência de ouvir a resposta, por isso despejou o líquido na xícara da irmã.

— Não acredito que fez isso — disparou Felipa, enquanto observava o irmão rindo. Em seguida, mudou de assunto: — Preciso voltar para casa. O Bruno pode estar precisando de mim.

— Sei. Ele só ligou para pedir dinheiro. Sossega, não tem marido, já tem os filhos criados, melhor pensar mais em você. Falo para ficar em São Paulo não só pela Amanda, mas por você também. Não me olhe assim. Como mãe, sempre colocou os filhos e o marido na sua frente, se largou, deixou sua vida de lado. Um erro! Já cometeu esse erro, agora é hora de se dar mais atenção, fazer o que gosta, o que agrada seu espírito. Está sempre muito preocupada com o que os outros vão dizer, achar...

— Como fazer isso, com meu filho namorando aquela lá, minha filha nessa situação?

— Deixe de drama, Felipa Bianco. Deixe de drama e viva sua vida da melhor forma, enxergando o que de bom há nela. E tem mais: trate de olhar melhor para você e pare de se depreciar.

— Sou velha agora...

— Velha?! Acomodada é a palavra. Fácil dramatizar a vida e se esconder atrás dos problemas dos filhos. Sabe o que é isso? Medo de viver sua vida, de ser feliz.

Felipa ia falar, mas a porta do quarto se abriu e Amanda saiu de lá toda produzida, apressada, consultando o relógio. Anunciou que iria para o aeroporto para se encontrar com Lucas.

— Minha filha, não faça isso. Esqueça esse rapaz.

Ney ficou surpreso com o conselho de Felipa, pois era a primeira vez que a mulher não insistia para a filha correr atrás de Lucas.

— Tenho que concordar com sua mãe. O que vai fazer lá, se humilhar? De que forma quer ouvir de Lucas que ele não a quer mais?

— Precisamos conversar. Eu o amo, tio, preciso dele. Minha vida sem ele não tem vida.

— Essa sua insistência só o faz ter certeza de que não é ao seu lado que encontrará a felicidade. O que acha de deixá-lo respirar? Quando voltar, na data para assinar a separação, vocês poderão sentar, conversar...

— Ney, ele está indo embora. Ele é o meu amor, indo para outro país — falou isso indo em direção à porta.

Felipa se colocou na frente da porta e foi enérgica ao falar:

— Está indo para outro país e com outra, Amanda. Chega! Não adianta.

Amanda tentou afastar a mãe da porta. Felipa segurou seus braços de maneira firme, assim como foram suas palavras.

192

Foi Ney quem interferiu ao ver a cena. Aproximou-se calmamente, depois afastou a irmã e a colocou a seu lado. Na sequência, abriu a porta e falou:

— Vá, minha querida. Se acha que será feliz fazendo isso, vá.

Amanda lançou um olhar de cumplicidade para o tio e partiu.

— Não deveria ter deixado ela ir, Ney — criticou Felipa.

— A vida é tão breve para se privar da oportunidade que se tem de ser feliz. Ainda que eu também considere essa insistência de Amanda uma perda de tempo...

— Vai sofrer mais ao ver o amor da vida dela partir.

— Ela vai sobreviver — argumentou com um olhar distante. — A gente sempre sobrevive.

Aquelas palavras deixaram Felipa desconcertada, tanto que perguntou:

— Você não me perdoa, não é mesmo?

— Deveria, depois de tudo?

Felipa ainda tentou falar algo, mas Ney mudou de assunto:

— Logo ela estará de volta e certa de que o casamento acabou.

— Vamos pegar um táxi? Podemos ajudar em algo estando por perto...

— Assim como ela vai ter as alegrias da vida dela, as tristezas não deixarão de acontecer. Cabe a cada um viver as emoções da vida do seu jeito.

— Vai voltar ainda mais triste, já estou vendo.

Ney ficou alguns segundos em silêncio e voltou a repetir, desta vez com complemento:

— Tristeza é fazer mau uso do livre-arbítrio. Ninguém vem isento de problemas na vida, por isso o melhor é colocar um sorriso no rosto e escolher, ao menos, ser feliz.

193

Capítulo 18

Sempre se pede a Deus uma mudança para tornar a vida mais vibrante, colorida: pede-se um novo amor, para aquele que deseja mais intensamente sentir a beleza da vida; um emprego, para aquele que deseja aprimorar as habilidades, prosperar, viajar, conhecer, aprender; pede-se por filhos justos, honestos, promissores profissionalmente, para quem deseja constituir família.

Matheus tinha pedido tudo isso quando deixou a empresa a que se dedicara por anos. Sempre incluía, em seus pedidos a Deus, não perder o entusiasmo no trabalho, que ali pudesse ter o sustento para sua sonhada família, para poder dar uma estrutura à sua esposa, aos filhos.

Acontece que nos últimos meses o rapaz se descobriu preso a um noivado que não alegrava seu coração. O trabalho já não o satisfazia como antes. Por tudo isso, deixar o local a que se dedicara por anos foi um misto de tristeza e de alívio. Poderia, finalmente, buscar estágio em sua área de formação, visto estar no último ano da faculdade.

Um emprego melhor, por que não pensar assim? Sentia-se inteligente o bastante para buscar uma boa oportunidade no mercado e ser aceito por suas boas qualificações.

Ao chegar em casa, o rapaz desabou, as lágrimas desceram pelo rosto, pingando na gravata. A sensação inicial era de incapacidade, ao mesmo tempo que sentia lá no fundo força o bastante para se descobrir capaz. Na verdade, vivia a sensação amarga da perda do emprego.

Depois de alguns minutos assim, sentado no sofá, buscando forças para reagir, ele pensou em ligar para sua família e avisar sobre o ocorrido. Chegou a pegar o telefone, mas resolveu não avisá-los de imediato, pois percebeu que não estava forte o bastante para dar-lhe a notícia.

Matheus colocou o aparelho de volta na mesa, ao lado do sofá, e pegou o controle da televisão. O noticiário falava de violência, desemprego, tudo o que o deixou ainda mais triste. Desligou o aparelho e foi para o banho.

Saiu do quarto já trocado, de camisa, jeans, tênis e a decisão de se encontrar com Maíra. Fez suas orações e lhe veio à mente o rosto de Maíra e o sorriso de Amanda. Ele interpretou isso como um sinal para colocar o ponto final no relacionamento com Maíra naquele dia. Não estava feliz naquele romance, pressionado pelas vontades e caprichos de Maíra.

Passou a chave na porta do apartamento onde morava sozinho e, no hall, à espera do elevador, ligou para Maíra. Sabendo que a moça estava de folga, pediu que ela o encontrasse no apartamento que vinha sendo mobiliado para o casal.

Ao desligar o telefone, teve certeza, pela alegria na voz da moça, assim como nos planos, de que ela ainda não sabia de sua demissão. Maíra, sempre egoísta, pensando em si, em nenhum momento perguntou a Matheus se ele estava bem, apesar da péssima voz que o rapaz carregava.

Meia hora depois, ele abria o apartamento novo, e Maíra já estava lá. Ela o recebeu com beijos e abraços, sem cobrar a ausência do rapaz nos últimos dias.

— Meu amor, que bom que me ligou!

— Precisamos conversar, Maíra — falou ao se desfazer do abraço apertado da moça.

— Também preciso. Contratei um pintor para pintar o segundo quarto. Já pesquisei os móveis também. Estou quase fechando com uma loja de móveis planejados. A cor é bem diferente, já até achei a tinta que vai realçar...

— Maíra, me ouve! — ele estava prestes a explodir com todo aquele falatório, com os planos da noiva.

— Não gostou da ideia? Estou com os panfletos para lhe mostrar. Você viu os móveis que comprei para a cozinha?

"Com o meu dinheiro? Seria bom ver mesmo", pensou o rapaz.

— Ah, o melhor está por vir... Você não vai acreditar, meu amor...

— Fui demitido! — interrompeu Matheus.

Ele estava, mais do que nunca, decidido a acabar com aquele noivado, por isso as próximas palavras, como havia ensaiado no caminho, seriam para pôr fim ao noivado de uma vez por todas.

A moça, como se lesse pensamentos, disse na sequência algo que deixou o rapaz confuso, sem conseguir assimilar a novidade:

— Estou grávida. Estamos esperando o nosso bebê, meu amor.

— Que verdade, minha irmã? — Alice fez a pergunta com ar divertido, já que desconhecia a seriedade do problema que vinha afligindo Cristiane.

— A verdade que você precisa saber — tornou encorajada; naquele momento não pensou nas consequências da revelação.

A porta se abriu. Era Márcio, que pôde ouvir o final da conversa entre as irmãs e tencionava silenciar Cristiane.

— Minha mulher e minha cunhada, que feio! Estamos com visita e vocês aqui no quarto com segredinhos!

Houve troca de olhares entre as irmãs. Alice pensou em cobrar da irmã o que ela tinha a lhe dizer, mas não se sentiu à vontade para fazer isso na frente do marido. Foi então que ela recebeu de Márcio um abraço, que repetiu o gesto com Cristiane. Depois ele disse:

— A Cris está assim porque não sabe como dizer.

— Dizer o quê, Márcio? — questionou Cristiane.

— A verdade! Não é isso que está para contar para Alice? Vamos parar com isso, eu conto e você vai ver que não tem nada de mais.

Cristiane ficou olhando para o cunhado sem entender nada. Alice abriu um sorriso e comentou:

— Então sou a única que não sabe a verdade?

— A Cris, meu amor, está pensando em voltar para Minas Gerais. Não está gostando de São Paulo.

Cristiane se desfez do abraço, estava séria, e Márcio temeu, naquele momento, que ela pudesse contar a verdade que unia eles e Lirian.

— Eu lhe dou a passagem de volta, ajudo você com as despesas de estadia — comentou o cunhado.

— Não, eu... — Cristiane começou a falar.

— Você não vai querer que a Yoná tenha a guarda definitiva da Isabela, não é? Vai que ela descobre algum vídeo.

Cristiane teve vontade de esmurrá-lo ao perceber a chantagem que o cunhado vinha fazendo, e na frente de Alice, que não percebia o tom de duelo entre os dois.

— Que vídeo? — Alice perguntou curiosa.

— Yoná é perigosa, sempre me falaram isso, e hoje em dia as pessoas jogam com o que têm... Vai que algo comprometedor apareça nas mãos da avó de Isabela, aí, minhas queridas, adeus guarda — convenceu Márcio.

— Mas estando lá ao lado, poderá rever a situação, se mostrar mais presente para o juiz.

— Ele está certo, Cris. Não tinha pensado nisso. Minha querida irmã, não fique triste por isso. Podia ter me dito antes que quer voltar — falou isso e não esperou a resposta, deu as costas e finalizou, antes de sair do quarto: — Vamos para a cozinha, vou servir o jantar. E a Lirian está nos esperando. Que feio, deixamos a moça sozinha.

Quando viu a esposa se distanciar no corredor, Márcio segurou firme no braço de Cristiane e disparou:

— Você não vai pôr o meu casamento em risco, não vai. Se quer rever sua filha, melhor voltar para o lugar de onde nunca deveria ter saído e esquecer tudo o que aconteceu.

— Não consigo e, sinceramente, o que me segura é o medo de fazer a minha irmã sofrer, só isso. Mas não sei se o melhor é viver essa mentira.

Ele soltou o braço de Cristiane e num sorriso cínico falou:

— Cinco minutos para desfazer essa cara de choro e ir para a cozinha. E sem gracinhas, estamos entendidos?

198

— Se eu fosse você, correria para a cozinha. Lirian está sozinha com Alice. Não teme que a verdade possa sair dela?

Márcio apenas riu ao sair do quarto, mesmo receoso de que a cunhada pudesse ter razão.

O jantar foi rápido, com algumas risadas proporcionadas por Márcio que Cristiane, para não desagradar a irmã, se esforçou em acompanhar. Evitava olhar no rosto de Lirian, e percebeu que ela, em alguns momentos, também evitava olhar em seus olhos. O único assunto que lamentou foi saber, pelo cunhado, que Lucas se desligara da empresa. Gostava dele.

— Minha irmã, o jantar foi maravilhoso, como sempre — discursou Cristiane. — Agora, se me dão licença, vou dormir porque amanhã acordo muito cedo. Permissão, meu cunhado? — ironizou, o que fez todas rirem na mesa e deixou Márcio sem jeito.

— Não vai esperar a sobremesa, minha irmã?

— Obrigada, Alice. Boa noite a todos.

No quarto, Cristiane respirou aliviada, pois se sentia angustiada em fazer parte daquele triângulo de mentiras em que Alice era a vítima. Estava nas mãos do cunhado, e sem saída.

Trocou de roupa e, ao se deitar na cama, sentiu o corpo relaxar. Estava muito cansada daquela situação. Começou uma oração e adormeceu antes de terminá-la. Em questão de minutos, Cristiane viu o rapaz do trem. Ele estava bonito, com um sorriso que deixava à mostra os dentes bem cuidados, mesmo ao vê-la em lágrimas. Ele falou algo em seu ouvido e se distanciou, levando com ele o mesmo sorriso.

— Espere, preciso falar com você...

Cristiane falou isso e acordou. Percebeu que tudo aquilo fora um sonho. Sentou-se na cama e ficou pensativa.

Quem era aquele moço? O que ele lhe falou que ela não conseguiu ouvir?

Pouco depois, Cristiane se levantou, pegou um caderno onde fazia anotações de seus controles financeiros e começou a escrever.

"Tudo começou quando ainda vivia em Minas Gerais..."

— Isso mesmo, escreva tudo, com detalhes, meu bem, sem medo — murmurou o rapaz do trem que estava no quarto de Cristiane, sentado numa poltrona que ficava no canto. — Confie em seu espírito e abra seu coração.

Amanda não tinha lembrança de um dia ter dirigido tão rápido até ao aeroporto, nem mesmo numa das últimas viagens que fizera com Lucas. Haviam combinado de deixar o carro no estacionamento enquanto passeavam no Rio de Janeiro no fim de semana. Lucas, conhecedor da habilidade da esposa no volante, entregou a chave do carro nas mãos dela. E chegaram a tempo.

Enquanto dirigia apressada, as lágrimas não deixaram de aparecer. Aquelas lembranças ainda mexiam com seu coração.

A moça consultou o celular para ver as horas, havia uma mensagem de Ney, que, preocupado, longe de Felipa, enviara a mensagem para saber se estava tudo bem.

Amanda, ansiosa por encontrar Lucas, nem conseguiu ler direito. Desceu do carro ainda mais agitada que quando o estacionou de qualquer jeito na vaga. Só depois de alguns passos se preocupou em visualizar onde havia deixado o veículo para pegá-lo depois.

Já no interior do aeroporto, ela se sentiu sufocada com tantas pessoas rindo, falando, outras chorando com as despedidas ou reencontros. Ela desejou sentir aquela emoção, a do reencontro. Depois de consultar o papel que tinha nas mãos, enviado pela agente de viagens, Amanda conseguiu localizar o guichê da companhia aérea com voo para a Argentina.

Lá chegando, não viu Lucas, e estava ansiosa demais para esperar, por isso perguntou para um e para outro, infernizou uma das atendentes, conferiu no painel gigante ali perto que o voo era dali a mais de duas horas.

Foi o tempo de ela pegar um café e voltar para perto do guichê e pôde ver Lucas de longe. Ela teve vontade de jogar o café fora e sair correndo em sua direção.

— Lucas! — gritou ao vê-lo, depois apressou-se para alcançá-lo. Abriu um sorriso capaz de ofuscar as lágrimas do rosto. De onde estava, saiu driblando um e outro, parecendo um sonho, em alguns instantes via Lucas bem-vestido, sorridente, com a bolsa presa no ombro, em outro momento ele estava conferindo algum papel que levava nas mãos. Lucas não ouviu o chamado da moça, assim como não a viu ali.

Ao se aproximar, Amanda pôde constatar algo que a deixou muito mal. Lucas não estava só, abraçava uma moça, cujo rosto Amanda não conseguiu ver. Somente pôde ver seus cabelos cacheados sobre os ombros. Estava, como ele, muito bem-vestida.

De onde estava, Amanda, paralisada, visualizou o perfil do rosto de Lucas, e ele estava nitidamente feliz, sorrindo, esbanjando elegância e simpatia.

Amanda ficou ali, parada, assistindo a tudo em silêncio e com lágrimas que escorriam por seu rosto, na esperança de vê-lo voltar para seus braços. Como isso seria possível se ele nem a viu ali assistindo à sua felicidade em embarcar para outro país acompanhado de outra mulher?

Só depois de vê-lo passar pela Polícia Federal e desaparecer de sua vista foi que Amanda sentiu o café frio preso numa de suas mãos.

Ao passar por um cesto de lixo, jogou o copo e seguiu para o estacionamento. Estava tão atordoada que, perto do carro, se lembrou de pagar pelo tempo ali. Depois disso, entrou no seu carro, sentiu o coração acelerado e voltou a chorar. Ligou o rádio do carro, e a música a fez se lembrar de Lucas.

Nesse momento ouviu um barulho, olhou para o alto e viu um avião cruzar o céu. Teve a sensação de que ele vinha em sua direção. Chorou ainda mais alto que a música. Tinha certeza de que nele estava Lucas, o amor da sua vida, indo para outro país acompanhado por outra mulher.

Capítulo 19

Tudo começou quando ainda vivia em Minas Gerais. Levavam uma vida simples e eram felizes. Alice já residia em Belo Horizonte, estava formada, fazendo sucesso com seu trabalho, enquanto Cristiane, a caçula, vivia com os pais.

Alice trabalhava em Belo Horizonte e vinha se destacando como uma profissional exemplar. Já Cristiane, essa estava com o coração cada vez mais enlaçado por um amor de juventude, capaz de impedi-la de aceitar qualquer proposta, como as feitas por Alice para que ela vivesse em Belo Horizonte. Acontece que Cristiane não conseguia se ver em outro lugar sem Ricardo, seu amor.

Yoná, a diretora, que tivera só um filho e o educara para ser o melhor em tudo, ter um bom ofício, um casamento de futuro, com uma moça à sua altura, viu todo o seu sonho se desfazer ao ver Ricardo cada vez mais envolvido com uma das alunas do colégio onde trabalhava. E, para sua maior aflição, a moça era Cristiane, filha de Bento, seu grande amor de adolescência.

Yoná fizera de tudo para ficar longe de Bento, mas o destino parecia ir contra sua vontade, e suas vidas sempre estavam se cruzando. Falava que tinha horror da costureira que se casara com ele, que era muito simples, vulgar, mas na verdade a invejava por ter conquistado o homem que ela nunca deixou de amar, mesmo depois de ter se casado com outro e ter tido um filho.

A diretora era bem-sucedida, casada com um rico empresário da cidade, tinha dinheiro, uma das casas mais belas, um filho lindo e admirável, mas sabia que sua felicidade, de fato, deveria estar ao lado de Bento, numa casa simples, criando os filhos, apreciando a beleza da vida. No entanto, sua vida era outra...

— Ricardo, meu filho, essa moça não é para você — falava convicta, na postura de uma governanta altiva e mandona.

Sempre elegante e vislumbrando o melhor para a família, Yoná dava sempre a última palavra, mas com o filho não obtinha esse resultado.

— A moça que a senhora quer para minha vida, imagino que tenha ficado no século passado... Ela tem que bordar, tocar piano, falar francês — retrucou rindo ao apanhar o capacete da moto que havia deixado sobre o aparador, de propósito, pois sabia o quanto isso irritava sua mãe.

Estava bem-vestido, cabelos no corte da moda, típico dos jovens da sua idade. O perfume masculino, comprado na última viagem ao exterior, se espalhava pela sala toda. Ele disse isso e aproximou-se da mãe, lhe deu leve beijo no rosto e saiu, evitando ouvir as recomendações de Yoná.

— Ricardo, você volta para o jantar? Seu pai e eu temos compromisso e não vamos esperá-lo...

O jovem estava longe e despreocupado com as rotinas da casa, com o jantar com os pais, com as exigências impostas pela mãe autoritária. Ele só tinha uma preocupação: estar com Cristiane, sentir seus beijos, o calor de seu corpo...

— Ir à sua casa? Ricardo, você está louco? Sua mãe vai me expulsar de lá ao me ver no portão. A última vez que me viu, me tratou como a aluna rebelde, fugitiva das aulas, que encontrava nos corredores da escola.

— Ela terá que respeitar a mulher da minha vida. A mãe de meus filhos, a pessoa que faz eu me sentir vivo. Mas meus pais não estarão, poderíamos passar a noite juntos — ele disse isso com os olhos fixados nos de Cristiane, com os lábios bem próximos dos dela, de modo que a moça pôde sentir o hálito suave e o calor de seus lábios.

Embora estudassem no mesmo colégio, Ricardo era um pouco mais velho e estudava em outro horário. Foi num campeonato de futebol que se aproximaram. Já se conheciam de vista. As meninas suspiravam pelo filho da diretora, mas foi o coração de Cristiane que o rapaz viu na arquibancada, e não sossegou enquanto não o teve próximo ao seu.

— Aceita? — foi o que disse meses antes para a moça, quando ainda não a conhecia. Chegou oferecendo a Cristiane uma garrafinha de água. Foi o primeiro contato deles.

— Não estou com sede, obrigada — mentiu Cristiane, observando o jovem com olhar sedutor estudando seu rosto.

Sabia da fama dele, que era filho da diretora, o cara mais popular e bonito da escola, que ele vinha conquistando várias moças, por isso ela se fez de difícil, mesmo que sua vontade fosse aceitar a água e qualquer coisa mais que ele lhe oferecesse. Fazia tempo que ela vinha observando o rapaz pela escola, pela cidade, circulando de carro com os amigos, às vezes com algumas meninas.

Ricardo, diante da recusa da moça, não insistiu, e, como fazia muito calor, abriu a garrafa e despejou a água na cabeça. Cristiane ficou pasma com a atitude, e não deixou de apreciá-lo ainda mais ao ver a água escorrer por seu rosto risonho, molhar sua camiseta, colando-a ao corpo e evidenciando um peitoral forte e definido.

Então ela, para não aceitar as provocações do jovem sedutor, virou as costas e começou a andar entre as pessoas. Ele foi atrás e a pegou pelo braço. Tal gesto a fez paralisar.

— Podemos conversar?

— Estou atrasada, preciso ir pra casa.

— Eu a levo.

— Meu pai está me esperando.

— Amanhã, às duas da tarde, na praça. Você vai? — insistiu o jovem.

Ela apenas riu e rapidamente desapareceu entre as pessoas que estavam no local para prestigiar o jogo de futebol.

No dia seguinte, pouco antes do horário marcado, Cristiane estava com sua melhor roupa, decidindo se iria ou não ao encontro com Ricardo. Claro que sentia algo pelo rapaz, mas temia que ele só quisesse brincar com ela, e não estava disposta a isso.

Por isso, quando já estava fechando o portão, decidiu voltar, não daria chance para ser mais um brinquedo do filho da diretora. Já na sala, enquanto tirava o relógio, ouviu alguém batendo palmas. Ela pensou ser algum vizinho, não estava disposta a atender, mas, ainda assim, como estava sozinha, foi até a janela. Era Ricardo.

Ele, assim que a viu na janela, abriu um sorriso e ironizou:

— Se você não vier aqui, eu entro aí. Não duvide de mim.

A moça se rendeu ao charme dele e foi ao seu encontro no portão.

— Ansioso você, ainda não são duas da tarde...

Ele nada disse, apenas se aproximou e a beijou levemente nos lábios. Notando que estava sendo correspondido, a beijou longamente.

A partir daí tudo foi muito rápido. Logo estavam no quarto da moça, nus, se amando. Quando ele foi embora, ela se sentiu temerosa, pensando na loucura que fizera. Era uma moça moderna, havia namorado antes, mas nunca fora tão rápido assim, de levar o namorado para casa, para seu quarto.

Sentiu-se ainda mais encantada pelo jovem. Ficou, a partir dali, esperando o que iria acontecer. Resolveu na sua cabeça que fora apenas um acontecimento. Ambos queriam e aconteceu. Ela, no fundo, não queria se iludir, declarar gostar dele, apesar de isso ser verdade desde que percebeu os olhos de Ricardo nos seus.

Passaram-se dois dias sem contato. Cristiane chegou a avistá-lo de longe, entrando na farmácia. Sentiu um aperto no peito, vontade de procurá-lo, mas se conteve. Ao voltar para casa, começou a lutar contra seus sentimentos.

"Não devia ter permitido isso. Devia ter controlado meus desejos...", pensava a moça.

— Cris, minha filha, tem um rapaz no portão, quer falar com você — anunciou a mãe da moça na porta de seu quarto. Estava com a fita métrica no pescoço, um tecido nas mãos.

Cristiane saltou da cama e foi ver quem era. Para sua surpresa, era quem seu coração queria que fosse: Ricardo.

— Desculpe-me não ter procurado você antes.

— Deveria?

Ele riu e, ao se aproximar, tocou sua cintura e a puxou para perto de seu corpo.

— É assim que vai tratar seu namorado?

— Quem disse que é meu namorado? Não sabe se eu quero isso.

— O que precisa para validar meu pedido? Já sei! — impulsivo, o jovem abriu o portão da casa e foi entrando. Fez isso puxando a moça pela mão, e ela não conseguia controlar o riso.

— O que está fazendo? Não estou sozinha. Meus pais estão em casa. Para, seu louco — dizia isso envolvida e adorando a loucura.

— Que bom, é com eles que quero falar.

Cristiane ficou muda, sem reação.

E assim ele fez. Destemido, Ricardo se apresentou como namorado de Cristiane e ainda falou que suas intenções com a moça eram as melhores. Mais tarde, quando estavam sozinhos no portão, entre beijos e planos, o jovem revelou:

— Minha vontade era ter vindo antes, no mesmo dia que ficamos juntos, mas meu pai adoeceu. Não está bem.

— Ele está melhor? — perguntou a namorada, recordando que o tinha visto entrando na farmácia.

Ricardo meneou a cabeça negativamente. Seus olhos ficaram rasos de lágrimas, mas preferiu não falar nada, por isso mudou de assunto, com seu habitual bom humor.

— Minha mãe ficaria feliz em ver isso, a forma como falei com seus pais.

No entanto, não foi bem assim. Yoná ficou furiosa, pois, além de considerar Cristiane uma moça muito avançada, tinha um agravante: era filha de Bento.

"Não posso acreditar, meu Deus, que esteja fazendo isso comigo, aproximando nossas famílias! É testemunha do que sofri por causa do Bento, e agora meu filho tem que se envolver com a filha dele? Não posso concordar", pensava Yoná.

O romance tomou força, a ponto de Ricardo, para desespero de Yoná, comprar alianças de compromisso.

— Meu filho, isso não é novidade que se apresente. Seu pai no hospital e você com essa aventura com a filha da costureira. Não posso admitir isso.

— Eu a amo, mãe. O que preciso fazer para que entenda? Não vejo motivo para tanta implicância com a Cris.

— Não é moça para você! — saiu como um grito.

— Eu a conheço da escola desde pequena, sei do que é capaz. Mal-educada desde casa, não tem postura...

— Lamento que não seja do seu agrado, mas ela é a mulher que eu amo — falou isso e saiu.

Essa não foi a maior tristeza da noite para Yoná. Outra estava chegando, por telefone, do hospital, anunciando que o estado de seu marido se agravara. Yoná colocou os empregados para localizar o filho, que apareceu meia hora depois em casa, pálido, já prevendo o pior.

— Vamos para o hospital. O estado de saúde de seu pai piorou — começou a chorar e Ricardo a apoiou com um abraço.

O jovem pegou o carro e seguiram para o hospital. A notícia que tiveram era a esperada: o patriarca da família havia falecido.

Aquela morte abalou a cidade, pois a família era muito conhecida, não apenas por Yoná ser diretora da escola, mas também porque o marido era um empresário bem-sucedido no ramo de materiais de construção. Ele ajudara na reconstrução da cidade, facilitando a venda ou doando materiais, quando esta fora alvo de um vendaval que destruiu várias casas. Por conta disso, foi declarado luto na cidade e foram feitas várias homenagens.

Quando Cristiane soube do acontecido, correu para a casa do namorado, que estava no banho, e foi recebida por Yoná, na porta da casa.

— Ricardo está ocupado, não está para ficar vadiando pelas ruas — falou seco, observando a aliança de prata na mão direita da moça, o que a irritou.

— Sou namorada dele. Precisa de mim. Quero conversar com ele...

— Não é bem-vinda, menina. Não entendeu ainda? Farei o que for preciso para que meu filho veja a mulher que você é. Agora, com licença.

— Yoná, eu sei que...

— Com licença — falou firme, incomodada com a ousadia da moça em chamá-la pelo nome, sem dizer dona ou senhora. — Perdi meu marido e, se tiver bom senso, não apareça no velório. Desapareça de nossas vidas. Trata-se de um assunto de família, peço seu respeito — Yoná falou e fechou a porta. Em suas lembranças, era a Bento que estava falando aquelas palavras.

Ricardo apareceu naquele instante, em lágrimas. Cabelos ainda molhados.

— Mãe, não fica assim, por favor — pediu ao abraçá-la. — Papai estava sofrendo muito. Seria egoísmo nosso querer que ele ficasse ao nosso lado assim, sofrendo.

— Tem razão, meu bem.

— A Cris ficou de vir para cá, mas não apareceu ainda. Ficou de ir com a gente para Uberlândia.

— Era desejo do seu pai ser sepultado lá. E já estamos atrasados. Melhor se apressar. Não dá tempo de esperar por ninguém. Quero algo simples, rápido. É capaz que ela nem venha, para você ver a mulher com que está se envolvendo, que foge nos momentos difíceis.

Os dois partiram minutos depois. A cerimônia foi simples, com poucos amigos e alguns familiares. Ricardo lamentou a falta de Cristiane.

Na volta, ele cobrou da moça, e ouviu sua resposta:

— Eu me atrasei. Quando cheguei, vocês já tinham partido — mentiu ela, evitando um mal-estar entre o namorado e a mãe dele.

Ela também não comentou sobre o desentendimento que tivera com Yoná, pois, na verdade, entendeu que a mulher passava por um momento doloroso e não deveria ser contrariada.

— Lamento muito, meu amor, tudo isso por que passou — falou ao abraçá-lo.

Os meses se passaram e, para fúria de Yoná, o romance de Ricardo com a filha de Bento, não. Pelo contrário, parecia ainda mais intenso. Chegou a tal ponto que Yoná simulou passar mal quando o filho apareceu em sua casa de mãos dadas com Cristiane, anunciando que a moça estava grávida e mais:

— Vamos nos casar, mãe.

Foi um deus nos acuda, deram água com açúcar para a mulher, abanaram-na, chamaram o médico da família. Enfim, o teatro nada resolveu. Mesmo contra a vontade da mãe, Ricardo fez as malas e foi morar com Cristiane numa das casas que a família possuía na cidade.

Nos últimos meses de gestação, Cristiane preparava com capricho o enxoval da filha, quando recebeu a visita de Yoná. A sogra costumava ir a sua casa, mas sempre quando Ricardo estava lá. Naquele dia, propositalmente, sabendo que o filho não estava, Yoná apareceu de surpresa, acompanhada de sua petulância:

— Por sua causa, por conta desse golpe baixo, meu filho paralisou a vida dele.

— Não obriguei o Ricardo a nada. Se hoje ele mora comigo, é porque nos amamos. Se ele não assumisse, saiba que sou mulher o bastante para ter minha filha sem precisar de um homem ao meu lado.

— Você é vulgar. Ele mora com você por dó. Meu filho não deixaria a mãe de um filho dele jogada na rua, largada.

— Em que mundo você vive, Yoná? Estamos juntos por um sentimento que você desconhece, chamado amor. Talvez, se tivesse experimentado dele, não fosse tão amarga.

A partir daí formou-se uma discussão, trocaram ofensas, até que Cristiane levou a mão ao peito, sentiu um aperto, falta de ar. Yoná percebeu e mostrou-se preocupada, mas Cristiane, brava com a sogra, pediu que ela se retirasse.

— Saia, por favor. Deixe-me, não estou bem. Acho que sua presença me faz mal — desabafou, por fim.

Yoná saiu contrariada e também preocupada, pois, de certa forma, era sua neta, filha de Ricardo, que estava por vir. A mulher entrou no carro e circulou pela cidade à procura do filho. Encontrou o rapaz em um dos depósitos da família, que ele vinha administrando. Contou rapidamente que havia passado por sua casa e Cristiane não estava bem, mas não detalhou a briga que tiveram.

Ricardo chegou a sua casa preocupado, estacionou o carro de qualquer forma na calçada. Logo em seguida, chegou um rapaz amigo da família de Cristiane, dando a ele a notícia do acidente de carro que resultara no falecimento dos pais de Cristiane.

Ao saber do acidente, Cristiane desmaiou, foi hospitalizada, nem pôde comparecer ao velório. O médico recomendou que ela fosse internada e, na semana seguinte, para alegrar um pouco sua vida, Isabela nasceu.

Alice, que morava em Belo Horizonte, fora para o velório dos pais e ficara na cidade para acompanhar a irmã. Cristiane a tinha como uma grande amiga, por isso não a poupou dos detalhes do que vinha sofrendo com Yoná.

Na primeira oportunidade, Alice, diferente daquela menina gorda e desajeitada, conversou com Yoná. Foi educada e objetiva também:

— Cristiane tem família, não gostaria de vê-la sofrendo, principalmente agora, com a minha sobrinha. Sei que Ricardo a ama, percebo isso em seu olhar, no jeito que ele cuida da minha irmã, e pode ter certeza de que é correspondido. Se quer sua neta por perto, seja cordial com minha irmã.

— É uma chantagem?

— Pense como quiser. Para mim é um aviso, uma observação. Não vou deixar você maltratar minha irmã. Lembro-me muito bem da forma como me tratava quando era diretora.

— Você é diferente, tornou-se uma profissional de respeito, trabalha em Belo Horizonte, parece até que recebeu um convite para trabalhar em São Paulo, não é?

— É verdade, as boas notícias correm, assim como as ruins também. Trate minha irmã com respeito, por favor — disse isso e saiu.

Yoná ficou surpresa com a leveza da moça, diferente da mãe. Por certo havia herdado de Bento, seu pai, o jeito moderado ao falar.

213

Os anos foram passando e Yoná não desistia, queria ver o filho longe de Cristiane. Tanto que, quando sabia que a nora iria à sua casa, convidava uma ex-namorada de Ricardo, filha do vice-prefeito, com quem fazia gosto de ver o filho casado, para participar dos almoços.

— Sua mãe faz de propósito.

— Somos só amigos, Cris. Não fique preocupada com isso.

— Eu vi a forma como a moça te olhou...

— Ciúme, não. Por favor!

Logo Cristiane descobriu que Yoná convencera o filho a empregar a moça no depósito.

— Fez para me provocar, Yoná! — cobrou Cristiane.

— Cadê a moça segura de si? Meu filho é muito jovem para assumir uma responsabilidade dessa. Vou convencê-lo de que você não é mulher para ele.

— Não pensa na Isabela ao querer isso? Está destruindo um lar. Você e má.

— Minha neta poderá viver conosco.

— Isso não vai acontecer.

— A filha do vice-prefeito está tão próxima do Ricardo... Acho que estão revivendo os bons tempos. Eu não gosto de você, menina, e farei o que puder para que saia da vida de meu filho.

Quando Cristiane cobrava de Ricardo uma postura diante das afirmações de Yoná, ele se defendia:

— Te amo, Cris... Vai dar confiança para as implicâncias da minha mãe? Se eu a empreguei lá foi por conta do estágio que está fazendo, só por isso. Um pedido da minha mãe em que não vi maldade.

— Ricardo, essa mulher está dando em cima da você. Não percebe?

— Será? Não percebi — comentou rindo, não dando crédito para as preocupações da esposa.

214

Cristiane ficou fora de si, pegou um vaso e lançou na direção da parede. Isabela estava no sofá e começou a chorar. Ricardo correu para pegar a filha no colo enquanto explodiu:

— Está louca? Que é isso? Desse jeito vou ter que acreditar no que minha mãe tem falado de você.

— Meu amor, me desculpa — disse em lágrimas ao abraçar Ricardo, arrependida.

O jovem deu as costas e entrou no quarto levando a filha. Cristiane ficou desconcertada. Aquela havia sido uma entre as diversas brigas que vinham tendo.

A moça, sentida, percebendo-se rejeitada, sem os pais por perto, a irmã morando longe, caiu em lágrimas. Ficou assim por algum tempo, até que saiu apressada em direção à rua. Parou no primeiro bar que encontrou e bebeu o quanto pôde. Foi o mesmo jovem que avisou da morte de seus pais quem a levou para casa.

Ricardo ficou envergonhado com o estado da esposa. Ele a colocou no chuveiro com roupa e tudo. Depois serviu-lhe um café, acompanhado de um discurso.

Não pararam por aí as bebedeiras de Cristiane, tanto que Yoná chamou a atenção do filho num dia em que ele foi levar Isabela para visitar a avó:

— Meu filho, essa mulher está envergonhando o nome da nossa família — falou, aproveitando que a neta estava distante, entretida com seus brinquedos. — Bêbada! Pensa que não sei dos vexames que vem dando pela cidade? Os empregados já trocam olhares e risos ao me verem. Vai deixar sua mãe passar por essa vergonha, Ricardo? Outro dia foi vista dançando no coreto, ameaçando tirar a roupa. Tiraram fotos, saiu no jornal. A cidade inteira viu. Eu não admito essa situação. Peço uma solução imediata.

215

— Ela começou com isso, a beber, depois que a senhora insistiu em empregar minha ex-namorada no escritório do depósito. Ela acabou desenvolvendo um ciúme sem cabimento.

— Não tem nada a ver isso. Se bebe é porque é uma doente, viciada em álcool. É uma fraca, dependente...

— Mamãe é uma viciada, papai? — perguntou a menina, que aproximara-se sem ser notada e ouvira Yoná falando.

— Não, minha filha. Mamãe só precisa de um tratamento e ficará muito bem.

Logo depois que o filho saiu de sua casa, Yoná ligou para a ex de Ricardo e, como parte do plano, recomendou:

— Agora vá à casa deles, invente algo sobre o depósito. Sabe que será bem recompensada, não sabe?

Yoná, nem tanto pela viuvez, mas mais pela morte de Bento, se tornara ainda mais amarga. Por isso tramava, e sabia que aquela visita seria pólvora para a explosão. E estava certa. Só não sabia a consequência de sua insistência em destruir Cristiane.

Ricardo recebeu a ex em sua casa como funcionária, mas Cristiane não entendeu dessa forma. Como de costume, após a discussão com o marido, saiu para beber. Ele lhe havia dito:

— Acho melhor a gente se separar, Cris.

A moça saiu com a frase martelando sua cabeça, não se via sem Ricardo. A separação seria a vitória de Yoná. Começou a beber desesperadamente.

Ricardo, notando a demora da esposa, que dissera ter saído para a casa de uma amiga, deixou a filha dormindo e saiu de moto para procurar Cristiane. Não foi difícil encontrá-la, pois sabia que a esposa estaria em algum bar, se embriagando.

216

— Ricardo, meu amor. Você aqui! — falava Cristiane com a língua enrolada, tomada pelo efeito do álcool.

Depois de relutar em se levantar da cadeira e acompanhar Ricardo, a moça, num impulso, levantou-se e, com uma força que desconhecia ter, pegou a chave que estava no bolso do marido e foi em direção à moto. Subiu nela e a ligou.

— Cris, o que está fazendo? Desliga, desce daí, deixa eu levar a moto — pediu, paciente.

— Deixa de ser bobo, Ricardo. Sobe aí. Poucos quarteirões e estamos em casa — argumentou a moça. Depois baixou a voz e falou como se estivesse convencendo uma criança.

Ricardo, não tão certo do que estava fazendo, subiu na garupa da moto e Cristiane acelerou...

Foi nessa parte que Cristiane parou de escrever. Estava com o rosto banhado em lágrimas, lamentando tudo o que havia ocorrido. Fechou os olhos e foi como se estivesse sentindo a presença de Ricardo, seu abraço carinhoso, seu perfume.

Ela fechou o caderno e o guardou de volta no guarda-roupa. Pensou em voltar a escrever em outro dia. Embora fossem muito fortes suas recordações, colocar no papel todo o passado a fez se sentir bem mais leve. Respirou, espreguiçou-se e se deitou.

— Yoná me odeia — foi o que falou em voz alta, ainda sob efeito da recordação. O sono veio logo depois.

O espírito do rapaz do trem, que a incentivou a escrever, ainda estava ali no quarto, assistindo a toda a emoção vivida pela moça. Por fim, falou baixinho, enquanto velava o sono profundo da moça.

217

— Tudo isso porque, em outra vida, Cristiane foi irmã de Bento e, por ciúme, fez de tudo para que ele desistisse de Yoná no dia do casamento. Fez com que uma linda história de amor não se consumasse. A vida lhes deu uma nova chance, voltaram próximos. Yoná teve a possibilidade de viver o grande amor ao lado de Bento, mas não precisou de ninguém para atrapalhá-la ou impedi-la; bastou a sua arrogância e ela o rejeitou por ser pobre e não considerá-lo à sua altura. Depois o viu ser feliz ao lado de uma mulher simples, constituir família e ter uma felicidade que a incomodava sobremaneira. Quis o reencontro que ela esbarasse em Cristiane, contudo não a perdoou. O coração, ainda ferido, não a aceitou como nora. O espírito de Yoná ainda estava magoado pelo abandono na porta da igreja. Até perdoara Bento, mas Cristiane... E mais emoções aconteceram...

Capítulo 20

Amanda chegou a seu apartamento tarde da noite. A volta do aeroporto foi difícil, pois durante todo o percurso ela recordou a vida que tivera com Lucas. Como o amava! Ainda não compreendia onde havia perdido aquela estabilidade que julgava ser eterna. Sofria e chorava ao imaginar Lucas com outra no avião, rindo, se divertindo.

Passou a chave na porta e entrou, procurando não fazer barulho para não acordar o tio e sua mãe. Estava tudo escuro. Resolveu não acender as luzes, aproveitando-se apenas da claridade que vinha da fresta da janela da sala. Pôs as chaves do apartamento e do carro sobre o aparador e ouviu a voz de Ney, que estava sentado à mesa, com uma xícara numa das mãos.

— Já estava pensando em ligar para você.

— Tio, ainda acordado? — constatou com uma voz chorosa.

— Sua mãe está dormindo. Eu me fiz de forte para confortá-la e convencê-la de que tudo estava sob controle, mas estava com o coração nas mãos. Considerei uma loucura deixá-la ir sozinha ao aeroporto, mas você tinha que viver essa experiência...

— Ele partiu, Ney. Deixou-me de vez. Estava acompanhado — interrompeu, deixando as lágrimas correrem pelo rosto.

Ney aproximou-se da sobrinha e a abraçou. Ali a moça sentiu-se protegida e à vontade para desabafar, revelar tudo o que se passava em seu coração, em sua cabeça, dizer o quanto se sentia abandonada, descartada.

— Vamos tomar um chá, vem cá — sugeriu Ney, conduzindo a sobrinha à cozinha, onde a serviu e a fez se sentar à mesa. Depois acomodou-se à sua frente, com sua xícara também cheia. Ney sabia que iria até tarde da noite. — Prove, está quentinho, acabei de fazer.

— Ele estava tão feliz, Ney. Rindo, acompanhado. E eu ali, sozinha, triste, chorando, sofrendo. Não é justo.

— Não é justo o que você mesma está fazendo com você. Já lhe disse isso. Por que, no fim de um relacionamento, só um pode sorrir e o outro tem que se acabar em lágrimas? Quem passou isso a você? Sua mãe, com os conceitos falhos? Não, minha querida, você também pode rir, buscar motivos para transformar positivamente a sua vida. Fazer bom uso de seu livre-arbítrio e escolher ser feliz também.

— Sem ele? Sem seus beijos, seus carinhos, sua atenção?...

— Percebeu que está buscando no outro o que não é capaz de dar a si mesma? Não vejo em suas atitudes você se amar, se dar carinho, dar atenção ao que pode fazê-la feliz. Isso se chama *valorizar-se*.

Ney fez uma pausa e apreciou o rosto da sobrinha, agora mais forte, sem lágrimas, atenta ao que ele dizia, e então prosseguiu:

— Siga sua vida! Pra que ficar esmurrando uma porta que se fechou e da qual você perdeu a chave? É burrice, minha jovem. Burrice! Olhe à sua volta quantas portas abertas indicando-lhe a possibilidade de seguir sua vida de maneira mais feliz.

— É verdade... Estava tão animada com o projeto da academia, e agora, com essa notícia do Lucas, tudo pareceu perder a importância.

— Então é hora de dar importância para o que de fato tem, que poderá impulsionar sua vida para frente. Você também pode rir, viver, ser feliz, seguir sua vida, mas para isso precisa deixar que o passado passe de vez, fique lá atrás, no lugar devido. Guarde somente os bons momentos, mas não faça deles a razão de sua vida. Aprecie o momento presente, o que está por vir, a possibilidade de um novo amor...

Nesse momento, como num clique, Amanda se lembrou de Matheus, de seu olhar terno sobre ela, de seus beijos, e um sorriso surgiu naturalmente em seu rosto. Aquela lembrança a fez se perder do que Ney falava, tanto que ficou surpresa quando viu o tio se levantar e finalizar a conversa.

— Vamos dormir, pois daqui a pouco quero você de pé e linda para ir à academia. Chega de chorar, não combina com você e não vai resolver nada — disse isso e a abraçou. Ficou por um instante assim e, ao se desfazer do abraço, estava sério, apenas disse: — Não deixe para ser feliz amanhã, não deixe que as coisas aconteçam depois. A vida é este instante, aproveite.

A moça, sorridente, como se tivesse tomado uma injeção de ânimo instantâneo, saiu da cozinha, passou pela sala, apanhou sua bolsa e foi para o quarto. Ney, de onde estava, acompanhou todo o movimento dela. Estava sério depois do abraço, mas a moça não percebeu.

Ele colocou a xícara na pia e pensou: "Meu Deus, me faça acreditar que não estou certo quanto a esta intuição. Não pode ser. Tão jovem!".

Depois disso, sentou-se na sala, onde fez suas orações antes de dormir.

Cássio conseguiu o que tanto almejara, ou seja, o lugar de Matheus. Descobriu também que seria responsável pelas tarefas dele e de Matheus, que não seria substituído. Agora tinha que se mostrar competente para o chefe. Atílio nem imaginava que os relatórios errados e depois arrumados eram feitos por Cássio na intenção de prejudicar Matheus e causar sua demissão.

Com toda aquela mudança no escritório, Cássio vinha sofrendo as consequências, pois as cobranças caíam sobre ele. Estava assim, atarefado, fechando um relatório de que na verdade desconhecia a finalização, quando o telefone tocou. Ele atendeu brusco, mas a voz suave do outro lado da linha o fez mudar, principalmente pelo assunto.

— Posso falar com o Tuca? Ele me deu esse número porque estava sem celular...

— Quem deseja? — especulou Cássio, curioso para saber quem era a mulher que procurava por Matheus.

Pensou que, no mínimo, deveria ser alguma amiga de infância de Matheus, pois sabia seu apelido, pouco usado na cidade. Logo se lembrou de uma conversa que tivera com a prima, em que ela reclamava da distância do noivo, acreditando que Matheus tivesse outra. Foi então que concluiu que esta, da ligação, poderia ser *a outra*.

"Desempregado, com duas mulheres o disputando. E eu solteiro, sozinho", invejou Cássio em pensamento.

— Amanda. Sou amiga dele. Ele está?

Depois de uma pausa, o rapaz, com ar cínico no rosto, mentiu:

— Está de licença. Ele pediu uns dias para cuidar do casamento dele. Vai ser uma grande festa — diante do silêncio da moça, que interpretou como decepção dela, ele, que já sabia da gravidez da prima por uma rede social e tinha confirmado com alguns parentes, acrescentou: — Teve que apressar, vai ser pai, sabe como é, noiva que se preze não quer entrar com barriga à mostra na igreja...

— Vai se casar, então. Esperam um filho — interrompeu Amanda com um tom de voz triste.

— Se quiser deixar recado...

— Não, obrigada — finalizou assim a ligação.

Cássio, sorrindo, repôs o fone no lugar e jogou o corpo para trás. Sentiu-se tomado por uma alegria que não conseguia controlar. Depois murmurou baixinho:

— Prima, você me deve essa.

Antes de completar uma hora dessa ligação, o telefone voltou a tocar, e dessa vez era Matheus.

— Meu irmão, sabe o quanto gosto de você, mas não posso ficar de papo — Cássio foi até um tanto áspero, mas Matheus não percebeu.

— Eu sei, Cássio, até peço desculpas por atrapalhar você...

— Fala, o que manda? — havia frieza na voz de Cássio, bem distante do amigo que aparentava ser quando do trabalhavam juntos.

Mas Matheus tinha bom coração, não tinha malícia e considerava que ele estivesse mesmo atarefado demais para lhe dar atenção. Por isso foi breve também:

— Sabe o que é, tenho uma amiga, então, é que... — Matheus iniciou sem jeito, pois não queria falar sobre

223

outra mulher com o primo de sua noiva. — Ela ficou de me ligar. Agora que estou com o celular...

— Ninguém te ligou — mentiu secamente.

— Pode ser que me ligue. Anote o número do meu celular. Passe para ela, por favor. Fique com ele. E, se você souber de alguma vaga, me ligue também, por favor.

— Claro — Cássio anotou, depois repetiu o número.

Matheus atribuiu a frieza do amigo ao excesso de trabalho, e Cássio encerrou a ligação com a promessa de um breve encontro, um almoço.

Depois do término da ligação, Cássio ficou olhando para o papel com o número do celular de Matheus sobre sua mesa. Então, apenas riu, apanhou o papel e o rasgou em diversos pedaços, depois jogou tudo no lixo.

Apesar do jantar inesperado com Lirian em sua casa e da breve noite de sono, Cristiane acordou bem-disposta. Como de costume, saiu antes do cunhado, mas ainda viu Alice, com quem conversou brevemente, ansiosa para não dar de cara com Márcio.

Já no trabalho, quando estava na copa, encontrou Lucimar. Gostava muito de conversar com aquela senhora, sentia-se tão à vontade que abria o coração ao vê-la.

— Lirian está voltando, né? Está sabendo? — Lucimar perguntou e não percebeu a emoção no rosto de Cristiane. Então especulou: — Pensei que estivesse feliz com o retorno dela.

— Que bom! É uma profissional muito querida, estão sentindo falta dela.

— Eram tão amigas... Não entendo o que aconteceu. Peço desculpas pela minha intromissão. Não deveria nem ficar questionando sobre isso — falou, pegou a vassoura e ameaçou sair da copa.

— Não, de forma alguma eu pensaria isso de você. É que aconteceu algo muito grave. Se eu lhe contasse, ficaria abismada como eu fiquei. É muito triste quando a gente se decepciona com um amigo, aquele que a gente acha que vai ter por toda a vida.

— Imagino que algo muito grave tenha acontecido, porque até seu cunhado você tem evitado.

— Tenho dó da minha irmã. Alice é tão boa, não merece aquele marido que ela tanto endeusa. Só adianto, minha amiga, que estou muito arrependida, e me sinto mal, uma traidora, em relação à minha irmã. Se pudesse voltar atrás e tomar outra atitude...

— Entregue nas mãos de Deus — recomendou Lucimar, curiosa com o que pudesse ter acontecido entre Márcio, Lirian e Cristiane, ao mesmo tempo que preferiu respeitar essa particularidade que atormentava a moça.

— Vou lhe contar algo que não falei pra ninguém — começou Cristiane, que deu sequência ao ver o sorriso raro no rosto de Lucimar. — Vou procurar outro emprego. Já mandei meu currículo para outras empresas. Não é só por eles, pelo meu cunhado, pela Lirian, é por mim mesma, pelo meu crescimento profissional.

— Faz bem, precisa ganhar mais. É esforçada, competente, precisa procurar algo melhor. Depois, isso vai ajudá-la a reaver a guarda da sua filha.

— É o que mais desejo — seus olhos emocionados perceberam que os olhos de Lucimar também estavam. — Nem te conto, sonhei com aquele moço de novo!

— Moço?! — Lucimar sentiu as pernas perderem a firmeza.

— Aquele do trem! Ele falou algo no meu ouvido, mas não consegui entender o que era. Estou ansiosa

225

para encontrá-lo no trem novamente. Vou questioná-lo e saber de onde ele a conhece. Tenho certeza de que o vi ao seu lado. Agora até em sonhos vejo esse rapaz!

Lucimar ficou bem agitada, se despediu desejando sorte para a moça e, depois de virar o corredor, se trancou no banheiro.

— Meu Deus, será ele? Ela é médium? Não pode ser... Não posso acreditar nessas coisas.

Matheus desligou o telefone e caminhou até a janela do seu apartamento. De lá, ficou olhando a movimentação da rua. Os últimos acontecimentos o deixaram muito aflito, ansioso. Estava desempregado e teria um filho.

A segunda surpresa, ter um filho, muito o alegrava. Ficou muito emocionado quando Maíra lhe contou a novidade. Gostava de crianças e sempre pensou em ter filhos, mas não esperava que fosse chegar assim, em meio aos acontecimentos atribulados do momento: desempregado, prestes a romper o noivado e amando outra mulher.

Ele não se prendeu ao fato de Maíra estar grávida para dar sequência ao casamento. Não disse isso de imediato, mas era algo claro em sua cabeça. Poderia, sim, assumir o filho, mas não se via casado com Maíra.

Quando ligou para Cássio, na empresa em que dedicara anos de sua vida, tinha esperança de receber do suposto amigo uma boa notícia, um recado de Amanda. Era tudo o que almejava para revolucionar e transformar sua vida.

Pensou em procurá-la. Chegou, inclusive, a passar na porta do prédio onde a moça morava, mas não se sentiu encorajado a chamá-la. Tinha deixado claro, da última vez, que esperaria ela contatá-lo. Se não fez contato, era porque não tinha interesse nele. Foi assim que pensou.

Triste, mas certo de que teria que dar sequência à sua vida, Matheus começou a fazer seus contatos, passar e-mails com seu currículo para diversas empresas. Dos vários remetidos, já tinha tido o contato de duas empresas agendando entrevista, levantando seu ânimo.

Estava animado, mas com os pensamentos concentrados em Amanda.

Não longe dali, Amanda repôs o fone na mesa e ficou pensativa. Lembrou-se de Lucas, que àquela hora já estaria em solo argentino, acompanhado, se divertindo, batendo pernas pelas elegantes ruas de Buenos Aires.

Imediatamente lembrou-se de Ney e de suas palavras de incentivo. Abriu um sorriso. Procuraria ser feliz. Foi isso que a fez ligar para Matheus, no entanto, a notícia de que se casaria e seria pai a deixou desapontada.

Jogou o corpo no assento da cadeira preta de encosto largo. Pela primeira vez percebeu que sentiria falta de Matheus, do seu sorriso, dos seus cuidados, e, de certa forma, Lucas começava a se distanciar de sua vida.

Estava no meio dessa constatação quando Evandro entrou esbaforido, sorridente.

— Aquela sua ideia da promoção, da faixa, fez sucesso. Estamos recebendo vários contatos, resgatando alguns clientes.

— Que bom. Você deixou a academia entregue ao tempo, sem injeção de ânimo, sem os reparos necessários para o conforto dos usuários. Claro que, aos poucos, eles deixariam este lugar. Começou pela sauna, poderia ter feito os reparos nela, mas preferiu fechar o acesso.

— Obrigado. Nosso negócio vai longe.

— Por falar nisso, essa semana transfiro o dinheiro para formalizar nossa parceria. Até agora estive aqui como uma consultora, mas quero abraçar essa empresa com você, assim poderemos reerguê-la de vez.

Evandro estava muito ansioso para isso, demais. No entanto, seus planos com o dinheiro que Amanda lhe daria não eram exatamente injetar na empresa. Ele pensava em viajar, trocar o carro, pagar o condomínio atrasado do seu apartamento...

— Ainda esta semana a gente resolve isso. Acho que com o dinheiro poderíamos investir em equipamentos novos, andei pesquisando uns modernos, e também em professores mais capacitados.

Amanda estava assim, ligada no seu lado profissional. O desgaste com a vida sentimental a fez mergulhar no trabalho, de forma que passava horas realizando pesquisas, consultas na área, fazendo contatos para adquirir profissionais e também ampliar a carteira de clientes. Tudo com muito sucesso, para surpresa de Evandro, que, embora tivesse crescido vendo o pai tocar os negócios, pouco sabia como administrar.

— Já estou vendo os candidatos para a vaga de administrador. Quero alguém que possa agregar a nosso dia a dia, trazer um ar moderno — enfatizava animada, certa de que estava no caminho correto. — Até já separei dois currículos que me chamaram a atenção. Gostei muito e já pedi para a recepcionista fazer contato para agendamento das entrevistas. Tenho pressa!

— Que bom! Não sabe como estou feliz com essa sua animação. Envolvida com o trabalho.

— É o que me resta. Bem, veja os currículos, gostei muito desses dois. Cristiane Alencar e Matheus Cortez — Amanda estava tão envolvida com seu projeto profissional que não ligou o nome de Matheus a Tuca.

Capítulo 21

Embora cansada, Cristiane chegou animada em casa. Aproveitou a ausência de Márcio para apreciar ainda mais a companhia de Alice. Fazia tempo que não conversavam. Riram e se recordaram do passado com alegria naquele início de noite.

— Como você está saudosista hoje! — admirou-se Alice. — Não é do seu feitio. Como a mamãe, prefere viver somente o presente com os olhos no futuro. Eu sempre fui como o seu Bento, no presente e voltada ao passado. Ele apreciava sentir saudade.

— Tenho sentido isso ultimamente. Estranho. Acho que estou ficando velha — as duas voltaram a rir e Cristiane, ainda em tom de brincadeira, comentou:

— Quando eu não estiver mais aqui, quero que guarde de mim as boas lembranças.

Alice parou de rir, franziu a testa e, brava, rebateu:

— Que papo é esse, minha irmã? — fez uma pausa e completou: — Claro, agora que me lembrei, pretende voltar para Minas Gerais, por isso falou essas coisas...

— Não pretendo voltar para Minas, Alice — falou convicta.

— Foi o que o Márcio falou...

— Ele falou, não eu. Vou procurar outro trabalho, inclusive. Preciso crescer profissionalmente, entende? Preciso me fortalecer para lutar pela guarda da minha filha. Amanhã tenho uma entrevista de trabalho — disse enquanto consultava o relógio, indiferente ao rosto confuso da irmã, que não compreendeu nada, pois, se não era a sua partida para Minas, o que tinha a revelar?

Sem dar tempo para os questionamentos de Alice, Cristiane seguiu apressada para seu quarto, onde se conectaria ao computador para falar com Isabela.

— Mamãe, que saudade! — falou a menina animada, cabelos penteados como um coque no alto da cabeça, imitando a avó. Usava uma roupa bonita, colorida, que fez Cristiane perceber o quanto sua filha vinha crescendo longe dos seus olhos, do seu carinho, do seu amor.

— Meu amor, não mais do que eu — disse, emocionada.

Conversaram por dez minutos, contados no relógio, determinados por Yoná, que estava próxima, como sempre, deixando as mãos visíveis.

— Isabela, finalize os cumprimentos para sua mãe. Sua aula de piano começará em cinco minutos.

Isabela encostou os lábios na tela e Cristiane repetiu o gesto; ao se afastar, percebeu uma lágrima rolar pelo rosto da filha.

— Te amo, mamãe.

— Eu também, minha linda. Esteja onde estiver, sempre te amarei.

Yoná, irritada com as declarações, tratou de tirar a menina da cadeira e a conduziu para a porta com a seguinte orientação:

— Sua professora já a está esperando. Por favor, se apresse.

Disse isso e voltou para o computador, onde pôde ver Cristiane ainda na tela, observando a cena.

— Você ainda está aí? — indagou, acomodando-se na cadeira, pronta para desligar o computador.

— Você não me perdoa. Acha que sou culpada.

— Não a perdoo, de forma alguma. É culpada, sim — Yoná, que sempre demonstrou ser forte, não deixou de chorar diante da ex-nora. — Você interrompeu a vida do meu filho, o meu porto seguro. Você tirou o que de mais precioso eu tinha, o que me dava motivo para viver.

— Foi uma fatalidade, não tive culpa.

Yoná secou as lágrimas, respirou fundo, ergueu a cabeça e, de repente, tornou-se outra mulher, mais forte, altiva como de costume. Então, sem cerimônia, fechou a tela, mas antes, secamente, sem esperar a resposta, disse:

— Tenha uma boa-noite.

Cristiane, diante da tela escura, começou a chorar de soluçar. O jovem espírito, que a vinha acompanhando nos últimos meses, sentou-se a seu lado e, carinhoso, a abraçou. Isso a fez parar de chorar. Aos poucos, começou a sentir ânimo e sentiu-se forte, deixando que um sorriso aparecesse em seu rosto.

— O que acha de voltar a escrever? Isso fará tão bem a você... — falou o jovem.

Depois, lentamente, levantou-se e se sentou numa poltrona que ocupava o canto do quarto.

— Meu amor, comprei o berço! — contou Maíra ao noivo, pelo telefone.

— Não acha cedo? Poderia esperar um pouco...

231

— Lindo! Combina com as cortinas. Já vi o papel de parede. Fiz a encomenda. Só estou em dúvida na cor.

— Você ainda não sabe o sexo do bebê, e acho...

— Vou trocar o carpete. Aquela cor não combina com nada! — argumentou Maíra sorrindo, sem dar ouvidos ao que Matheus dizia.

O que importava para ela naquela momento, além dos preparativos com o casamento, claro, era a chegada da criança, e por isso queria a melhor decoração para o quarto. Tratava de postar nas redes sociais qualquer novo detalhe, e ainda ligava para as amigas e para os parentes mais próximos para comentar.

— Maíra, me ouve, por favor. Estou desempregado. Sei que está comprando com o meu cartão. Não acha que é hora de segurar, gastar o que de fato será preciso? Não vejo necessidade de trocar o carpete.

— Tarde demais, amanhã já irão trocar. Já combinei tudo, metragem, espessura, cor. Acho até que vou aproveitar e trocar o do nosso quarto também.

— Vou cancelar o cartão — ameaçou Matheus.

— Meu amor, você se preocupa demais! Está no último ano da faculdade, tem boas referências, logo arrumará outro emprego e ganhará mais. Tem que ser otimista! Já comentou que tem duas entrevistas! Exija um bom salário, com direito a todos os benefícios. Ah, peça vaga de estacionamento no prédio aonde irá trabalhar. Acho isso muito chique. Não vai aceitar qualquer coisa...

— Maíra, em que mundo você vive? Vou desligar, amanhã tenho uma entrevista de emprego, preciso descansar. Vou passar na faculdade também.

— Não se esqueça de pedir um bom salário, benefícios...

Matheus não deu mais ouvidos para os comentários da noiva. Preferiu ignorá-los. Desligou o telefone e ficou sentado no sofá, pensando o quanto era diferente de Maíra, por isso concluiu que o casamento não seria viável. Sentia-se ilhado, sufocado. Se ao menos tivesse Amanda ao seu lado, com certeza se sentiria encorajado a mudar toda sua vida.

Foi durante esses pensamentos que o jovem sentiu uma dor aguda que o fez levar a mão ao peito. Foi rápida, mas o deixou preocupado, nunca sentira algo daquela forma. Ficou por ali, sentado, controlando a respiração. Resolveu que o melhor seria dormir. Já na cama, pensou: "A vida é um instante. Não posso me deixar ser levado por ela, preciso tomar conta de mim, cuidar e fazer as melhores escolhas... para mim! Não sei se terei o amanhã para fazer o que tenho vontade agora. O que importa é fazer acontecer hoje".

— Minha filha, ainda bem que chegou. Estava à sua espera — foi assim que Felipa recebeu a filha ao vê-la entrar no apartamento. Não deu importância para o rosto abatido da moça, cansada pelo trabalho, ainda abalada pelos acontecimentos da vida.

— Mãe, está toda arrumada, essas malas... — observou Amanda ao vê-la toda produzida como se fosse a uma festa e com as malas prontas ao lado do sofá.

— Felipa resolveu voltar para casa. Já vai tarde — brincou Ney, rindo ao mesmo tempo que abraçava a irmã.

— Eu pegaria um táxi, mas Ney insistiu para eu esperá-la. Ele e as intuições dele. Poderíamos nos falar por telefone, coisa de poucas horas nos separa.

— Não se desperdiça oportunidades, minha irmã, principalmente a de falar, abraçar, querer bem a alguém;

a gente nunca sabe o que está por vir. Só temos o presente por certo.

— Nossa, o tio anda profundo — Amanda falou rindo. Depois prosseguiu: — Mãe, eu a levo até a rodoviária. Vamos, Ney, levá-la?

— Claro, vou só buscar minha carteira no quarto. Detalhe: ela vai de avião.

— Estou com pressa de chegar em casa — comentou ansiosa.

— Que pena que já vai, mãe, assim, de repente. Poderia aproveitar mais a cidade, descansar...

— Tive um sonho horrível. Estou com o coração apertado, Amanda — revelou Felipa, toda dramática.

— Claro que me lembrei do seu irmão. O Bruno sozinho, tanto tempo, coitado, deve estar precisando de mim.

— Estou pronto, meninas — anunciou Ney voltando para a sala. — Vamos?

O percurso até o aeroporto, na zona sul da cidade, foi com trânsito, mas animado. Felipa e Ney trocando farpas, mas num clima amistoso. Para Amanda, embora estivesse muito cansada, foi divertido, um refresco para sua mente.

Prestes a dar o bilhete ao funcionário, antes de passar pela revista de praxe, Felipa olhou para trás e viu Amanda abraçada com Ney. Sentiu algo tão forte que a fez voltar para junto deles, quase correndo.

— O que houve, mãe, esqueceu algo?

Amanda sentiu os olhos da mãe tão amorosos, como há muito tempo não os via.

— Dizer que te amo, minha filha — falou isso e a abraçou forte. Depois saiu sem mais olhar para trás.

Ney assistiu ao gesto comovido, como Amanda também ficou, embora sem entender aquela ação.

234

— Perdemos tempo demais com besteira e não falamos o que sentimos, o quanto amamos, o quanto gostamos do outro. Felipa agiu pelo coração. Ainda está abalada com o tal sonho, que nem me contou como foi.

— Ela já entrou. Vamos, Ney. E você não invente de ir embora agora. Preciso de você aqui comigo ainda.

— Sei disso, meu bem. Sei disso — falou caminhando lentamente em direção às escadas rolantes, abraçado à sobrinha, com os olhos perdidos no horizonte.

Capítulo 22

De volta ao passado, numa cidade no interior de Minas Gerais, Cristiane tanto insistiu que Ricardo subiu na moto e a moça acelerou antes mesmo de ele se acomodar na garupa. Acontece que, poucos passos depois, a moto parou, não teve aceleração o bastante para prosseguir. A moça, alcoolizada, disparou a rir sem parar.

— Está sem condições para dirigir, Cris. Deixa que eu levo a moto — falou Ricardo, levantando a moto que havia inclinado parcialmente sobre um muro. — Você não está bem. Não pode ficar assim, bebendo descontroladamente.

— Meu amor, para onde vai me levar? — havia humor na sua voz melosa.

Ricardo, depois de colocar a moto em pé, a pegou pelos braços e fixou os olhos nos dela. Estava sério. Num breve momento de retomada dos sentidos, Cristiane percebeu os olhos negros de Ricardo, o silêncio dele observando seu rosto, e sentiu-se envergonhada. Abaixou a cabeça.

Ricardo, gentilmente, com o dedo indicador, ergueu seu queixo e tocou seus lábios nos dela. Ela percebeu os lábios do marido, o hálito, tudo como nos primeiros encontros. O seu perfume...

— Ricardo, me desculpe...

Ele nada disse, subiu na moto, esperou que Cristiane fizesse o mesmo, e, percebendo a dificuldade da esposa, a auxiliou. Depois disso, ele deu partida. Foi o tempo de fazer o contorno na praça, pegar uma das ruas, que Ricardo não sabia estar em obras, e, na aceleração que estava, perder o equilíbrio. A moto tombou e o acidente foi fatal.

Cristiane, por estar na garupa, sofreu poucos arranhões com a queda. Já Ricardo não teve a mesma sorte. Ao cair da moto, sem a proteção do capacete, bateu a cabeça na guia da calçada e sua morte foi instantânea.

Yoná somou o acidente que resultou na morte do filho como mais um agravante para odiar Cristiane. Seu espírito já guardava mágoa pela jovem de outra vida, quando Cristiane fora o pivô da sua separação de Bento. Agora, além da mágoa mal digerida, Yoná atribuía a Cristiane a responsabilidade pela morte de Ricardo.

Tudo ficou mal explicado, pois quem estava no bar viu Cristiane guiando a moto. Acontece que outras pessoas que estavam na praça presenciaram a troca de motorista, declarando que Ricardo assumira a direção. Yoná, revoltada, preferiu acreditar que o pessoal da praça era um bando de maconheiros que estava alucinando. Para ela, Cristiane estava na direção e era a única responsável pela morte de Ricardo.

— Você foi uma infeliz, como pôde fazer isso? Matou meu filho! Deixou minha neta órfã. Culpa sua! Irresponsável!

— Não estava na direção, era Ricardo que estava pilotando a moto — gritava desesperada, tentando relembrar os fatos, já que estava alcoolizada para se lembrar de tudo com detalhes.

— A Isabela ficará comigo. Vou pedir a guarda da minha neta.

— Você não fará isso! Não vou permitir que tire minha filha de mim. Minha filha, não, Yoná!

E foi o que Yoná fez sem dificuldade. Os relatos e testemunhos dos amigos e coligados à poderosa Yoná foram implacáveis. Para piorar a situação, a ex-namorada de Ricardo, aquela que trabalhava no depósito só para atrapalhar o casamento dele e de Cristiane, agora estava noiva de um advogado poderoso. A mãe desse advogado era a assistente social responsável pelo caso de Isabela...

Depois de muita mentira, acusações e baixarias sem fim, o juiz deu a guarda da menina para a avó. E Cristiane, transtornada, debilitada e dependente do álcool, foi encaminhada a uma clínica para tratar a dependência alcoólica.

Nessa ocasião, Alice já não morava mais em Belo Horizonte, havia recebido uma proposta de emprego em São Paulo, onde se instalara. O sucesso não acontecera somente em sua vida profissional. O coração foi, logo nos primeiros dias, preenchido por Márcio, um belo e encantador jovem. Enamorados, resolveram morar juntos na casa que Alice comprara na cidade.

Alice sempre visitava a irmã, algumas vezes acompanhada pelo marido. Márcio, incomodado com o sofrimento da esposa, sugeriu trazer Cristiane para São Paulo.

— Acho que será melhor para ela vir com a gente a ter que ficar aqui trancafiada, vendo o tempo passar, distante da filha, presa por uma culpa que não é dela. Lá em São Paulo poderá trabalhar...

— Tem razão, assim poderá se restabelecer e recuperar as forças para ter a guarda da Isabela de volta.

E assim foi feito. Duas semanas depois, Cristiane estava instalada na casa de Alice, com total apoio de Márcio, que, inclusive, arrumou emprego para ela na empresa onde trabalhava.

Márcio a tratava como a irmã que não tivera, com todo cuidado, e foi ainda mais receptivo no trabalho, apresentando a moça aos colegas, entre eles, Lirian, a secretária.

A amizade de Cristiane com Lirian foi imediata. Lirian, dona de uma simpatia sem igual, tratou de levá-la aos restaurantes que conhecia, assim como a lojas, cinemas, parques, até a sua casa. Tornaram-se melhores amigas.

Quanto a Márcio, não era diferente. Eles tinham ótimo relacionamento. O jovem, todo respeitoso, dava carona para a cunhada na ida e na volta do trabalho. Ajudou Cristiane a se matricular numa faculdade semipresencial, em um curso com aulas aos sábados.

Certa vez, no dia do rodízio de seu carro, Márcio e Cristiane esperavam pelo ônibus no ponto, quando um jovem a encarou. Não tirava os olhos dela. Márcio, então, abraçou a cunhada e a beijou no rosto. O rapaz que vinha apreciando Cristiane, sem graça, subiu no primeiro ônibus que viu na frente.

— Por que fez isso, Márcio? Bonitinho o menino, até já estava gostando dos olhares — brincou Cristiane.

— Eu percebi, cunhada. Deve ser pobre. Merece um cara legal, à sua altura, com carro, pelo menos.

— Quanta bobagem, Márcio — se divertiu Cristiane.
— Quem vê, pensa o que de mim? Não dou importância para isso.

De fato não era mesmo ligada aos bens materiais, gostava de frisar que valorizava um bom coração, um homem de bem.

239

Em meio a esse bom relacionamento, num almoço em que Cristiane estava acompanhada de Márcio, Lirian e Lucas, surgiu um assunto que dividiu opiniões, sobre uma colega da empresa.

— Ele está com ela por interesse, ela ganha bem e leva o cara nas costas — comentou Lirian.

— O cara realmente é de presença, é aquele casal que não combina — constatou Lucas, se divertindo com o assunto.

— Gente, mas se há amor não tem o que se questionar, só respeitar — defendeu Cristiane.

— Amor?! Ali há dinheiro, isso sim. Por dinheiro se faz negócios — rebateu Lirian, o que gerou um falatório, cada um com seu ponto de vista.

O que Cristiane e Lucas não perceberam foi a troca de olhares cúmplices entre Márcio e Lirian.

Uns dois dias depois, Lirian estava trabalhando na sua mesa, agitada, quando Cristiane chegou. A secretária desabafou:

— Estou precisando muito de dinheiro. Será que pode me emprestar?

— O que aconteceu? Desculpe-me a intromissão, mas algo de saúde?

— Sim. Pode me ajudar?

Cristiane não questionou mais nada diante do desespero da amiga. A jovem não disponha do dinheiro para ajudar Lirian, mas se comprometeu a ajudá-la, por isso recorreu a Alice.

— Pra que todo esse dinheiro? — questionou preocupada, pois gostava de Lirian e já temia que estivesse em apuros.

— Não contou, mas prometeu pagar o empréstimo quando receber. Prometi ajudá-la porque está desesperada e até já fez contato com agiotas... Imagine os juros que terá que pagar por conta disso. Sinceramente, eu temo a enrascada em que está se envolvendo. A mãe dela já chamou sua atenção porque não sabe o que ela faz com o dinheiro.

Na manhã seguinte, Cristiane foi à mesa de Lirian com o dinheiro emprestado por Alice.

— Obrigada, amiga — disse emocionada ao pegar o envelope. — Pode esperar que cumprirei o trato quando receber.

Conversaram mais algumas coisas triviais do dia a dia, combinaram o almoço e duas lojinhas que visitariam, e Cristiane foi para o seu departamento, em outro andar.

Tinham por costume se encontrar no térreo para o almoço, mas aquele dia Cristiane precisaria ficar além do horário por conta de um trabalho que o chefe havia lhe pedido, então ligou para avisar Lirian de que não almoçaria com ela. Como o telefone estava ocupado, decidiu ir ao andar da secretária, para falar com ela pessoalmente.

Cristiane saltou do elevador sorridente e, antes de entrar na recepção, parou e não acreditou no que viu, que de início percebeu confuso. O que viu a fez recuar. Quis assistir a tudo de um ponto em que não fosse vista, quase atrás dos vasos de plantas que decoravam o local.

De onde estava viu Lirian, com um sorriso imenso, entregar o envelope com o dinheiro para Márcio. Não conseguia ouvir o que conversavam, mas pareciam próximos, não como amigos. Percebeu Márcio tocar na mão e no braço de Lirian de maneira sedutora. Aquilo tudo a deixou constrangida, sem entender o que estava acontecendo.

Lirian estava com uma dívida, depois a viu entregando a Márcio o envelope com o dinheiro que havia conseguido. Só não entendia aquela relação. Lirian devia

241

para Márcio? Aquilo tudo a deixou de estômago embrulhado, com várias situações passando por sua cabeça. Tanto que não conseguiu almoçar.

Daí começou a fazer a ligação dos fatos. Alice ligou no decorrer da tarde para saber como estava Lirian, pois ficara preocupada com sua situação, mas a respeitava e, por isso, resolveu perguntar a Cristiane.

— Está tudo bem, minha irmã. Já dei o dinheiro para ela — resolveu mudar de assunto.

Cristiane ainda estava matutando a relação entre Márcio, Lirian e o dinheiro. Achou tudo muito estranho e preferiu não comentar com a irmã. Pensara, em alguns momentos, ser alguma dívida de Lirian e que Márcio se oferecera para realizar o pagamento; em outro momento, recapitulando a cena, em que os dois riam e Márcio respondia às insinuações de Lirian, tudo voltava a ser confuso em sua cabeça.

As duas conversaram por mais algum tempo, e a ligação foi finalizada por Alice:

— Vou jantar sozinha hoje. Você vai para a faculdade porque tem trabalho para entregar, o Márcio vai dar carona para um amigo e levar o carro para a oficina, já falou que voltará tarde...

Desconfiada, não querendo acreditar no que sua mente vislumbrava, Cristiane, depois de repor o fone no gancho, ligou para Lirian e a chamou para sair. Bingo!

— Não posso, tenho compromisso hoje. Já até avisei minha mãe que vou chegar bem tarde da noite.

Na saída, após planejar tudo, Cristiane saiu no horário e ficou perto do estacionamento onde Márcio guardava o carro. Não demorou e o viu apanhando o carro e saindo do local. Ela chamou um táxi e pediu para segui-lo. No quarteirão seguinte, Márcio parou o carro e Lirian entrou.

242

Como Cristiane queria não estar certa daquilo que estava acontecendo, só que, a cada minuto que avançava, a moça tinha mais certeza de suas desconfianças. A confirmação veio quando os viu entrando num motel.

Desnorteada, pediu para o taxista parar e ficou ali, no meio da avenida movimentada, sem saber ao certo onde estava. Porém, o que mais a incomodava era aquele romance clandestino.

Cristiane procurou e acabou por ver o que não gostaria de ter visto, pois se sentiu impotente. Pegou um ônibus que viu passando sentido centro da cidade, depois outro e, em casa, não se sentiu encorajada a contar à irmã o que havia presenciado.

No dia seguinte, na empresa, Cristiane procurou por Lirian, que não estava. Estava disposta a conversar sobre o que vira. Tudo parecia estar a seu favor, e o celular de Lirian sobre a mesa tocou. No visor, Cristiane pôde ler o nome de Márcio. A moça não pensou duas vezes, pegou o aparelho e atendeu, imitando o jeito peculiar de Lirian ao atender. Bastou um alô para ouvir:

— Oi, ontem foi incrível. Só pra te avisar, a próxima terá um reajuste. Gosto de ser mimado, sabe disso, não é?

Cristiane ficou horrorizada com *aquele* Márcio. Um homem diferente, se aproveitando da carência da secretária para tirar dinheiro dela.

Lirian chegou bem na hora que Cristiane colocava o telefone de volta na mesa. Ao ver a secretária, não deixou de questioná-la. Foi direta, sem rodeios, e a resposta de Lirian não foi diferente:

— É verdade, mas quero que você entenda, ele mesmo comentou que o relacionamento dele não está fácil.

— E você caiu nessa? Isso lhe dá o direito de trair?

— Foi um negócio, eu não tenho interesse algum em desfazer o casamento da sua irmã.

243

— Negócio?!

— Sim, eu pago para sair com seu cunhado.

— E fala assim, com essa naturalidade? Para isso pegou o dinheiro emprestado, para pagar os serviços do Márcio? Aceitou o dinheiro que peguei com a minha irmã...

— Já sabe todas as respostas — falou friamente.

— Como se presta a isso? Pagar?

— Tive tantas decepções amorosas... Pagando não sofro. Pago e levo só o melhor.

— Estou assustada. Não conhecia esse seu lado.

Cristiane não quis ouvir mais nada. Saiu dali enojada. No andar onde trabalhava, entrou no banheiro e lavou o rosto. Estava triste, sem saber o que fazer, sem saber como contar para a irmã.

Ao sair do banheiro, logo no corredor que antecedia a sala onde trabalhava, encontrou Márcio nitidamente desesperado. Ele estava muito nervoso, tinha brigado feio com Lirian ao saber que ela revelara facilmente o caso que vinham tendo.

— Você não podia ter feito isso. Contar para a irmã da Alice que estamos tendo um caso, ou pior, que me paga para ficar com você.

— Foi você quem revelou, eu não tinha mais o que fazer. O que disse naquela ligação que fez?

— Você atendeu...

— Não! Foi a Cristiane quem atendeu. Você falou tudo para ela. Não tinha como negar. Ela já havia visto a gente entrar no motel, a ligação, o dinheiro...

Márcio saiu correndo pelas escadas, não quis nem esperar o elevador. Lirian percebeu a fúria de Márcio e teve certeza de que não o teria mais. Perdê-lo era algo que não imaginava como consequência daquela revelação.

244

Agora Márcio estava ali, diante da cunhada, procurando se justificar, contê-la.

— Muito sórdido tudo isso, Márcio. Como pôde fazer isso com a minha irmã? Ninguém me contou, eu os vi entrando no motel. Ouvi o que falou pelo celular pensando estar falando com a Lirian...

— Por favor, foi um deslize meu, não conte nada para Alice. Eu, eu mesmo vou contar. Pode confiar.

— Caso não faça isso, eu mesma farei — falou categórica ao sair em direção à sua sala.

A partir daí, Cristiane se afastou e o tal segredo ficou entre os três. Cristiane não se sentiu à vontade para falar com a irmã, pois via como Alice tratava Márcio com carinho e como ele era amoroso com a esposa. Ensaiou falar, mas percebeu que a irmã ficaria contra ela se soubesse.

Depois, com o passar do tempo, começou a se sentir cúmplice daquela situação, desconfiava de que Márcio e Lirian ainda se encontravam. Por tudo isso, achava que estava traindo a irmã, já que não revelava aquela situação.

Depois, quando se sentiu forte para revelar o segredo a Alice, Márcio a filmou bêbada e ameaçou mandar o vídeo para Yoná, o que poria fim à sua esperança de obter a guarda da filha.

Estava disposta a acabar com aquilo. Mesmo que com tal atitude pudesse perder a guarda da filha. Alice não merecia viver aquela mentira. Como se arrependia de não ter dito nada antes. Primeiro pensava em achar emprego em outro lugar, mudar de casa, e então desmascarar o cunhado.

Cristiane terminou de escrever e ficou espantada com o horário. Era madrugada, mas sentia-se aliviada e também

245

esperançosa. Era como se percebesse nitidamente que algo estava para acontecer e mudar tudo.

"E você está certa, Cristiane. Algo vai acontecer e não estará sozinha, pois estarei com você", sussurrou o espírito do jovem que estava a seu lado.

Em seguida, ele a orientou a guardar os escritos e deitar-se para ter o sono dos justos.

Capítulo 23

Cássio vinha pagando alto preço por ter conseguido o que tanto almejava, ou seja, o lugar de Matheus. As cobranças vinham se acumulando em sua mesa e, em meio à sua tentativa de organizar os inúmeros e-mails que recebia, Atílio o chamou em sua sala. Cássio o atendeu prontamente.

— A demissão do Matheus foi por pressão, pois eu tinha que indicar um nome — falou o chefe, com ar de arrependimento. — Quero, caso alguém entre em contato pedindo referências dele, que sejam dadas as melhores, pelo ótimo funcionário que foi na empresa, pelos anos que contribuiu para o crescimento...

Cássio olhava com ar de deboche, confirmando com a cabeça, enquanto pensava que tudo aquilo o fazia odiar Matheus ainda mais por ser o centro das atenções, mesmo fora da empresa.

— Claro, tem toda razão. Amigo igual não se encontra fácil.

— Só isso, pode voltar às suas tarefas.

Cássio ainda tentou puxar um assunto paralelo no intuito de ter alguma aproximação com o chefe, mas Atílio pegou o celular e fez uma ligação, começou a rir, falar alto e ignorar o funcionário.

Sem graça, Cássio se levantou, pedindo licença e odiando o chefe.

Já em sua mesa, Cássio atendeu o telefone nitidamente mal-humorado. Era um fornecedor, cidadão muito simpático, que fazia negócio com a empresa e que, por ser muito amigo de Matheus, fez o seguinte pedido:

— Preciso dos contatos dele. Pode me passar? Tenho um amigo que precisa de um funcionário e o Matheus pode preencher essa vaga. O cargo é bom, o salário está generoso. É para ser líder de uma equipe. O perfil do nosso amigo...

— Não sei se ele está interessado... — interrompeu Cássio, sentindo o rosto queimar. Olhou à sua volta, principalmente para a mesa do chefe para ver se não estava sendo observado por ele. Depois prosseguiu com a farsa: — Ele me revelou que não pretende mais atuar na área, quer fazer educação física. Disse que prefere trabalhar numa academia, dar aulas em escolas, com roupas mais confortáveis. Nada de terno e gravata.

— E a faculdade que vinha fazendo? Está praticamente formado!

— Já desistiu. Vai mudar o curso.

— Realmente, há momentos na vida em que grandes mudanças ocorrem. E, para acontecerem, depende somente da gente. Que pena! Um excelente profissional. Até já havia comentado com meu amigo sobre o Matheus. Não indicaria outra pessoa. Pode passar o meu telefone pra ele? Eu gostaria de conversar com ele...

— Claro, com certeza. Qual o número?

248

Depois de anotado, ligação encerrada, Cássio dobrou o papel e o jogou na primeira gaveta. Não tinha intenção nenhuma de avisar Matheus sobre aquele contato.

Segundos depois, o telefone na sala do chefe tocou. Do outro lado da linha, a bela voz de uma moça se fez ouvir. Era de uma empresa multinacional conhecida, instalada no Brasil havia muitos anos. Pedia referências de Matheus, para um cargo.

— Bom dia, gostaria de falar com o senhor Cássio Neto — pediu a moça, toda delicada, que se identificou como sendo do departamento de recursos humanos da empresa.

— Está em uma ligação, por isso a telefonista deve ter passado para o meu ramal. Posso ajudá-la em algo?

— Preciso de referências do senhor Matheus Cortez. Ele é candidato a uma vaga em nossa empresa, tem um excelente currículo...

— Um dos melhores funcionários que já tive — interrompeu Atílio. — Só não está mais conosco por reestruturação da área — relatou o chefe, animado, sentindo-se bem em poder ajudar o jovem que havia dispensado.

Alice não tivera uma boa noite de sono. Não era dada a insônia, mas soube o que era ter isso depois de abrir os olhos no escuro e não conseguir mais conciliar o sono.

Na verdade, estava preocupada, e muito, com Cristiane. Primeiro ela dizia ter algo a contar, depois Márcio se adiantara dizendo que ela queria voltar para Minas Gerais. Até então Alice compreendeu, pois presenciava o sofrimento da irmã distante da filha, que vivia sob a guarda da avó.

Agora Cristiane lhe revelava estar procurando outro emprego, porque queria crescimento profissional. Alice, mesmo com toda sua ingenuidade, não se convenceu disso. E outra coisa a vinha incomodando: o distanciamento de Cristiane com Márcio e Lirian. Sabia que algo havia acontecido, mas não conseguia compreender o que era.

Logo no café da manhã, Alice questionou Márcio.

— Pelo que sei, sua irmã voltará para Minas Gerais, o que acho o melhor a ser feito. Todos os dias, quando chego em casa, fico receoso de que ela tenha aprontado algo, se envolvido em bebedeira, feito escândalos na rua, nos envergonhado na vizinhança. Cadê ela agora? Já foi trabalhar? Será, Alice? Recusa minhas caronas talvez para beber em algum lugar antes de entrar no serviço. Viu o risco que corro também? Fica chato pra mim, fui eu que a indiquei pra trabalhar lá...

— Cristiane já saiu, como tem feito sempre, e não foi para o trabalho — Alice ficou olhando para o rosto do marido, que parecia confuso, e completou: — Ela foi fazer uma entrevista de emprego. Márcio, o que está havendo? Ela não tem interesse em sair de São Paulo como você disse aquele dia. Vocês estão mentindo pra mim.

— Meu bem, veja a situação...

— Márcio, quero a verdade. Isso tem a ver com o distanciamento dela de você e Lirian? O que está havendo?

Márcio sentiu que estava num campo minado. Qualquer passo e poderia se machucar. Pensou rápido e pôs na mesa a mentira que tinha guardada na cabeça para se livrar daquela situação.

— A Cris se envolveu com um homem casado lá na empresa. Quer que o cara se separe para ficar com ela. Pronto, falei. Peço segredo. Acho que eles nem têm

250

mais nada um com o outro. Tanto que ela está atrás de outro trabalho, como disse.

— Meu Deus! Um homem casado? Como ela pôde fazer isso?

— Uma decepção! Por conta disso também que eu gostaria que ela voltasse para Minas Gerais. Concorda comigo, meu amor?

— Minha irmã, passando por tudo isso sozinha, sem me contar.

— Deve ser vergonha. Como disse, eles não têm mais nada um com o outro. Ela está querendo ir embora da empresa para se livrar desse passado. O que acho melhor, até a aconselharia a voltar para Minas Gerais — Márcio silenciou ao ver a esposa processar toda aquela informação, e depois prosseguiu: — Segredo nosso, não gostaria que ela soubesse que contei pra você.

— Por certo ficaria ainda mais brava com você. Agora entendo por que ela se distanciou de você e de Lirian, porque vocês sabiam de tudo...

— Isso mesmo, meu amor. Desculpe-me não ter lhe contado. Queria poupá-la desse sofrimento.

Alice se deixou ser abraçada pelo marido com os pensamentos na irmã. Márcio saiu para o trabalho depois de se convencer de que Alice guardaria a revelação surpreendente. Já no carro, o rapaz tremia de nervoso. Teria que conter Cristiane, só não sabia como.

Já na cozinha, estática, Alice nem se importou com o leite que havia colocado para esquentar, que derramava no fogão. Agitada, surpresa com a revelação, ligou para o celular da irmã.

— Oi, Alice, tudo bem? Já estou perto da academia onde farei a entrevista. Estou tão animada! Mas cheguei muito cedo. Vou ter que esperar muito. Vou aproveitar para dar uma olhada nas lojas do bairro. Tenho que passar no banco também. Tem uma igreja aqui perto, vou pedir proteção.

— Aproveite pra se confessar também.
— Como?
— Se envolveu com homem casado, Cris? O Márcio me contou. Já sei de tudo, minha irmã.

Quando acordou naquele dia, Amanda sentiu-se bem-disposta, diferente, de certo modo, e não sabia explicar aquela sensação.

— Algum sonho bom que teve, minha sobrinha — comentou Ney no café da manhã.

— Pode ser.

Amanda levantou-se apressada, depois saboreou duas torradas e um copo de suco de laranja, sob os protestos de Ney, que havia caprichado na mesa para o café da manhã.

— Desculpe-me, tio, mas hoje o dia está corrido. Tenho reunião com fornecedores de uns equipamentos que quero colocar na academia. Vou entrevistar uns candidatos para a vaga que abrimos também.

— Muito bom vê-la assim, animada! — comentou Ney ao admirar a sobrinha bem-vestida, ainda que com o rosto levemente abatido. Não havia perguntado para não recomeçar, mas, pelos olhos da jovem, ele sabia que ela havia chorado à noite.

— O Tuca, aquele rapaz que estava mexendo comigo, então, eu liguei pra ele.

— Que maravilha! E conta assim, sem entusiasmo?

— Ele vai se casar, a noiva está grávida. Sei aonde trabalha, mas não vou atrás dele nessa situação. Melhor esquecê-lo. Poxa, estava pensando em me envolver com ele... Parecia tão sincero em seus sentimentos, que meu coração começou a se abrir também.

— Você ouviu dele isso, que não a queria mais? Até onde sei, pelo que comentou comigo, ele era noivo e não estava feliz...

— Pelo que o amigo dele comentou, está feliz com a chegada da criança, está preparando o casamento. Partirei para outra, não quero ser pivô da separação de ninguém.

— Você vem para o almoço?

— Não, já nem sei onde estarei no almoço — comentou, rindo de forma que chamou a atenção de Ney.

— Nossa, falou de um jeito...

— Por conta da correria! Viu quanta coisa tenho para fazer hoje? Ainda vou passar no banco também. Farei a transferência para a conta da academia. Já assinamos o contrato, formalizamos com o advogado e reconhecemos firma no cartório. Somos sócios! O Lucas mandou mensagem.

— O Lucas?

— Sim, semana que vem estará no Brasil. Vem para assinar o divórcio. Não precisa me olhar assim, Ney, estou ótima.

— Que bom.

Amanda simulou um sorriso, apanhou a bolsa, acomodou-a no ombro, colocou os óculos escuros e, por último, pegou a chave do carro. Antes de sair, como de costume, abraçou o tio e o beijou no rosto.

— Obrigada por tudo. Precisava lhe dizer isso.

— É como uma filha pra mim. Vê-la feliz me faz feliz também.

E assim Amanda partiu para a academia.

253

— Não acredito que fez isso! É ainda pior do que eu poderia imaginar, Márcio — bradou Cristiane pelo celular. Sua mão tremia de nervoso. Andava pela avenida movimentada e praticamente gritava para ser ouvida. Não se importava com quem passava pela rua.

— Alice te ligou? — perguntou Márcio, assustado.

— Sim. E falou sobre a mentira que você contou para se safar. Por que não falou do seu romance com a Lirian, que é pago por ela para lhe dar sexo? Podia falar também que, em uma das vezes, essa sua sujeira foi financiada com o dinheiro da sua esposa. Pobre Alice.

— Você não contou nada pra ela, contou? — se preocupou Márcio.

Ele falava no celular enquanto dirigia. Estava tão nervoso que não se importava com multa, radar, sinal, nada disso. Havia contado aquela mentira para Alice e tinha por certo que haveria tempo para conversar com a cunhada e encostá-la na parede, ameaçando-a com o vídeo da bebedeira.

— Não contei, é um assunto que terei com Alice pessoalmente e ainda hoje, depois que sair do meu compromisso.

— Da entrevista de emprego?

— Sim — havia esquecido que Alice não faria segredo disso. Também já não se importava.

— Onde você está? Precisamos conversar. Não pode agir por impulso.

— E você pode agir como bem achar melhor, enganando, traindo, mentindo? Perfeito você, Márcio. Esqueça, não vou esperar mais...

— Sabe do vídeo, o que ele pode representar diante do juiz, nunca mais ter sua filha — nesse momento, Márcio cruzou o sinal vermelho, ouviu buzinadas, mas não se importou. Estava aparvalhado, suando, tenso, preocupado com o que estava por vir.

— Eu não devia ter deixado as coisas chegarem ao ponto que chegaram, devia ter contado para minha irmã o quanto é pequeno, medíocre, podre... Fiquei com medo da reação dela... — Cristiane estava nesse momento a caminho do banco, que ficava dentro da galeria, ao lado de uma lanchonete. Consultara o relógio e decidira passar no banco antes da entrevista.

— Cristiane, não estou brincando. Se você mexer comigo, vou entregar esse vídeo para a Yoná. Eu acabo com você.

Cristiane ia responder, mas a ligação caiu. A moça estava muito nervosa, apertava o celular com força. Estava revoltada com Márcio, por envolvê-la em suas mentiras. Mas estava certa de que falaria toda a verdade para a irmã assim que chegasse em casa. Já não se importava com as consequências.

Claro que temia ficar longe em definitivo de Isabela, entretanto, não podia deixar a irmã viver aquele casamento. Não permitiria mais aquela situação de mentiras.

Estava assim, pensativa, na fila do caixa eletrônico, esperando a sua vez. Amanda estava atrás dela, óculos escuros, lendo um artigo numa revista, aguardando também.

Por sorte, naquele dia, Amanda não pegara trânsito e chegara cedo ao trabalho. Então resolvera passar no banco primeiro. Fez uma transferência e, quando já estava na saída, lembrou-se de Felipa e decidiu fazer um depósito na conta da mãe, por isso ficou atrás de Cristiane.

A agência, fechada por uma parede de vidro, ocupava boa parte da galeria, preenchida também com lojas de roupas, acessórios de informática, lanchonetes. Local muito frequentado, principalmente na hora do almoço, por conta das mais variadas opções de refeições.

255

— Que demora! — reclamou Cristiane, impaciente.

— Também achei. Já era para estar no trabalho, voltei para resolver outro negócio e agora parece que travou o sistema — comentou Amanda.

— E vivemos na era moderna! Tenho compromisso daqui a pouco. Espero que dê tempo.

— Está sentindo um cheiro de gás? Cheiro forte.

— Verdade, estou sim — Cristiane estava tão nervosa por causa da conversa que acabara de ter com o cunhado que não deu importância para aquilo. Nesse momento, seu celular tocou. Mesmo sendo proibido atender, ela não respeitou a regra e o atendeu logo que viu o nome de Márcio no visor. Deu um sorriso desconcertado para Amanda e atendeu o cunhado: — Estou ocupada, no banco.

— Cristiane, pense bem no que vai fazer, por favor. Não faça nenhuma besteira de que possa se arrepender.

— Você é quem deveria ter pensado nisso antes de sair inventando mentiras. Não eu. Você pode acabar comigo mostrando o vídeo, mas não vou para o buraco sozinha.

— Está me ameaçando? — indagou, enquanto ainda dirigia agitado, avançando faixas, desrespeitando pedestres, semáforos. — Vai, me diz onde está, vou encontrá-la, precisamos conversar.

— Não temos mais nada para conversar.

Nesse instante, o cheiro de gás tornou-se ainda mais intenso e, na sequência, houve uma explosão, os vidros do banco se espatifaram, assim como de outras lojas próximas. Em segundos foi possível ver a lanchonete ao lado do banco em chamas, assim como as lojas vizinhas.

— Cristiane, o que foi isso? Está me ouvindo? Cristiane? Não desliga, precisamos conversar... — Márcio estava desesperado ao celular, guiando sem saber ao certo para onde estava indo. Queria encontrar a cunhada, conversar, convencê-la a se manter em silêncio.

Foi assim, insistindo em fazer nova ligação para a cunhada, de olho no celular enquanto dirigia, que sentiu um baque no carro e viu uma sombra se chocar contra o vidro dianteiro e sumir. A batida foi tão intensa que tirou a estabilidade de sua direção.

Poucos metros à frente, Márcio freou o carro e pôde, pelo retrovisor, ver o corpo de um jovem caído no asfalto, as pessoas já correndo em sua direção, alguns gritando, apontando para seu carro. Olhou para a frente e viu que, no vidro onde o corpo se chocara, escorria sangue.

— Meu Deus, o que eu fiz?

Capítulo 24

Felipa chegou em casa e tratou de organizar toda a bagunça feita por Bruno e pela namorada. Esbravejou, mas depois agradeceu por estar de volta a sua casa, ao lado do filho.

A viagem, no dia anterior, fora tão tranquila que, com meia hora de sono, levantou-se renovada. Depois de cuidar dos afazeres da casa, de atualizar as vizinhas do seu passeio por São Paulo, de tentar contato com os familiares em Ribeirão, Felipa sentou-se na sala para ver televisão e ficou especulando os canais com o auxílio do controle remoto.

Num dos canais, o assunto era um assalto, noutro, eram assassinatos, viu também um comentário sobre explosão, resolveu mudar de canal, e fez isso com o comentário:

— Credo, só tragédia. Não presta ficar vendo isso dentro de casa.

Cansada de procurar sem encontrar algo que a pudesse entreter, Felipa deixou-se seduzir pelas imagens de labaredas que revestiam um prédio, e então deu atenção à matéria. O repórter dizia:

— ... provável vazamento de gás originou a explosão em uma galeria na região da avenida Paulista. Ainda não há um número certo de vítimas, mas já se fala em mortes. No local, galeria popular da região, funcionavam lanchonetes, lojas e um banco. É aconselhável evitar, por ora, a região. É grande o número de curiosos, e o trânsito está intenso nas proximidades da Paulista. Já se adianta que muitas das vítimas fatais...

— Chega! Melhor ler um livro a ver televisão. Deus é mais!

O telefone tocou nesse momento. Felipa, sorridente, já esquecida das imagens que a assombraram instantes antes, atendeu toda simpática. Pensava ser um dos parentes de Ribeirão. Não era. Era um jovem, voz séria, falando sobre a explosão ocorrida em São Paulo. De início, Felipa não o entendeu, mas depois, desaforada, disparou:

— Já me descobriram aqui? É para pedir doação, imagino. Meu filho, não perca seu tempo comigo, sou pensionista, não sei nem se tenho dinheiro para o café da manhã. Não posso doar nada. Não pode acontecer uma tragédia que já aparece alguém para pedir dinheiro...

— Minha senhora, é Felipa Bianco?

— Sim, sou eu...

— Uma das vítimas da explosão pode ser parente da senhora. Entre os destroços, foi possível achar uma bolsa...

A partir daí, Felipa já não ouviu mais nada, estava surda e muda, perplexa e descompensada com tudo o que o jovem lhe dizia.

— Não pode ser, meu Deus! — foi o que falou ao desligar.

259

Embora o jovem ao telefone não tenha divulgado o nome da vítima, porque assim fora orientado, Felipa logo pensou em Amanda.

As lágrimas começaram a escorrer por seu rosto. Felipa caminhou alguns passos até a janela, em busca de ar, mas não conseguiu aspirar ar algum; encostou-se à parede e lá deixou o corpo escorregar bem devagar enquanto um grito seu ecoava pelo ar.

Matheus saiu de casa muito bem-arrumado. Usava uma gravata em tons rosa que realçava o terno cinza que vestia especialmente para as entrevistas de emprego que estavam agendadas para aquele dia.

Sentia-se feliz e confiante. Os cabelos, bem cortados, estavam moldados com gel, o que lhe dava um aspecto ainda mais jovial. Havia em seu rosto um sorriso capaz de encantar o entrevistador.

Teve êxito na primeira entrevista do dia. A senhora séria, de poucos sorrisos, mas, pelas poucas palavras, de muita competência, identificada como gestora, o aprovara, pois gostara de seu currículo.

Por conta disso, pediu que a moça de Recursos Humanos fizesse contato com a empresa anterior para pedir referências de Matheus. Interessada em contratá-lo, a gestora articulou todos os procedimentos de praxe em tempo recorde para dar a resposta positiva ao rapaz.

— Está contratado, meu jovem. Tenho certeza de que nos daremos muito bem. Só preciso que me traga um certificado do curso que está terminando, junto com os demais documentos. Preciso de você amanhã aqui. É capaz?

— Com certeza. Estou ansioso para começar. Não sei como agradecer. Imaginei um processo longo para esta contratação.

— Tenho pressa no preenchimento da vaga. Agradeça mostrando o bom profissional que me pareceu ser na entrevista. Seu chefe anterior, seu Atílio, o elogiou muito. Depois de saber disso, resolvi contratá-lo antes de ele querê-lo de volta — abriu um sorriso, o primeiro, que deixou à mostra dentes bonitos e lábios finos, preenchidos com um batom de cor neutra.

Matheus saiu muito feliz e ligou para a academia, onde tinha uma entrevista, para desmarcá-la. Depois correu para juntar os documentos que precisava apresentar na nova empresa. Reuniu todos para tirar cópia. Faltava somente a declaração da faculdade. Ansioso, não perdeu tempo e foi até a instituição de ensino para obter o documento.

Lá, enquanto esperava a confecção do documento na secretaria, pensou em Amanda. Ficou triste por um momento. Pensava que ela fosse ligar para ele, o que não aconteceu. Estava à espera disso. Acreditava que, se Amanda ligasse, Cássio pudesse lhe passar o recado, dar a ela seu novo telefone. Mas, na cabeça dele, infelizmente nada daquilo havia acontecido até aquele momento.

Então, certo de que sua vida passava por mudanças, transformações, considerou que poderia tentar formar uma família com Maíra, sua noiva, que esperava um filho seu. Tudo poderia ser ainda melhor. Sonhara tanto em formar uma família... Por que não ao lado de Maíra?

Imediatamente ligou para ela, buscando, enquanto ligava, recordar-se de quando a conhecera, o que o levara a gostar dela, a engatar um relacionamento sério, a noivar, desejar se casar...

261

— Consegui um emprego. Acho que já podemos pensar no nosso casamento.

— Meu amor, como estou feliz, chego a ficar emocionada.

De fato estava, e ficou ainda mais em êxtase quando soube por qual empresa Matheus fora contratado e os benefícios que teria. Então ela disse:

— Não lhe disse que era capaz, meu amor? É tão inteligente. A gente se orgulha de você, viu?

— A gente?

— Eu e o nosso filho.

Aquelas palavras o emocionaram. Sentia-se num bom momento de sua vida. Empregado, às vésperas do casamento, uma criança para chegar e trazer mais luz às suas vidas...

Matheus desligou o telefone retribuindo os beijos quando ouviu seu nome no balcão da secretaria da faculdade. O jovem pegou o papel, conferiu os dados, todo empolgado. Pensou em tirar as cópias por ali mesmo, nas redondezas da faculdade.

Ao chegar à calçada, olhou o sinal vermelho para pedestre e parou. Aproveitou o momento para ver o documento mais uma vez, e seu sorriso surgiu naturalmente. Sentia-se tão feliz que tinha vontade de chorar de emoção. O emprego dos seus sonhos! Pensou até em ligar para Atílio e agradecer-lhe pela força.

Matheus olhou para a frente, viu o sinal verde para pedestres, colocou os pés na faixa e ainda certificou-se de que o sinal estava vermelho para os carros. Seguiu sorridente e confiante, a passos largos.

Foi tudo rápido demais. O carro em alta velocidade bateu em seu corpo de forma brusca. Matheus colidiu violentamente contra o vidro do automóvel e seu corpo foi para o alto, depois caiu desacordado no asfalto, com o terno cinza aberto, mostrando a gravata rosa.

Por algum tempo o carro ficou parado, depois o motorista acelerou com toda velocidade, omitindo socorro.

Alice desligou o telefone sufocada. Estava inconformada em saber que a irmã estava tendo um caso com um homem casado. Considerou o ato vergonhoso, porém, o que mais lamentou mesmo, foi Cristiane não ter tido confiança suficiente nela para lhe contar. Alice a tinha como melhor amiga e achava que havia reciprocidade.

— Não é nada disso. Precisamos conversar, mas agora não dá, não por telefone — argumentou Cristiane para Alice. — Depois da entrevista, voltarei para casa e conversaremos melhor. Estou indo para o banco agora...

— Minha irmã, o que está acontecendo com você?

Assim terminou a breve ligação entre Alice e Cristiane. Agora Alice estava ali na cozinha, impaciente com a lentidão dos ponteiros do relógio. Estava fazendo os pratos mais variados para se ocupar, tirar da mente os pensamentos tristes que a atormentavam. Ela estava acreditando mais na história de Márcio de que, de fato, Cristiane tivesse arrumado um amante. Não se conformava.

— Minha irmã, cheguei. Vim o mais rápido que pude — falou Cristiane ao entrar na cozinha. Estava assustada, com o semblante abatido.

Alice não lhe deu atenção. Ficou parada, com o olhar perdido, enquanto mexia um doce de leite. De repente sentiu um frio que não compreendeu, pois pela janela podia ver o sol, sentir o calor que fazia.

— Acho que vou ficar resfriada — considerou, passando as mãos levemente pelos braços.

— Alice, por favor, não me ignore. Você é muito importante para mim.

Cristiane ficou inconformada com a indiferença da irmã e odiando ainda mais Márcio, por ele ter colocado sua irmã contra ela. Aonde Alice ia, Cristiane ia atrás, a seguia, falava, gritava, chorava, queria a atenção da irmã, sua amiga.

— Vou te contar! — explodiu Cristiane. — A Lirian e o Márcio são amantes, e o pior, ela paga para terem relações. Pronto, eu tinha que falar. Eu quis te poupar e me tornei cúmplice desse jogo sórdido.

Alice continuava em seus afazeres, não dava importância para a irmã.

— Alice! — gritou Cristiane, chorando. — Minha irmã, acredite em mim, por favor. Estou falando a verdade. Por isso Márcio inventou essa história de que tenho um caso com um homem casado. Ele até conseguiu me filmar bêbada para me conter, ameaçando entregar as imagens para Yoná — vendo-se sem retorno, quis tocar a irmã, mas Alice saiu para o outro lado do cômodo, em direção à geladeira. — Minha filha é muito importante, ter a guarda dela é o que mais desejo, mas agora você é prioridade. Não quero mais vê-la vivendo nessa farsa.

Cristiane se calou, ficou aos prantos com a indiferença da irmã. Foi nesse momento que o espírito do jovem se aproximou.

— Então está aqui! — ele disse com um sorriso.

— Você aqui também?

Cristiane estava desorientada desde que acontecera a explosão na galeria. Ela saiu do local desacordada, carregada pelo jovem, que vinha acompanhando sua vida nos últimos meses. Ele fora encarregado de fazer o desligamento de seu corpo físico e acompanhá-la. Ficou sabendo disso no dia em que pegou na mão dela, no sonho do trem. Foi ali que soube que Cristiane estava com os dias contados, que sua partida estava marcada e que a missão dele era acolhê-la e levá-la a um posto de tratamento no astral.

Ao carregá-la no colo, em meio ao desespero, o jovem sentiu-se ainda mais responsável por Cristiane. Já na calçada, junto de outros amigos espirituais enviados para prestar socorro aos acidentados, Cristiane acordou.

— O que aconteceu? Meu Deus, nunca ouvi barulho tão forte, ensurdecedor. Não acredito que saí viva dali! — foi o que ela disse no momento em que se sentou na maca, apoiada pelo jovem, todo cuidadoso.

— O espírito não morre, é eterno — relatou ele com um sorriso.

— Quero ir embora daqui. Preciso ver minha irmã, falar com minha filha...

— Você não percebeu o que aconteceu?

Cristiane falava sem parar, ansiosa para ir embora, fugir daquele lugar.

— Minha bolsa! Preciso pegar minha bolsa. Lá está o endereço do lugar onde farei a entrevista. Nem consegui resolver o negócio no banco, se bem que vejo isso depois...

O jovem começou a rir.

— Por que está rindo? — ela perguntou.

— Ainda não compreendeu a sua nova realidade — ele, paciente, pegou carinhosamente as mãos de Cristiane e procurou palavras que não fossem tão diretas para lhe dizer o que havia acontecido. E assim o fez.

— Está querendo dizer que eu morri?

— Você está se saindo uma aluna muito ansiosa. Vamos lá! Como disse, o espírito não morre. Este planeta é uma escola. Você vem para aprender, aprimorar, reencontrar, reequilibrar as emoções, perdoar e se perdoar...

— Quero ver minha irmã! — Cristiane alteou a voz, não aceitando escutar ou entender sua situação.

Ela desceu da maca e começou a andar, chorosa, passando por diversas pessoas, algumas com os olhos assustados, correndo, gritando, outras serenas, sendo amparadas, e outras, ainda, vestidas com roupas claras e luminosas, semblante suave, um sorriso leve no rosto.

Aqueles espíritos iluminados assistiam a tudo com ar tranquilizador, com uma calma impressionante. Eram espíritos socorristas, acostumados a resgatar desencarnados vitimados por acidentes de toda sorte.

Cristiane, quando conseguiu se desvencilhar do espírito do jovem, já do outro lado da rua, no ponto do ônibus, olhou para a galeria. As labaredas lambiam a entrada, e a fumaça preta parecia envolver os andares superiores, no condomínio misto, ocupado por salas comerciais e residências.

Também era possível visualizar helicópteros de emissoras de televisão sobrevoando o local, ultrapassando, em alguns momentos, os limites impostos para segurança, na ânsia de conseguir o melhor ângulo da tragédia.

Ela entrou no ônibus e ficou brava com o motorista, que nem a esperou subir direito para dar partida. Estava tão alterada que brigou com um rapaz que quis se sentar em seu colo. O rapaz, sentindo um incômodo por conta do sol, levantou-se.

Agora estava ali, na casa da irmã, que lhe serviu de lar por algum tempo, tentando convencê-la da verdade. E também estava lá o espírito do jovem que tinha por missão acompanhá-la na nova etapa.

— Ela não está ouvindo você. Está perdendo o seu tempo e o meu também — esclareceu o jovem espírito sorrindo, de braços cruzados, apoiado na pia da cozinha.

Cristiane se desesperou, correu para a irmã, tocou seu braço, a abraçou, chorou, depois disse, sentida:

— É um pesadelo, deixe eu acordar, por favor. Não pode ser verdade.

O jovem espírito, comovido, foi até Cristiane e gentilmente a puxou pelo braço, oferecendo-lhe o seu abraço. A moça se deixou envolver, apoiando a cabeça no ombro dele. Percebeu o quanto estava cansada. Começou a tossir e o jovem falou, pacientemente:

— Inalou muita fumaça, seus pulmões foram muito atingidos.

Nesse momento, Alice deixou um prato cair no chão. Assustada, levou a mão ao peito. Estava tão preocupada, agitada com a história contada por Márcio, que achou aquele o motivo de seu nervosismo, não a intuição querendo lhe dizer outra coisa.

O telefone tocou segundos depois e Alice foi atender. Disse alô e as lágrimas logo desceram por seu rosto.

— Minha irmã, não! Não pode ser! — gritou, depois soltou o telefone no ar — chorava muito, sentada no chão, abraçada a suas pernas.

Cristiane não fez diferente, correu para abraçá-la.

— Agora vamos. Precisamos partir — chamou o jovem ao puxá-la carinhosamente.

Cristiane ficou desesperada. Não aceitou. Saiu correndo, fugindo mais uma vez do jovem, porque tocou o braço de Alice e seus dedos pareceram invisíveis. Deu-se conta, naquele momento, de que tinha mesmo morrido.

Revoltada, ia atrás de quem passaria a culpar por tudo o que lhe acontecera: Márcio, seu cunhado.

Capítulo 25

— Foi como me disse — revelou Amanda com o olhar emocionado e sorriso nos lábios.

Estava bonita, numa roupa leve, clara, sentada numa cama. De onde estava, Ney pôde ver, através da janela, a beleza da natureza, o colorido pintado pelas mãos de Deus, a sintonia certa entre as cores. Havia uma paz, uma suavidade indescritíveis.

— Minha sobrinha, como fico feliz em vê-la aqui, assim, consciente.

— Fui trazida por um grupo de gente muito simpática e me disseram que dormiria por horas, dias, mas não consegui conciliar muito o sono, o que foi considerado normal. Fiz parte do primeiro grupo resgatado do local do acidente. Foi um estrondo muito grande. Rapidamente me desprendi do meu corpo, não senti nada, não vi nada, a não ser quando fui amparada por um espírito amigo, que me levou até esse grupo de pronto atendimento. Senti muita dor nas costas, ardência no nariz. Um senhor me explicou que foi por conta da fumaça que aspirei. O instante que permaneci ali foi o bastante para a fumaça atingir também meu perispírito, ou seja, este corpo que me dá condições de viver no mundo astral. O grupo que nos acolheu foi tão amoroso, com palavras tão bonitas, de tocarem o coração, que me fez acreditar que a vida, de fato, não tem fim, porque o espírito é eterno. Fizeram uma oração linda, cantaram uma música belíssima que nunca tinha ouvido...

— Que bom que aceitou a morte do corpo físico. Fico menos angustiado sabendo que a forma como aconteceu não lhe foi traumática. Foi bem amparada. Nem todos aceitam, não acreditam, não entendem ser o dia certo para a morte. Acabam presos nas próprias ilusões, atormentados, perambulando...

Amanda ficou em silêncio, semblante calmo, apreciando o rosto do tio, e então começou a rir, quase junto às lágrimas que escorriam banhando seu rosto ao falar:

— Vou sentir sua falta.

— Não mais que eu, meu amor. Feliz foi o nosso reencontro.

— Logo que cheguei e vi tudo como descrito por você, ou mesmo naqueles romances que me encantaram e me despertaram para a continuidade da vida, fiquei emocionada. Ri também ao me lembrar da dona Felipa Bianco, cética, brava com você pelos livros com que me presenteava — os dois desataram a rir. — Ao ver tudo isso, senti um alívio, uma paz.

— Agora tenho que ir, soou o alarme, está ouvindo? — perguntou Ney.

— Não, já não ouço mais nada. O sono, afinal, parece que vem chegando.

— Para revigorar o seu espírito.

Foi nessa parte que Ney acordou. Havia dormido no sofá. Sentiu uma brisa leve entrando pela sala, levantando a cortina, no instante em que o telefone tocava, sem parar.

— Ney, meu irmão, onde estava? — Felipa desabou a chorar, depois respirou fundo, tentou falar algo, mas não conseguiu.

Bruno pegou o telefone da mão da mãe e começou a falar. Também era nítido o nervosismo em sua voz:

— Tio, viu o noticiário na televisão? Houve uma explosão, não se fala em outra coisa. Foi perto da academia em que Amanda trabalha...

Ney o interrompeu, certo do que havia acontecido, pois do sonho tinha vagas recordações. Ainda estava confuso, mas não o bastante para precisar se certificar do que acontecera com Amanda.

— Eu já sei o que aconteceu — disse num fio de voz, pois Ney não estava tão preparado como imaginava estar.

Ao chegar à oficina mecânica de um amigo, Márcio saltou do carro deixando-o ligado. Estava suando muito. Logo nos primeiros passos, tratou de tirar a gravata e a deixou cair no chão. Sentia as mãos trêmulas.

— O que aconteceu? Parecia tão nervoso ao telefone — constatou o homem baixo, macacão verde rajado de sujeira em vários tons.

— Disse que me ajudaria. Preciso muito de sua ajuda — Márcio falava agitado, olhando para os lados, como se estivesse sendo vigiado por câmeras que o filmavam por todos os ângulos.

— Sua gravata caiu — avisou o homem, tirando-a da boca do cachorro magro que, por pouco, não se apoderou da peça.

Márcio ficou indiferente. Olhou de um lado para o outro, enquanto falava:

— Preciso deixar meu carro aqui por um tempo. Posso?

— Aqui? Claro que pode, mas o que ele tem? Algum barulho? Está novinho. Já até me ofereci para comprar de você quando pensar em vender. Não acredito que está com problemas...

— Eu atropelei um homem! — disparou, com os olhos vidrados, segurando os braços do baixinho, querendo sua total atenção.

— Atropelou? Você o levou para o hospital? Chamou ajuda?

— Não, não, eu acelerei — falava quase chorando, nervoso, lágrimas nos olhos. Estava vermelho. Soltou os braços do mecânico e começou a passar as mãos pelos cabelos, pelo pescoço suado. — Não podia ficar lá, iriam me prender. Flagrante...

— Ficou preocupado com isso? E a vida do homem? Ele pode ter morrido! Foi muito irresponsável...

— Não, não sei — falou ainda agitado.

Márcio avistou uma mangueira e rapidamente abriu a torneira. Em poucos segundos a água se espalhou entre os carros que estavam no local. Por sorte a mecânica estava vazia. Havia ali, além dos carros para reparo, o cachorro, o dono da oficina e Márcio, tentando convencê-lo a ajudá-lo.

— Precisa me ajudar — insistiu Márcio, jogando água no carro.

O dono da oficina ficou horrorizado quando o viu passar a mão pelo vidro, limpando os vestígios, o sangue que se misturava com a água.

— Pode parar, Márcio. Gosto demais de você, foi sempre um cliente fiel, honrou com suas dívidas, mas não posso compactuar com isso.

— Preciso de sua ajuda, pelo amor de Deus. Se o homem morreu, posso ir preso. Vai acabar com minha vida — estava desesperado. — Preciso que você arrume o vidro e também a lataria. Amassou aqui na frente.

— Pegue o seu carro e saia daqui, Márcio.

— Meu velho, me ajude. Depois que tudo passar, vendo o carro e pago um valor ainda maior por sua ajuda. Sei que não vai me deixar assim, nessa aflição.

O baixinho coçou a cabeça. Olhou para um lado, para o outro, pensou no dinheiro que poderia receber, que o ajudaria a pagar algumas contas atrasadas, comprar equipamentos para modernizar sua oficina... Então resolveu ajudar Márcio.

— Está certo. Faço isso porque é meu amigo — na verdade, era por conta do dinheiro. — Deixe o carro aqui. Vou deixar ele novinho — recomendou ao analisar o estrago que havia na lataria e no vidro da frente. Fez uma pausa e perguntou: — Tem certeza de que não anotaram a placa do seu carro?

— Não! Foi muito rápido. Todos estavam voltados para o rapaz caído no chão — relatou com um nó na garganta. Sentia o coração aos pulos, uma forte dor na nuca.

— Sabe que numa perícia é possível ver os reparos recentes...

— Não seremos descobertos — falou convicto, já incluindo o mecânico em seu crime.

— Te achei, seu miserável! — gritou Cristiane ao vê-lo conversando com o mecânico. Começou a falar, mas não era ouvida, então parou e ficou abismada com os relatos do cunhado.

— Não foi por querer que o atropelei. Eu estava ao telefone com minha cunhada. Ela é a culpada, me deixou fora de mim. Estava mexendo na porcaria do celular quando perdi a noção da direção. Foi tão rápido... Não podia ficar ali, na frente da faculdade. Eles acabariam comigo. A polícia chegaria a qualquer momento...

— Bandido, atropelou e não prestou socorro! — deduziu Cristiane.

— Vá embora agora. Deixe o carro comigo — ordenou o baixinho, quase empurrando o rapaz para fora da oficina.

Márcio saiu cambaleando, trêmulo com os acontecimentos. Não conseguia tirar da mente a cena do jovem caído no asfalto. Sentiu a boca seca e, ao passar por um bar, sentou-se e pensou em pedir um refrigerante, mas acatou o conselho de Cristiane:

— Vê uma cerveja, por favor.

Cristiane riu. Aquela foi a primeira de muitas outras bebidas alcoólicas que Márcio pediria influenciado pela cunhada. Márcio sentia a boca seca a todo momento, e por isso bebia ainda mais e mais.

A televisão do boteco, presa num canto da parede azul e úmida, com uma imagem tremida, passava o noticiário do dia. Pode-se ouvir:

— ... a explosão numa galeria na região da Paulista resultou em seis mortos. Veja também nesta edição a morte de um jovem universitário na porta da faculdade. Testemunhas contaram que o motorista não respeitou o sinal e estava ao celular...

Márcio ficou ainda mais nervoso. Cristiane sorriu e comentou:

— É pouco, cunhado. Pra você, é pouco.

O mecânico, já em sua casa, ouviu a mesma notícia ao lado da mulher, enquanto fazia um lanche rápido.

273

Pretendia voltar para a oficina e começar os reparos no carro de Márcio. O apresentador do telejornal dizia:

— ... o motorista não respeitou o sinal e estava ao celular. As imagens de segurança serão analisadas. Testemunhas se colocaram à disposição para elucidação dos fatos...

O mecânico ficou pasmo, sentiu o sangue sumir de seu rosto. Mal pôde ouvir os comentários da esposa:

— Que mundo é esse? Aonde vamos parar? Omissão de socorro é crime! Morre um jovem com tanta vida pela frente e o bandido fica solto por aí, capaz de cometer outros crimes...

O mecânico sentiu que a justiça estava em suas mãos. Era dizer a verdade ou receber uma grana alta para modernizar a sua oficina. O que fazer?

Maíra estava no apartamento. Rodopiava pelos cômodos miúdos, preenchidos por móveis de bom gosto e caros. Ria muito e alto, puxando a mão de Cássio, que estava no local pela primeira vez, matando sua curiosidade.

"Tudo de primeira. O cara devia ganhar mais do que eu na empresa. Preciso conversar com o chefe. Um absurdo! Agora que acumulo a função do Matheus também, nada mais justo. Olha esse armário, madeira legítima, deve ter custado uma fortuna" — pensava Cássio, remoendo sua inveja.

— Vou trocar o carpete. Resolvi hoje, depois que o Matheus me ligou falando que passou na entrevista, que começará no novo emprego.

— Maíra, você ouviu o que eu disse? — perguntou, depois de parar de invejar o apartamento e prestar atenção ao que a prima dizia.

— Você que não está me ouvindo. Ah, venha cá, olhe a cozinha, que espetáculo! A geladeira deve chegar hoje — revelou, praticamente empurrando o primo na cozinha cheia de móveis. Por um instante, Cássio pensou onde caberia a geladeira naquele espaço. — Nem falei para o Matheus. É surpresa! Ele vai gostar, não vai?

— Maíra, chega! O Matheus morreu atropelado! — falou alterado com a prima, que rejeitava a verdade. Dessa vez, diferente da primeira vez em que falou com ela aos poucos, por receio da gestação, Cássio teve uma reação explosiva para acordar a mulher à sua frente.

Após o acidente, os primeiros contatos que viram na agenda de Matheus foram da empresa onde trabalhara, por isso Cássio foi o primeiro a saber do ocorrido. Em choque, fez alguns contatos com os familiares. Os pais de Maíra foram avisados, mas estavam em viagem, fora do Estado. Então coube a ele informá-la pessoalmente da morte do noivo.

— Está mentindo! É um mentiroso, além de invejoso. Sapo! Sempre de olho nas coisas de Matheus. Pensa que eu não reparava? Matheus que fazia vista grossa e o considerava um irmão. Falso irmão! Desconfio até de que ele perdeu o emprego por sua causa.

— Eu vou relevar por conta da situação — falou baixo, realmente encabulado com a revelação da prima, ainda mais por saber que tinha o apreço de Matheus.

— Me diz que é uma brincadeira de mau gosto, Cássio. É isso? — pediu Maíra aos prantos.

— Não, o Matheus... — o rapaz, de terno e gravata, já que saíra da empresa no meio do expediente, autorizado pelo chefe, também consternado com a notícia, tinha dificuldade em falar: — O Matheus se foi.

A moça, trêmula, como se agora tivesse realmente acreditado no que havia acontecido, gritava aos prantos nos braços de Cássio.

Cássio Neto, pela primeira vez, sentiu pena da prima por quem nutriu tanta raiva desde a infância.

— Cássio, o que vai ser da minha vida, sem noivo, sem casamento e mãe solteira?

Ela perguntou isso apertando-se ainda mais no abraço. Estava desesperada.

Capítulo 26

Tempos depois...

— Lá vem a Tibum! Corre, Titiiiibuummm! O portão vai fechar — anunciou o menino loiro, encostado no portão da escola, rodando o caderno no dedo indicador. Ria ao ver a menina se esforçando para correr na rampa, toda esbaforida.

Alice, ainda menina, gordinha, de saia rodada, corria, pois estava mesmo atrasada. Parou junto ao portão e ficou olhando o menino rodar o caderno. Ficava encantada com ele e com tudo que ele fazia. Não via sua maldade, porque tinha um grande amor por ele, capaz de anular qualquer provocação que ele viesse a lhe fazer.

— Pode me agradecer, Tibum! Já iam fechar o portão...

Ela abriu um sorriso e passou por ele, depois pelo portão de acesso ao interior do colégio, e fez isso sorridente, agradecida. Era seu aniversário e pensou que aquele seria seu maior presente, a simpatia do menino mais popular da escola.

No pensamento dela, o menino impedira de fecharem o portão. Sentia-se uma princesa entrando num castelo, recepcionada pelo príncipe, o seu príncipe.

Estava tão feliz que não viu de onde partiu o primeiro ovo, nem o segundo. Eles vinham de todos os lados, vinham de trás da árvore, da quadra que ficava logo no início do corredor de acesso ao pátio, da biblioteca... Ela podia também ouvir os risos maldosos, os gritos agudos.

— Titititibummm!

De repente, quando viu, estava toda melada de ovo, suco de uva, grãos de arroz nos cabelos, na roupa. Passou as mãos pelos braços e tudo estava grudando. Começou a chorar, e seus dedos enroscaram nos cabelos lambuzados, com grãos de arroz.

Seu choro alto, compulsivo, chamou a atenção de alguns funcionários da escola, assim como da diretora, que estava fazendo um relatório e foi interrompida pelo choro da menina.

O menino loiro e metade da escola, que o seguia como um líder, desapareceram. Eles a deixaram ali, sozinha, com suas lágrimas, toda suja de ovo, suco e arroz.

— O que deixou que fizessem com você, menina? — questionou Yoná, enérgica, já na sala da diretoria, como se a culpa daquela situação fosse de Alice.

— Senhora Yoná, eu não tenho culpa. Hoje é meu aniv...

— Não admito isso na minha escola! — interrompeu, insensível ao que a menina dizia. — Essa não é a educação que implantamos em nossas salas de aula, com nossos professores. Será pauta da próxima reunião! — fez uma breve pausa e a questionou: — Quem fez isso com você, menina? — perguntou, vendo Alice tentando controlar o corpo trêmulo na cadeira, enrolada por uma toalha que havia recebido de um dos professores.

— Não sei, senhora Yoná. Eu não vi quem fez isso — mentiu para defender o garoto que tanto idolatrava. Não queria vê-lo castigado, isso a faria sofrer, pensava consigo mesma ao ver o olhar furioso da diretora.

— Não tem condição de ficar aqui assim. Pedi para avisarem na sua casa, para que seu pai venha buscá-la.

— Meu pai está trabalhando. Minha mãe é quem provavelmente virá.

"Infelizmente", pensou Yoná, realmente lamentando não poder ver o amor de sua vida, mesmo que por alguns instantes.

— Agora pare de chorar! Sabe bem como são os aniversários, as comemorações. Ainda que eu não aprove isso. Vai mudar, não tolero isso na minha escola.

Os dias seguintes passaram tranquilos, sem provocações, pois o menino temia que Alice contasse à diretora que ele era o autor do ocorrido. Mas a menina interpretava aquilo como amor e fazia questão de cumprimentá-lo, de dar seu lanche para ele. E fazia isso escondida.

Uma semana depois, para tristeza de Alice, viu o menino se abraçando com os amigos numa roda de seus seguidores. Notando que os meninos estavam abalados e as meninas choravam, ela se aproximou do grupo e pôde ouvir o que o menino bonito vinha repetindo desde o início do dia na escola:

— Vou embora para Belo Horizonte. Minha mãe fez minha transferência de matrícula. Meu pai recebeu uma proposta de emprego, então estamos de mudança...

Alice saiu correndo, desesperada, para o banheiro e chorou muito. Não tinha recordação, naquela idade da vida, de ter chorado tanto por algum motivo ou por alguém. "Ele vai voltar para me buscar, vamos nos casar e viverei em Belo Horizonte, onde teremos nossos filhos", pensou isso sorridente, entre os soluços e as lágrimas que desciam por seu rosto.

Na véspera da partida do menino, Alice, escondida, pegou uma caixa de sapatos que ficava em cima do guarda-roupa, onde sabia que era armazenado o dinheiro que sua mãe ganhava com costura, e apanhou umas notas. Com o dinheiro, comprou uma camiseta para o menino.

— Que é isso, Tibum? — foi o que o menino perguntou para Alice. Estavam, a pedido da menina, atrás da biblioteca, onde ela o presenteou com a camiseta.

— É enorme! Serve pra você — falou de maneira insensível.

— Você pode trocar. A cor combina com você.

De fato, a cor era linda, assim como o modelo da camiseta, que fora cara, mas a menina não vira preço, somente o amor da sua vida nela vestido. O menino nada disse, apenas sorriu e saiu correndo com a camiseta nas mãos.

Quando voltou para a sala, Alice, certa de que o menino levaria com ele uma lembrança sua, ficou desapontada ao ver a festa que ele fazia na sala, fazendo os colegas rirem.

— Estão achando que sou um espantalho! Vejam isso! Ganhei, nem vou falar de quem para não ficar chato — falou isso olhando para Alice com um sorriso lindo. Depois amassou a camiseta e a jogou na direção de um aluno gordinho e mais alto que ele, que se sentava na última cadeira, perto da janela: — Toma aí, nunca te dei nada...

Os alunos riam, aplaudiam. Alice segurava o choro. A professora entrou e o silêncio tomou conta dos alunos. Ela, de início, fez um breve discurso, a pedido da diretora, pois estava aliviada em não ter *aquele* menino mais como aluno.

Ao término da aula, a última do menino na escola, todos o acompanharam. Alice ficou ali sentada, organizando suas coisas, terminando de copiar os deveres de casa, ansiosa para acompanhar o grupo, mesmo rejeitada, apenas pelo prazer de vê-lo pela última vez. Ela pensava nele fazendo uma declaração para ela na porta da escola, com a promessa de que voltaria para buscá-la.

Alice saiu correndo e foi a última a chegar à porta da escola. O menino, sentido, mas sorrindo, despedia-se dos amigos e ganhava das meninas beijos, abraços, bilhetes, presentes.

Foi então que ele aproximou-se de Alice, o que fez com que as meninas se afastassem, e entregou a ela um bilhete. A menina ficou extasiada com aquela ação. Apertou o bilhete na mão antes de guardá-lo no bolso.

Depois o menino entrou no carro que o esperava e alguns amigos correram atrás. Coube a Alice sair correndo e se afastar da curiosidade dos outros alunos. Quando se viu no pomar nos fundos da escola, a menina se sentou embaixo de uma árvore e ficou namorando o papel antes de abri-lo.

Tomada por um impulso, abriu o papel com um grande sorriso, que desapareceu ao ler seu conteúdo. Era um papel tirado do caderno espiral, e estava escrito em letras maiúsculas, de fôrma:

"TITITITITIBUUUUUMMMM".

A menina amassou o papel e começou a chorar.

Muitos anos se passaram depois desse dia. Alice abriu os olhos e resolveu se levantar. Não queria mais recordar aquilo, aquele passado. Era seu aniversário, os anos haviam passado e sua vida tinha se transformado.

Não era mais aquela menina acanhada, gorda, sentimental. A vida a tornara forte!

Levantou-se e foi para o banho, de onde saiu minutos depois, cabelos molhados, toalha em volta do corpo. Escolheu uma roupa leve, clara, que lhe caiu muito bem. Colocou um perfume suave e maquiou o rosto com tons claros, realçando sua beleza.

Ao sair do quarto, tropeçou em algumas caixas. Estava de mudança para um apartamento. Havia vendido a casa, que se tornara muito grande e só guardava tristezas. Estava animada, otimista com as possibilidades da vida. Comprara um apartamento menor, em comparação à sua casa, mas confortável e próximo do centro da cidade, o que lhe daria mais facilidade para se locomover. Comprara também um carro, pois havia conseguido tirar sua carteira de motorista.

Toda essa transformação a fazia se sentir viva, capaz. Era o primeiro aniversário que passava sozinha. Antes passava com os pais, depois tinha a presença da irmã, do marido; mesmo quando morava em Belo Horizonte, tinha os amigos. Ainda assim não se sentia solitária, estava bem e feliz sozinha. Isso bastava.

Foi para a cozinha, onde boa parte das peças já estava embalada para doação. Não pretendia levar quase nada da casa. Aquilo tudo lhe trazia recordações e não queria tê-las. Foi pensando nisso que ouviu as palmas vindas do portão.

— Olá, bom dia!

— Bom dia — respondeu Alice, aproximando-se do portão e vendo o rapaz bem-vestido, numa camisa de manga longa por dentro da calça social. Ela pôde sentir seu perfume marcante quando chegou mais perto.

— Meu nome é Allan Albuquerque — revelou ao tirar os óculos escuros. Tinha um rosto firme, olhos claros e vivos, além de um sorriso cativante. — Sou advogado da dona Yoná. Ela pediu que eu a procurasse.

— Sim, ela me falou. Sobre a indenização. Ela conversou comigo, pediu que eu o acompanhasse para retirar o cheque. Precisamos fazer um documento como únicos herdeiros.

— Isso mesmo. Desculpe-me por ter vindo assim... Eu ligaria antes, mas esqueci de pegar o seu telefone, deixei no hotel, tenho só endereço, e como estava perto...

— Sem problemas.

Houve um breve silêncio, que foi interrompido por Allan.

— Sei que nosso encontro está agendado para mais tarde, mas preferi trazer os papéis — falou tirando-os da pasta e entregando-os a Alice. Analise, veja se está de acordo. Esse é o modelo da procuração que teremos que reconhecer no cartório.

Alice pegou os papéis, e suas mãos se tocaram. Ela rapidamente puxou os papéis da mão dele.

— Eu o convidaria para entrar, se não fosse a bagunça. Estou de mudança.

— Entendo. Cheguei ontem à noite na cidade. Preciso fazer algumas compras. São Paulo é uma correria, né? — falou simpático, enquanto analisava as mãos de Alice. Depois, encorajado, perguntou: — Yoná comentou que está de mudança. Apartamento é muito bom para casal...

— Sou viúva — afirmou séria.

— Lamento — falou sem jeito. Pensou na tristeza da vida daquela moça, que perdera a irmã e agora o marido. Quanta tragédia. "Viúva tão jovem e bela", admitiu ao estudar o rosto de Alice.

Conversaram por mais alguns minutos, até o rapaz tirar do bolso a chave do carro que alugara ao chegar ao aeroporto e anunciar sua partida.

283

— Até mais tarde. Posso passar aqui para buscá-la, se quiser...

— Quanta gentileza. Agradeço, mas não há necessidade. A gente se encontra no cartório na hora marcada. Obrigada pelos papéis.

O moço entrou no carro, acomodou os óculos escuros no rosto e, antes de dar partida, sorriu e fez um gesto sutil com a cabeça.

Alice ficou ali, parada, vendo o carro partir. "Então Allan, o menino loiro, bonito e popular da escola, tornou-se advogado e bateu na minha porta, no dia do meu aniversário. Só que dessa vez se esqueceu do suco, do arroz e dos ovos...", pensou.

A pedido de Lucas, Ney permaneceu no apartamento de Amanda. Fez isso sabendo que logo teria que entregá-lo aos novos proprietários.

Aproveitou para organizar os papéis exigidos para a indenização a que Felipa tinha direito. Resolveu ajudar a irmã, pois não via nela condições de tratar do assunto, e Bruno, seu sobrinho, não era de se contar para nada.

— Só vim porque tinha que assinar os papéis — falou Felipa ao entrar no apartamento e jogar no sofá a mala que trazia.

— Vejo que está ótima! Corada, animada!

— Ney, não sabe o quanto é difícil voltar a este apartamento e não ver mais a minha filha. Ver esses objetos e não tê-la por aqui...

— Sem drama, Felipa Bianco, já passou dessa fase.

— Não consigo. Sinto muito a falta dela. Acho que ficarei triste o resto da minha vida. Sem vontade de rir.

— Se escolher isso para você, ficará assim mesmo. E se prepare, ficará sozinha com a sua tristeza. Vai espantar todos à sua volta.

— Como você é insensível! Fica praguejando contra sua própria irmã.

— Ser triste e mal-humorada é fazer mau uso do livre-arbítrio. Lembre-se de que ninguém passa pela vida isento de problemas, por isso, para fortalecimento do seu espírito, abra um sorriso e escolha ser feliz, do jeito que der.

— Fácil falar... Mas isso é muito difícil.

— Como quer ser vista: com um sorriso ou carrancuda? O que considera que lhe trará boas energias, atrairá prosperidade, amigos, afeição das pessoas à sua volta? E mais, o que, antes de tudo isso, fará bem a você, ao seu espírito? Você é dona das escolhas que vão direcionar sua vida para um lado ou para o outro. Quer ir por um caminho bom ou tortuoso?

Felipa ficou calada, ouvindo o irmão, querendo lhe falar, mas não ousou, apenas se atentou ao que ele dizia.

— Acomodada nessa situação, presa a esse drama, acha que atrairá atenção, carinho e respeito das pessoas? Esqueça! Se não fizer isso por você mesma, como pode querer que os outros façam algo bom para você? Ame-se, minha irmã.

— Vou tentar, meu irmão.

— E vai conseguir. Estarei aqui para lembrá-la disso, de que você pode! — com essa frase lembrou-se de Amanda, por ter dito algo semelhante a ela quando estava no processo de separação. Abriu um sorriso ao se recordar da sobrinha. Fez uma rápida prece para que ela estivesse bem, num ambiente de luz e paz. — Agora vamos cuidar da vida. Tome um banho pra relaxar da viagem, descanse um pouco e vamos cuidar dos documentos que faltam. Eu pretendo voltar logo para minha casa, e você deve estar louca para ir a Ribeirão, para sua família.

— Fala como se não gostasse dos nossos parentes de Ribeirão...

— Respeito, mas os anos nos afastaram. Não tenho afinidade com eles. Se é que algum dia tive alguma.

— É muito generoso comigo, mesmo depois de tudo. Tenho comigo que o magoei muito com tudo aquilo. Cheguei a pensar que se afastaria de mim depois do que aconteceu com Amanda. Sempre achei que ela fosse o elemento que nos ligava, agora...

— Vamos viver o presente. É nele que as coisas acontecem, que podemos sentir o prazer da mudança, do crescimento, de fazer o melhor para a edificação do espírito. É no presente, não no que passou ou no que está por vir.

— Lembrei! — saiu como um grito, interrompendo a reflexão do irmão.

— Do que se lembrou, Felipa?

— Da apólice, do seguro de vida da Amanda. Sou sua beneficiária. Preciso ver isso também.

Ney sorriu ao ver o entusiasmo da irmã. Sabia que ela ainda estava sentida com a morte da filha, que era duro para uma mãe ter de encarar essa realidade. No entanto, Felipa tinha um lado dramático bastante acentuado. Todo problema que surgia ela multiplicava e aumentava, dramatizando-o sobremaneira.

Na verdade, ela se especializara em ser vítima de situações, as mais diversas. Desde pequena aprendera que, agindo de maneira dramática e impotente, chamava a atenção das pessoas.

Contudo, seu excesso de dramaticidade, por outro lado, criava em torno dela um campo de energia desagradável: os que por ela se afeiçoavam naturalmente se afastavam dela. As pessoas não queriam mais a sua companhia. Quem tinha um pouco mais de sensibilidade sentia-se mal quando se aproximava dela.

Ou Felipa tomava consciência disso e transformava suas atitudes, ou terminaria a vida completamente sozinha. Triste e sozinha.

Capítulo 27

Amanda despertou animada. Sentiu-se ainda confusa nos primeiros minutos, depois de dias imersa num sono profundo, mas revigorada em seu espírito, como lhe afirmara Ney no último encontro.

Sentou-se na beira da cama e espreguiçou-se com os braços para o alto. Levantou-se sentindo-se tão bem, leve e tomada por uma paz inexplicável, que começou a sorrir.

Abriu a janela simples do cômodo e ficou fascinada com o que viu à sua frente. Seus olhos se encheram com a beleza das cores da natureza, tudo bem cuidado, jardim lindo e florido, um riacho logo à frente com uma pequena cachoeira de água cristalina...

— Como a natureza é bela, não? Sou Analis — apresentou-se a jovem sorridente. — Seja bem-vinda! Quando se sentir disposta, apresentarei você aos outros. Aqui são acolhidos os jovens que... que... — ela estava com dificuldade em prosseguir.

— Não precisa ficar encabulada. Eu sei o que aconteceu comigo. Estou bem, em paz — falou Amanda de forma despojada, aproximando-se de Analis e a beijando no rosto.

Assim, próxima, Amanda notou a tez alva, os traços finos e bonitos, diferentes, sua pele parecia aveludada.

— Cheguei aqui há muitos anos. Sofri um acidente com uma charrete.

— Andava de charrete lá na Terra? — quis saber Amanda, curiosa.

— Eu adorava, pegava escondida do meu pai. Se me der uma, eu ainda subo e saio contente a passear — afirmou corajosa. — Pena hoje em dia não ser mais comum utilizá-la.

— Não mesmo — concordou Amanda. — Os meios de transporte evoluíram bastante nos últimos anos.

— Sem dúvida. Você não tem ideia de quando o automóvel se tornou popular... — Analis levou o dedo ao queixo, pensativa. — Faz uns sessenta, setenta anos. Socorremos muita gente que morreu por não saber conduzir um veículo.

— Deve ter histórias interessantes para contar.

— Muitas. Teremos tempo.

A empatia entre ambas foi imediata. Amanda sentiu-se muito bem ao lado da jovem. Analis sorriu:

— Agora vamos, vou levá-la até a cachoeira, depois teremos uma palestra para os jovens recém-desencarnados. É uma palestra de boas-vindas. Não se sinta obrigada a nada aqui. Veja tudo como sugestão. Participe se quiser.

— Estou adorando. Tenho certeza de que nos daremos muito bem.

— Sim. Há muito tempo, fomos irmãs, em outra vida. E muito unidas. Depois lhe conto.

Amanda ficou pasma com a naturalidade com que a moça falava, mas percebeu Analis em estado reflexivo

289

e preferiu permanecer em silêncio. Depois de uma pausa, Analis sorriu novamente e disse:

— Fiquei feliz demais quando soube que vocês estavam voltando.

— Vocês?

— Sim. Era para nossa irmã estar aqui também, mas Cristiane ficou lá na Terra, presa nas teias da ilusão, sufocada por sentimentos ruins — havia emoção em sua voz.

Amanda abraçou Analis e percebeu nela certa fragilidade. Sentiu-se emocionada com a recepção, com as novidades. Tornaram-se, de fato, muito amigas, como um dia no passado tinham sido. Então, apenas estavam naturalmente resgatando a afinidade.

Analis era muito simpática, divertida, vivia havia muitos anos naquela comunidade, ajudava a trazer os jovens, convencê-los de sua nova realidade, tudo de maneira muito despojada, leve, alto-astral. Fazia questão de dizer o quanto eram livres.

Banhos em cachoeiras, palestras sobre temas variados, passeios por jardins e bosques floridos, o silêncio às vezes quebrado pelo canto dos pássaros faziam parte do dia a dia de Amanda. Foram meses assim, até que certo dia ela sentiu vontade de trabalhar. Desejava exercer uma atividade. Sentia-se pronta para abraçar uma tarefa, qualquer que fosse.

— Escolha a que achar melhor para você. É livre para ajudar como quiser, do jeito que quiser. Produzir, ajudar, doar-se faz bem demais. Se quiser me acompanhar na recepção dos jovens, cuidar dos machucados, zelar pelos sonos tranquilos... — Analis lhe passou uma lista de sugestões.

Amanda aceitou prontamente. Adorava ter Analis por perto. Era tão jovem, mas ao mesmo tempo um espírito tão fascinante e vibrante, conhecedor da vida, dos valores da alma, que era impossível não querer ficar a seu lado.

— Aquele jovem ainda não aceitou o que aconteceu com ele. Acordou desesperado, querendo notícias dos que deixou na Terra — revelou Analis, apontando para um rapaz sentado no gramado, com o olhar perdido no infinito.

— Posso falar com ele?

— Claro, minha querida. Espero que ele lhe dê atenção. Não costuma falar com a gente. Chegou a sentir uma raiva tão grande que por pouco não o perdemos para outro espaço, mais pesado, sabe? Só que ele tem um bom coração, por isso conseguimos mantê-lo por aqui. O espírito vai para onde tem afinidade. Ninguém é preso num lugar contrário à sua vontade. Somos livres! Agora vá lá reencontrá-lo.

— Reencontrá-lo?

— Você teve um breve reencontro com ele na Terra, mas a história entre vocês, marcante mesmo, aconteceu em Paris. Bem, vou deixar de falar, porque outro dia, quando você dormia, fui tentar falar com ele, mas me colocou para correr. Disse que sou louca. Veja você! — falou se divertindo com a situação. — Já pensou se ele tenta me afogar no riacho?

As duas riram. Analis se despediu da irmã e saiu para fazer um atendimento. Amanda foi em direção ao jovem. Sentou-se ao lado dele e depois pediu licença.

— Já se sentou... — a resposta dele foi seca.

Até então, Amanda só vira suas costas, não tinha observado seu rosto ainda e, para sua surpresa, era Matheus, ou melhor, Tuca, como ela o conhecera.

Ela não controlou seu entusiasmo. O rapaz, que tinha os olhos longe depois da resposta seca, imediatamente abriu um sorriso ao reconhecer a voz da moça e, ao virar o rosto e se ver diante de Amanda, imaginou que estivesse vivendo um sonho. Um sonho bom demais.

Ela o abraçou emocionada, e ele, lentamente, retribuiu. Matheus, ao sentir o calor de seu abraço, fechou os olhos e uma lágrima escorreu por seu rosto. Depois de desfeito o abraço, ficaram em silêncio, lado a lado, olhando para o lago, assimilando aquele reencontro.

— Coincidência? — perguntou Matheus.

— Escrito por Deus e da melhor forma, prefiro pensar assim.

Ele pegou a mão de Amanda e ficou sentindo a textura de sua pele macia. Pela primeira vez se sentiu feliz de estar ali. Seu rosto, marcado por lágrimas, agora dava espaço a um sorriso amplo, deixando à mostra a alegria que sentia.

— Muito bom reencontrá-lo, Tuca — revelou sinceramente, sentindo uma forte emoção, uma felicidade incontrolável.

— Ainda se lembra do meu apelido.

— Jamais esqueceria.

— Não quero mais perdê-la de vista — confessou isso apertando ainda mais sua mão, como se assim a mantivesse presa a ele.

Ele virou o corpo para ela, que repetiu o gesto. Ficaram assim, por alguns segundos, tendo o lago tranquilo e azulado como tela de fundo. Logo seus lábios se tocaram e o beijo aconteceu, revivendo o amor que tiveram e que ainda sentiam um pelo outro.

Matheus fechou os olhos naquele instante e viu em sua mente uma cena numa época diferente, usando outras roupas, também beijando Amanda. Então abriu os olhos, com medo do que havia sentido.

Amanda também revivera aquele momento, e sorriu ao ver o rosto dele tão perto do seu. Levantaram-se e

292

Amanda o conduziu pelo gramado, de mãos dadas, contornando o lago.

— Você parece ter aceitado com facilidade tudo o que aconteceu. A expressão em seu rosto é tão serena — observou Matheus, e prosseguiu ao ver o gesto afirmativo da moça acompanhado por um sorriso tímido. — Para mim também foi tranquilo. Por estar bem comigo, com a vida, segundos antes de o carro bater em meu corpo, meu perispírito foi desligado do corpo físico. Eu não senti nada, absolutamente nada.

Amanda nada disse, apenas sorriu e o abraçou forte.

— Preciso rever os que deixei na Terra. Minha noiva — falou encabulado, querendo consertar, mas acabou rindo ao vê-la gargalhando. — Do que está rindo? Já sei o que vai falar, que estou preso às questões da Terra e tudo mais, igual à maluca da Analis. Deixei meu filho lá também. Nem o conheci.

— Fique calmo — pediu a moça, beijando-o no rosto. — Também já pedi isso num momento de tristeza, tomada pela saudade. Vamos conseguir essa visita, mas precisamos estar preparados para o que vamos encontrar por lá — afirmou Amanda, agora totalmente confiante, ao lado de Matheus.

Analis, a distância, vibrava feliz por aquele reencontro:

— Esse cunhado nunca gostou de mim, mas eu sempre gostei dele. Pura implicância, na verdade porque, lá no fundo, também gostava de mim — deduziu rindo.

Capítulo 28

Apesar da forma como Alice se intitulava, ela não estava viúva. A decepção foi tanta que a separação não tinha sido o bastante para a moça se considerar livre daquele relacionamento, por isso dizia estar viúva, pois era como preferia estar e, de fato, se sentia.

Foi logo que voltaram do velório de Cristiane que tudo começou. Alice estava muito abalada com a morte repentina da irmã, entendida por ela como estúpida. Sua irmã era tão jovem, tinha tanto para conquistar, era esforçada, sonhava com a possibilidade de reaver a guarda da filha. De repente, uma explosão e fim. Acabou. Pelo menos era assim que pensava.

No dia da explosão, Márcio, aflito desde o atropelamento, não tinha ideia de como conter a cunhada. Chegou em casa e, para seu espanto e surpresa, recebeu a notícia do falecimento de Cristiane.

Respirou fundo quando estava no banho, aliviado, porque pensou que, depois de tudo, seu dia não tinha sido tão ruim. A cunhada estava morta com o segredo e, quanto ao carro, seria reparado e pronto! Vida que segue. Era indiferente à morte do rapaz que atropelara. Não sentira absolutamente nada ao tomar conhecimento do ocorrido pela televisão no bar.

Já pronto, ao entrar na cozinha, viu a esposa aos prantos, revoltada, chocada com a notícia. A pedido de Alice, o velório seria realizado em pouco tempo. Não suportaria levar horas naquela situação.

Márcio abraçou Alice e lhe deu o seu silêncio como conforto. Depois pediu que ela se acalmasse, recorreu a um calmante que tinha numa gaveta e deu o comprimido para a esposa com um copo de água.

— Pode tomar, é leve. Só para você relaxar um pouco.

Estavam prontos para sair quando Márcio voltou, abriu a geladeira e apanhou uma cerveja. Tomou rapidamente, o que causou estranheza em Alice.

— Nossa, vi que chegou com uma caixa de cerveja, percebi que havia bebido e agora bebeu de novo. O que está havendo? Não vai poder dirigir assim.

— Vamos de táxi. Meu carro está no conserto.

Cristiane estava na cozinha, balançando a cabeça. A energia dos dois estava misturada, os pensamentos em sintonia, por isso a moça conseguia convencê-lo a beber. Ela ainda sentia, através dele, o prazer pela bebida e o fazia beber cada vez mais. Ele mesmo nem sentia prazer ao beber.

— Por que não diz a verdade? Seu covarde. Atropelou um homem e se recusou a ajudá-lo. Talvez não tivesse morrido se fosse socorrido a tempo. Fugiu e deixou ele lá, jogado no asfalto — esbravejava a moça, furiosa. — Viu, Alice, esse é o seu marido. Assassino. Covarde. Traidor. Sai por dinheiro com a secretária da empresa. Isso ele não te contou, né? Esse mentiroso.

295

— Estou com uma dor de cabeça — falou Márcio, pegando a mesma caixa de comprimidos na gaveta.

— Também, bebendo desse jeito. Estou estranhando isso. Nunca o vi bebendo tanto — observou Alice, com os olhos marejados. Calou-se por instantes e procurou se retratar: — Com esse triste acontecimento, é normal. Desculpe-me, meu amor — falou isso e o beijou no rosto, depois fez um carinho em seus cabelos, encarando-o e constatando o quanto o amava.

— Ele é uma farsa, Alice. Acorda! — gritava Cristiane.

— Pare com isso, Cristiane, por favor! — pediu o jovem, que também estava no cômodo. — Não percebe o quanto esse seu comportamento está atingindo sua irmã, pois ela sofre vendo Márcio sob sua influência.

— É pouco pra ele — gritou a moça, revoltada.

— É pouco! Ele acabou com a minha reputação. Engana minha irmã, esse adúltero!

— Cristiane, me ouça, é melhor parar com isso. Sua energia está péssima, não tem ideia de como está ficando por conta de todas essas emoções desgovernadas. Não sabe, mas da forma que vem fazendo, está se estendendo na Terra, que não é mais seu lar por ora. Está se afogando num mar de revoltas e mágoas, usando toda sua negatividade para influenciar Márcio a entregar-se ao vício do álcool.

— Que me importa? Não estou preocupada com ele. Sempre foi egoísta, interessado apenas em seu prazer. Esse manipulador!

— Isso me afasta de você. É uma pena. Suas atitudes me distanciam de você. Já não consigo chegar perto. Só fico à distância.

— Vai assistir eu destruir o meu cunhado — falou rindo com a brincadeira macabra.

— Pior... — corrigiu o jovem. — Vou ver você se destruir.

Disse isso e desapareceu. Cristiane deu de ombros e permaneceu ali. Pulou para cima de Márcio, enquanto ele abraçava Alice. O táxi já os esperava na porta de casa. Os três entraram no veículo, mas o motorista só viu dois passageiros.

Ao retornarem do enterro, Márcio entornava outra lata de cerveja, pensando em ligar para o mecânico para saber do carro, quando a campainha tocou. A polícia estava em seu portão.

Daí por diante, foi tudo confuso, corrido, permeado por falatórios, lágrimas. Alice tentava agarrar-se ao marido algemado, sendo retirado de casa à força, alegando inocência. Os policiais arrastavam Márcio, de bermuda e sem camisa, em direção à viatura.

— Ainda está no flagrante. Atropelamento que resultou na morte de um jovem universitário. Saiu até na televisão. O delegado está seco para elucidar esse caso e conseguir promoção. Autoridades estão em cima dele. Seu marido negou socorro. Fugiu. O mecânico, depois que viu a reportagem, fez a denúncia e deu o endereço em que achamos o carro com as evidências, já enviadas para perícia...

— O mecânico o denunciou?

— Sim, disse que havia recebido o carro horas antes para reparos, pois o proprietário disse ter batido, quando na verdade havia atropelado um homem...

— Não pode ser... — Alice disse em lágrimas, segurando a mão do policial. — Não acredito. Deve ter havido algum engano. Meu marido é trabalhador, nunca faria uma crueldade dessas. Olhe pra ele!

— Ninguém conhece o coração do outro até se deparar com suas ações, ou pior, intenções.

O policial fechou a porta traseira da viatura, onde se podia ver Márcio sem camisa, algemado, de cabeça baixa. Assim o carro partiu, acelerado, sirene ligada, despertando a atenção da vizinhança.

Alice se descobriu descalça na calçada, vestida com uma camisola, aos prantos. Uma das vizinhas a ajudou a se recompor, levou-a para dentro de casa, preparou-lhe um chá.

— Eu não vou aguentar! Meu Deus, isso não pode estar acontecendo comigo. Acabei de enterrar minha irmã e agora meu marido é preso. Não pode ser!

Alice ficou falando até o efeito do chá com tranquilizante fazer efeito.

Cristiane estava ali perto, chorando. O espírito que vinha acompanhando a moça sentou-se a seu lado e a envolveu num abraço carinhoso, que ela aceitou ao encostar a cabeça em seu ombro. Ela estava emocionalmente frágil e, dessa forma, o jovem espírito conseguiu se aproximar dela, confortá-la; entretanto, quando estava tensa, tomada por sentimentos negativos, ele se afastava, não conseguia protegê-la, dar-lhe apoio, transmitir palavras de conforto.

A partir daí, houve uma revolução na vida de Alice. Todos os dias ela visitava Márcio na delegacia e também contava com a presença e a amizade de Lirian.

— Alice, ela é uma falsa, minha irmã. Não a queira a seu lado. Por favor, não faça isso — Cristiane lamentava, também presente.

— Sabe o que me entristece, Lirian? É saber que minha irmã foi amante de um homem casado. Não foi isso, na verdade, que me incomodou. Foi o fato de ela não ter me contado, confiado em mim, que era sua irmã, para falar dessa situação esquisita. Eu a teria orientado, conversado com ela. Pobre da minha irmã...

— Márcio e eu conversamos com ela diversas vezes sobre isso.

— Lirian, você é uma falsa mesmo! — falou Cristiane, querendo esmurrá-la.

— Sei disso, o Márcio me contou. Obrigada por tudo, viu? — completou Alice muito agradecida, emocionada.

— Outro safado! — falou Cristiane. — Minha irmã, por favor, acorde, você está ligada a dois falsos, mentirosos, que não são seus amigos. São amantes! Como me arrependo de não ter contado tudo a tempo.

Lirian abraçou Alice, que chorou em seu ombro.

Márcio, por ser réu primário, sem antecedentes, foi posto em liberdade depois de pagar fiança. Aguardaria o julgamento em liberdade, para revolta dos parentes e amigos de Matheus.

Alice ficou feliz da vida com a notícia. O sorriso voltou a enfeitar seu rosto. Quanta alegria! Então resolveu fazer uma limpeza na casa para melhor recebê-lo. Desfez-se de muitas roupas e de móveis que já não usava mais. Queria que Márcio chegasse a um ambiente, dentro do possível, acolhedor e renovado.

O quarto de Cristiane, que até então estava fechado, ficou por último. Foi difícil, mas Alice respirou fundo e abriu a porta, segura de que não choraria. Em vão. Desabou logo que deu o primeiro passo para dentro do cômodo.

— Não faça isso, minha irmã — pedia Cristiane, também sofrendo com a situação.

Ela segurava o braço de Alice, tentava chamá-la para fora do quarto. Sentia tristeza também ao ver a irmã ali, juntando os cacos, as lembranças.

— Deixe ela, Cristiane — orientou o espírito do jovem que estava a seu lado. — Tudo acontece como tem que acontecer.

299

Aos poucos, entre lágrimas, Alice conseguiu desocupar a cômoda, algumas gavetas, e as roupas e sapatos de Cristiane foram enchendo as sacolas que levara para o quarto.

Já estava cansada quando resolveu abrir as portas do guarda-roupa. Tirou vários objetos de lá e notou um caderno que chamou sua atenção. Ficou alguns segundos segurando-o nas mãos, depois sentou-se na cama e o abriu.

Cristiane e o espírito do jovem ficaram ali, quietos, emocionados, apreciando as expressões do rosto de Alice ao descobrir, por meio daquelas linhas, toda a angústia que Cristiane vivera nos últimos meses, sufocando a verdade com medo de magoá-la. A verdade...

Alice fez uma pausa para secar o rosto, molhado pelas lágrimas, respirou fundo, soltou o ar com calma e recordou-se do distanciamento de Cristiane em relação a Márcio e Lirian. Então tudo fez um enorme sentido para ela. Estava sendo enganada.

Foi dessa forma que descobriu que Márcio e Lirian eram amantes, cúmplices. Que Márcio, friamente, a manipulara para ficar contra a irmã, que a fizera brigar com Cristiane nas últimas horas, nos últimos minutos de vida que lhe restavam.

Alice olhou para a última palavra escrita e mordiscou o lábio. Toda a trajetória de Cristiane, tudo o que viveu, desde a época que conhecera Ricardo até descobrir o envolvimento de Márcio com Lirian... tudo aquilo significou para Alice um misto de constrangimento e tristeza aliado a decepção e repulsa...

Ela fechou o caderno, colocou-o sobre o colo, fechou os olhos e pensou na irmã. Fez uma prece sentida e pediu, emocionada, que Cristiane a perdoasse e ficasse bem, onde quer que estivesse.

Cristiane, nesse momento, sentiu uma emoção sem igual. Em seguida, veio o conforto, a paz. Sorriu, banhada em lágrimas, ao abraçar o espírito que a acompanhava.

— Não acha melhor partirmos agora? Sua irmã sabe a verdade, acho que você já pode se sentir aliviada. Seu ciclo aqui se findou. Está na hora de partir para outras experiências. Tem tanto para ver, aprender, aprimorar e alegrar seu espírito...

— Não — gritou se desfazendo do abraço do jovem. — Eu quero ver Márcio caído, sem nada, quero fazer o que puder para acabar com ele.

— E ficar ligada ao espírito dele? — falou o jovem, observando o rosto assustado da moça.

— Como?!

— É isso que vai acontecer. Ou pensa que fará tudo que planeja e depois partirá livre, leve e solta para o mundo espiritual? Negativo. Pense bem.

— Não me importo — falou num tom cheio de coragem.

Alice, que não ouvia nem sentia a presença da irmã no quarto, levantou-se sentindo dores nas costas. Pensou em fazer um café para despertar e processar melhor tudo aquilo de que havia tomado conhecimento.

Já na cozinha, preparou o café e o saboreou em silêncio, pensativa, assistida pela irmã, que não conseguia descobrir o que Alice faria com os traidores. Depois do café, Alice se trancou no quarto e só saiu quando viu o carro de Lirian chegar, trazendo Márcio. Os dois entraram sorridentes, com bolo, refrigerantes e salgados, tudo preparado por Lirian para comemorar a liberdade de Márcio.

— Surpresa! — anunciou Lirian ao entrar pela cozinha, com a bandeja de bolo nas mãos, sorridente, bem-vestida, maquiada, perfumada, no salto alto. — O Márcio

301

me ligou avisando de que sairia hoje, pois anteciparam a sua saída em dois dias. Ficamos tão felizes que resolvemos fazer uma surpresa para você.

Alice ficou onde estava, séria, com os olhos ardendo. Márcio, como um cachorro sem dono, cabisbaixo, com um sorriso sem jeito, que o tornava ainda mais charmoso, aproximou-se de Alice a beijou no rosto. Esperava seus beijos também, acompanhados de abraços, lágrimas, palavras de amor. No entanto, foi como se estivesse beijando uma estátua, de beleza fria e sem sentimento.

— Vocês já não me surpreendem mais — falou firme, num tom altivo, que deixou o casal de traidores confuso.

— O que está havendo, Alice? Parece que não gostou de o Márcio ter saído da cadeia. Estou enganada... — falou Lirian indo na direção de Alice, com o bolo ainda nas mãos. A recepção fora tão fria que nem tivera tempo de colocá-lo na mesa.

Alice se afastou de Márcio e, de onde estava, olhou de Lirian para o marido e comunicou:

— Suas coisas já estão arrumadas em malas.

— Minhas coisas? Alice, meu amor, o que está havendo?

— Até quando vocês acharam que iriam me enganar? Vocês são amantes!

— Que absurdo é esse? — falou Lirian, sentindo as mãos tremerem, quase deixando o bolo cair.

— Cristiane me contou — revelou, sem detalhar que descobrira em seus escritos.

— Minha irmã, não sabe como me sinto feliz com isso, por se livrar dessa farsa — falou Cristiane, ali presente também.

— Está louca! — explodiu Márcio, se aliando a Lirian. — Cristiane morreu, como isso agora? Sei a barra que tem passado, a morte de sua irmã, a minha prisão...

302

— Não me trate como idiota, Márcio — falou firme, mas sem conseguir segurar as lágrimas. Depois foi em direção a Lirian e deu um tapa no bolo, que foi ao chão.

— Saia da minha frente, da minha casa, espero nunca mais vê-la na minha vida.

Lirian e Márcio tentaram argumentar, mas em vão. Alice estava firme e segura de que havia tomado a melhor decisão da sua vida.

— Lirian pagava você, Márcio, para se relacionarem. Muito sujo tudo isso!

— Imagine... — ele tentou argumentar.

— Cale a boca, garoto de programa! — gritou Alice furiosa para Márcio. Tornou-se uma mulher ainda mais alta, forte, que assustava os dois, tanto com as palavras, como nas ações. — E pensar que fui eu que emprestei dinheiro para você, Lirian, e o usou para pagar meu próprio marido. Saiam daqui, por favor, pois, se ficarem mais um minuto na minha frente, sou capaz de uma besteira. Não tenho mais nada a perder — falou isso já próxima da pia, com as mãos numa faca que estava sobre o granito preto.

Márcio e Lirian se olharam. Sabiam que não tinham mais nada para inventar ou contra-argumentar. Haviam sido descobertos, só não entendiam de que forma aquilo acontecera, já que tudo estava omitido, inclusive com a morte de Cristiane. Essa dúvida ficou martelando em suas cabeças quando saíram da casa a passos largos.

Alice, ao vê-los sair, correu para o quarto e não soube como, mas voltou apressada, quase correndo, com uma força que desconhecia ao sustentar as malas com os pertences de Márcio. Conseguiu alcançá-los ainda no carro, então arremessou as malas contra o veículo. Com a ação, uma delas se abriu, espalhando roupas pela calçada.

Márcio, envergonhado, sem dizer nada, abriu a porta do carro e começou a recolher as peças. Lirian se manteve na direção do veículo, carro ligado, angustiada com os segundos que passavam, pois, embora os olhos estivessem cobertos com óculos escuros, percebeu o olhar frio de Alice sobre ela.

Depois de embolar suas roupas nas mãos e jogá-las no banco traseiro do carro, Márcio acomodou-se no banco da frente, do carona, e Lirian pisou no acelerador.

Alice, ao ver o carro partir, colocou a mão no peito, sentiu o coração acelerado, as pernas trêmulas. Depois, já dentro de casa, tomou um calmante e chorou muito, deitou-se na cama e dormiu por horas.

Os dias seguintes foram de adaptação e superação. Não era uma mulher de chorar, porque a vida a fizera forte, como dizia a si mesma todas as manhãs diante do espelho.

Por conta disso, providenciou uma virada em sua vida. Matriculou-se numa autoescola no mesmo dia em que colocou a casa à venda.

Tivera sorte, a venda da casa logo aconteceu. Como a casa estava apenas em seu nome, pois fora comprada antes de se casar com Márcio, não teve dificuldade em realizar os trâmites.

Ainda assim, depositou parte do dinheiro em uma conta de Márcio e, ao fazer isso, ligou para avisá-lo. O rapaz ficou todo feliz, considerou aquilo uma reconciliação, mas Alice estava diferente. Com voz firme e fria, se despediu dele pedindo que não a procurasse e fosse feliz. Assim finalizou a ligação.

Com sua parte do dinheiro e outras economias, Alice comprou um apartamento. Sentiu-se renovada, livre ao aproveitar o momento presente e tornar a sua vida ainda melhor. Do que adiantaria se lamentar do passado?

Agora estava ali, feliz com a mudança, ligando para casas de doação para retirar os móveis que já não queria mais, que lhe traziam recordações que não faziam parte de sua nova vida.

Alice tomou um banho demorado, vestiu-se bem, pegou seu carro e foi para o cartório em que assinaria a declaração e, provavelmente, se encontraria com Allan.

Mas agora ela era outra pessoa, não era mais aquela gordinha de saia rodada, tímida, acanhada, apaixonada pelo menino popular da escola. Agora era uma mulher forte, determinada, certa do que queria para sua vida. E com o desejo de acreditar que tudo sempre nos acontece para o melhor!

Capítulo 29

— Como isso?! Deve estar errado, algum erro no sistema, nessa modernidade toda de que vocês, jovens, hoje se orgulham tanto! — esbravejou Felipa para a atendente da seguradora.

Felipa se mostrava agora bem diferente da senhora gentil que ali chegara, com a apólice e seus documentos em mãos.

Ney estava a seu lado na agência da seguradora. Ele não dizia nada, apenas foi acompanhá-la, como disse ao saírem do apartamento.

Antes disso, Felipa, ao se lembrar da apólice, revirou o apartamento em busca do documento. Tinha por certo que era a única beneficiária da apólice. Quando a encontrou, não se preocupou em pôr nada de volta no lugar, pegou a bolsa e saiu para a agência atrás de seus direitos. Sobrou para Ney acompanhá-la.

Felipa quis descer do carro antes de Ney estacionar o veículo.

— Opa, aonde vai com essa ansiedade toda, mulher? Calma, o Brasil é nosso!

— Quero resolver logo isso, meu irmão. Quanto antes resolver isso tudo, mais rápido volto para casa. Não posso deixar tudo nas mãos do Bruno.

Ney parou o carro, tirou os óculos escuros, travou as portas e recomendou:

— Respire fundo, se situe. A prática da ansiedade desperdiça o presente com toda a sua grandiosidade. A ansiedade a impede de valorizar o que está à sua volta, desejando o amanhã. Cuidado com isso, vai acabar adoecendo.

Ele falou e abriu a porta do passageiro. Felipa saiu como uma criança desesperada pelos brinquedos de um parque. Agora, ainda afoita, estava na frente da atendente.

Ney, observador, preferiu não se envolver. Foi até o bebedouro, apanhou dois copos com água e, gentilmente, deu um para a moça, que parecia nervosa, e outro para Felipa, que o recusou. Ele bebeu a água, sentou-se ao lado da irmã e se pôs a ouvir o que a funcionária da seguradora tinha a esclarecer.

— Como assim, não sou beneficiária da minha filha no seguro dela? Foi a própria Amanda quem me disse isso.

— Não consta o seu nome, senhora. O sistema caiu, mas está se restabelecendo e já digo quem é...

— Não pode ser! — cortou Felipa. — Não é possível que Amanda tenha deixado o Lucas como beneficiário. Estavam separados! Aquela maluca, por amor, pode ter feito isso...

— Também não — comunicou a moça de cabelos crespos e bem cuidados. Fez um silêncio, ignorando o falatório de Felipa, e leu mais de uma vez, confirmou os dados... Depois de mandar imprimir a apólice, comunicou: — O beneficiário da apólice é Ney Bianco.

307

Felipa ameaçou desmaiar, passou mal, arrancou o copo de água da mão de Ney, fez seu show. A moça, preocupada, desconhecedora do jeito de Felipa, começou a abaná-la com a apólice.

De repente, Felipa pegou o papel da mão da moça e começou a ler. Não acreditava no que via.

— Meu Deus, não é possível! Minha filha não pôde ter feito isso.

— Vocês conhecem essa pessoa? Ela deverá nos procurar com essa relação de documentos — falou a moça, toda prestativa, apresentando a relação de documentos que tinha sobre sua mesa para os casos de sinistro.

— Eu sou Ney Bianco!

Felipa simulou passar mal outra vez, mas não deram importância. A moça esclareceu como ele deveria proceder para receber o valor. Coube a Felipa se conter e pedir para ir embora, como uma criança que enjoa dos brinquedos do parque.

Maíra não suportou aquela perda. Tudo aquilo a fizera se sentir muito mal, triste e solitária. Perdera todo o sentido de sua vida. Nas horas seguintes à notícia, depois de tomar ciência da realidade, a moça foi medicada e precisou ser internada em um hospital, onde permaneceu por alguns dias.

Por isso não participou da cerimônia de despedida de Matheus. Perdeu a comovente reunião dos amigos da empresa onde ele trabalhara por anos. O grupo esteve presente em peso, com suas lágrimas, preces e flores. Um dos mais emocionados com a despedida foi o ex--chefe, Atílio. Gostava muito de Matheus.

Maíra saiu do hospital transformada. A fatalidade de perder o noivo fez com que ela também perdesse o interesse em mobiliar o apartamento, não tivesse ânimo para curtir a chegada do filho, não visse mais o brilho da vida.

As férias do hospital foram antecipadas e, quando terminadas, a volta ao trabalho não foi satisfatória, resultando em seu afastamento.

Fazia constantes visitas ao apartamento onde moraria com Matheus. Por vezes se sentava no sofá, ainda embalado por plásticos, e ali ficava por horas, chorando, olhando o teto, as paredes, imaginando como sua vida seria boa, como tudo aquilo poderia ser diferente.

A família, preocupada com a reação depressiva da moça, sugeriu a venda do apartamento, dos móveis e de tudo que a remetesse àquelas tristes lembranças, mas Maíra não aceitou. Não admitia se desfazer de tudo que pudesse afastá-la de Matheus, pelo menos era assim que pensava ser.

Sua revolta aumentou quando, por intermédio da imprensa, soubera que Márcio, o autor do atropelamento, fora posto em liberdade e que responderia pelo crime em liberdade. Dali para os meses seguintes a sua angústia só aumentava.

Certo dia, numa dessas tristes visitas ao apartamento, Maíra colocou a música que reconhecia como trilha sonora de seu relacionamento com Matheus e a ouviu inúmeras vezes, presa ao passado, ao sorriso, aos abraços do rapaz. Tudo isso em um banho de lágrimas.

Era início de tarde, quando ouvia a música. Levantou-se do sofá e caminhou até a sacada da sala. Lá, Maíra encostou-se bem no limite da grade, abriu os braços e fechou os olhos. Deixou que o vento a envolvesse, depois, ainda presa à música romântica, passou uma perna para fora da grade, sentiu-se balançando, livre no ar.

Depois, quando já estava com metade do corpo para fora, esforçou-se para passar a outra perna.

Estava no oitavo andar.

Lucas desembarcou ainda mais elegante no aeroporto em São Paulo, vindo da Argentina. Viria de qualquer forma para São Paulo para tratar do divórcio com Amanda.

Apesar do pouco tempo de estadia em Buenos Aires, já se sentia em casa. Seu espírito não só simpatizou com o lugar, como os contatos profissionais também aconteceram a contento. Estava também com um novo amor, o que tornara sua vida, nessa fase portenha, ainda melhor.

— Que prazer revê-lo. Como sempre é, Ney. Lamento que num momento tão doloroso como este — disse emocionado, ao abraçá-lo.

Conversaram por muito tempo. De fato, Lucas tinha muita admiração por Ney, gostava de consultá-lo para algumas decisões de sua vida. Só não o consultou quando resolveu pela separação, mas, ao reencontrá-lo, soube, pelo sorriso de Ney, mesmo em meio à tristeza, que tivera dele a aprovação.

— Foi honesto, como falei para Amanda. Não podemos ter a nosso lado alguém que não nos ama por inteiro. Querer alguém ao lado pela metade, mesmo sabendo que não há mais sentimentos para essa união, é ser egoísta com o outro. O amor está aliado à liberdade. Quanto mais livre, melhor.

Lucas, com os olhos emocionados, o abraçou forte. Ele o tinha como um irmão. O jovem, mesmo separado de Amanda, prestou toda a solidariedade à família e aos amigos ali presentes, unidos pela dor. Conteve sua vontade de rir ao ver a chegada dramática de Felipa, entrando no salão, preocupada com um lugar para conectar o celular e carregar o aparelho.

— Ney, não me olhe assim, descarregou. Preciso falar com o Bruno, que ficou sozinho. Ele vem mais tarde. Teve que esperar a namorada, porque ela tinha uma prova importante. Não sei o que é mais importante na cabeça desses jovens de hoje.

Foi Lucas quem a conteve, a levou para fora, onde conversaram, lamentaram, riram dos bons momentos, com lágrimas nos olhos.

No dia seguinte, Ney procurou Lucas no hotel onde estava hospedado. Durante o almoço, Ney o colocou a par de tudo que estava acontecendo com Amanda, no sentido financeiro.

— Ela assinou sociedade com um amigo da época da faculdade, realizou a transferência do dinheiro também. Eu trouxe a cópia do contrato. Pelo que entendi, com o falecimento dela, você, como cônjuge, já que não efetivaram a separação, automaticamente torna-se sócio da academia...

Lucas não queria saber daquilo, mas Ney o convenceu a correr atrás.

— Um absurdo! — falou Evandro dias depois, quando recebeu Lucas em sua sala.

Evandro não conteve sua felicidade ao saber da explosão que levara sua sócia para o Além. Gritou sozinho que a sorte voltara a reinar na sua vida. Sempre tivera tudo de mão beijada, facilidades. Agora não tinha sido diferente.

Mesmo na cerimônia de despedida de Amanda, Evandro ficou ali contendo o ar de alegria. Havia, horas antes, confirmado o depósito em sua conta. Ficara tão feliz com a transferência do dinheiro para a conta da academia, realizada pouco antes de Amanda morrer, que foi tratando de fazer contatos. Ligou para algumas concessionárias de veículos e agências de viagens. Enfim, tudo como costumava fazer quando o dinheiro parecia cair em grande quantidade em suas mãos.

Agora, dias depois de ter trocado de carro, feito uma rápida viagem ao litoral nordestino, já com outras marcadas para Europa e Estados Unidos, se via diante daquela notícia.

— Bem, pode me devolver o dinheiro, caso não me queira como sócio — Lucas sugeriu de forma firme.

— Devolver o dinheiro?

— Sim, com a devolução, saio do contrato social. Ele pode deixar de existir. Se o ler atentamente, verá que lá diz que, com o falecimento de um dos sócios, os poderes são transferidos automaticamente para o cônjuge. Como meu divórcio com Amanda não foi oficializado...

— Você está sendo oportunista.

— Não, estou sendo justo. Tenho certeza de que Amanda me confiaria essa sociedade caso não estivesse aqui — esse trecho, na verdade, Lucas reproduziu, pois foi uma das coisas ditas por Ney que o convenceram a lutar pela sociedade.

Evandro estava inconformado. Leu e releu o papel que tinha em suas mãos. Depois de um silêncio, ainda tentou argumentar, mas sem sucesso. Por fim, vendo estar sem saída e diante de um novo e desconhecido sócio, ele informou:

— Está certo. Vou devolver o dinheiro.

— Ótimo! — devolveu Lucas, levantando-se. Pensava em pegar o dinheiro e transferir tudo para Felipa. Era o que achava justo. — Uma semana.

— Uma semana? Como? Não entendi...

— O tempo que vou esperar para receber o dinheiro — cortou Lucas revendo um sorriso. — Agora, se me dá licença, tenho que ir. Volto para a Argentina amanhã e preciso acertar alguns detalhes — fez uma pausa, estudou o rosto assustado de Evandro e completou: — Caso prefira, como sócio envio até semana que vem um representante, que cuidará da minha parte nos negócios.

— Representante? — seu rosto ganhou uma expressão assustadora. Não suportaria mais nenhuma surpresa vinda de Lucas. Desejava que fosse logo embora.

— Sim, moro em Buenos Aires. Não tenho interesse em ficar no Brasil. Terei aqui um representante de minha confiança para tocar os negócios.

— Não disponho do dinheiro em uma semana. Gastei com equipamentos...

— Ótimo! Como sócio, considero que investiu muito bem o dinheiro recebido para a continuidade da sociedade. Tem notas fiscais, pode me mostrar os equipamentos?

— Não chegaram ainda — falou num tom triste, pois estava mentindo. — As notas virão com os equipamentos...

— Uma semana, como disse, caso não me queira como sócio — finalizou reconhecendo no outro a mentira.

Lucas falou isso, se despediu com um aperto de mãos e partiu. Antes da visita, Lucas consultou um advogado que ratificou os seus direitos. Pensava que poderia ser mais difícil.

Confirmou, logo no início da conversa, as impressões de Ney sobre Evandro, que ele era uma pessoa egoísta, oportunista, que pensava em levar vantagens sobre tudo e todos.

Ney percebeu tudo isso de uma vez só, quando Amanda o levou para conhecer a academia e pôde também conhecer Evandro. Só que o tio da moça preferiu não se intrometer em relação à sociedade. O livre-arbítrio era dela, somente ela poderia definir o que de melhor poderia acontecer em sua vida.

Evandro, quando se viu sozinho, chorou de raiva, ódio, como o garoto mimado que nunca deixara de ser. Foi uma semana infernal. Já que não dispunha do dinheiro para acabar com aquela sociedade, recorreu à mãe, mas não teve ajuda dela. Era orgulhoso demais para pedir ajuda aos irmãos, que vinham tendo, cada vez mais, êxito profissional.

Uma semana e um dia depois da visita, como anunciado por Lucas, Evandro recebeu a visita de um jovem que se apresentou como representante de seu sócio.

Evandro ficou furioso, recorreu a outros advogados, como fizera depois da visita de Lucas, mas a resposta era que o documento era legítimo, assim como sua atual condição: a sociedade com Lucas. Por tudo, não teve mais o que fazer e o aceitou na academia.

Poucos meses foram o bastante para Evandro, por fim, vender sua parte a Lucas. Estava tomado de dívidas, e o representante de Lucas descobrira facilmente os desfalques. Depois de um acordo, Evandro aceitou o valor proposto e saiu da academia.

Evandro não ficou muito tempo com o dinheiro. Saiu da sociedade vendo somente aquele instante: estava com dinheiro. E o gastou com o que melhor sabia, ou seja, com carros, mulheres e viagens. Recorreu aos irmãos, mas não suportou ser empregado deles.

Por fim, sem apartamento, foi morar com a mãe, mas sob as regras por ela impostas. Evandro fora, noutra vida, um espírito muito pobre e oportunista. Conseguira, por meio de golpes e falcatruas, enriquecer. Morrera muito rico e só. Retornou a esta vida rico e com possibilidade de usar o dinheiro de maneira melhor, o que não conseguiu. Tudo que fácil lhe foi dado, fácil lhe escorreu pelas mãos.

Lucas, em outra vida, fora uma de suas vítimas. Evandro ganhara a casa dele ao roubá-lo num jogo. Deixou-o sem lar e desabrigado com esposa e filho. Foi indiferente ao sofrimento daquela família, a que assistiu friamente se desfazer.

Os reencontros não são por acaso. De forma alguma.

Lucas não tinha interesse nenhum naquele negócio, que prosperou muito. Da Argentina, decidiu mantê-lo. Colocou Felipa como sócia na academia. Achou que aquilo faria Amanda feliz, dando à mulher um conforto melhor na velhice.

Lucas casou-se em Buenos Aires, comprou uma linda casa em Palermo, teve filhos, perdeu um deles afogado. Anos depois viriam os netos e o terceiro casamento, uma união feliz que durou até o fim de seus dias.

Capítulo 30

— Não faça isso, por amor ao nosso filho — pediu Matheus ao segurar as mãos de Maíra. Fizera isso emocionado, embalado pela música que tanto ouvira com a noiva.

Analis, insistente, conseguiu permissão para atender aos pedidos de Amanda e Matheus. Estava acostumada a resgatar jovens em acidentes e não tinha muito tempo para prestar atenção às transformações do mundo.

Ela tinha muita curiosidade de sentir e estar perto de toda a modernidade. Isso era de interesse de seu espírito. Já na França era assim, atenta às novidades que envolviam a Europa. Vibrava com tudo que era novo, que trazia inovações para o mundo. Tudo isso alegrava muito sua alma. Voltar para o planeta, sem ter de realizar nenhum resgate, somente para estar próxima dos seus, deixou-a encantada e um pouco ansiosa. Teria tempo de prestar mais atenção às mudanças ocorridas nas últimas décadas.

A primeira visita que os três fizeram foi a Ney. Encontraram-no meditando no centro da sala. Emocionada,

Amanda o beijou no rosto e o envolveu com um abraço. Ele, como se tivesse sentido a presença dela, abriu um sorriso.

Depois foi a vez de verem Felipa. Estava cuidando da casa, enérgica, correndo de um lado para outro, falando ao telefone com parentes de Ribeirão, contando as novidades, ora alegre, ora dramática ao se lembrar da filha que morrera tão jovem. Amanda, como fez com Ney, deu-lhe um beijo e a abraçou.

A mulher, que falava ao telefone, revelou, de repente, estar feliz. Depois ficou pensando de onde tinha surgido aquela alegria repentina. Sentia-se bem.

Enquanto faziam suas visitas, Analis corria os olhos atentos pelas casas, admirava-se com algumas coisas, mas não deixava transparecer. Em alguns momentos, principalmente na casa de Felipa, fez orações, pediu pela paz e reequilíbrio de energias, harmonia do ambiente.

Já Matheus assistia a tudo sem conter a emoção.

— Pare de chorar! — pedia Analis com ar de superioridade para provocá-lo.

— Saia daqui, me deixe — retrucava Matheus para a moça.

— Olhe que mando você para o astral sem direito a volta — ameaçava a moça em tom de brincadeira.

Em outro momento, vendo a emoção tomando conta do rapaz, ela gentilmente o abraçava, e era correspondida.

Depois foi a vez de Matheus visitar seus pais, sua irmã. Ele chorou muito com as mais diversas recordações. Pediu para rever a empresa em que trabalhara, abraçou Atílio e se considerou feliz por sua breve passagem na Terra.

Tudo parecia igual, exceto os rostos novos, a modernidade dos equipamentos. Percebera a troca da persiana, que tornara o local mais leve. Os olhos correram apressados entre os conhecidos e os pousou sobre Cássio Neto. Sentiu uma forte emoção, começou a comentar sobre a época em que trabalharam juntos, as alegrias, depois silenciou ao ver o amigo arrumando suas coisas.

— O que está acontecendo? Cássio está esvaziando as gavetas, guardando...

— Numa sacola — completou Analis, ansiosa por falar. — Ele foi demitido. O chefe descobriu sua incompetência.

— Que pena, ele precisava tanto do emprego... A Maíra sempre achou que ele me prejudicava com sua inveja.

— Foi o que ele fez realmente. Na verdade, ao prejudicá-lo, Cássio estava prejudicando a si mesmo. A energia ruim acaba voltando para quem a emite. É como o bem. Quando se pratica o bem, você se sente ótimo, revigorado, e recebe coisas boas. O contrário segue o mesmo trajeto: desejou o mal, criou intrigas, foi desonesto, vai receber isso em retorno. É simples assim.

— Por sua emoção, parece ter gostado muito dele — interveio Amanda, que até aquele momento se refazia de seus reencontros, e agora, tomada pela emoção de Matheus, não conseguiu se manter quieta.

— Sim. Se ele tentou me prejudicar, o problema é dele, não meu. Eu não vou deixar de considerá-lo por isso. Eu gosto desse moço, fazer o quê? — confidenciou Matheus, levemente tocado.

Analis sorriu compreensiva:

— Na verdade, sua afeição por Cássio vem de muito tempo, fortalecida desde quando foram irmãos. Cássio, já naquela época, se mostrava muito egoísta, perdeu a herança e não mediu esforços para conseguir surrupiar a parte do irmão, no caso, a sua, Matheus.

— Como disse, a intenção ruim foi dele, não minha. E meu afeto por ele é genuíno.

Analis prosseguiu:

— Nessa vida à qual estou me referindo, Cássio morreu muito rico, mas doente, sozinho e arrependido. Reencarnou próximo a você para aprender a lidar com o que tinha em mãos, a valorizar suas conquistas sem cobiçar as do próximo. Infelizmente, ele se deixou levar pela ganância, não acreditando no próprio potencial do espírito, desejando conquistar tudo a qualquer preço. Ele não é mau. Não tem o coração ruim.

— O que será dele agora? — especulou Matheus.

Analis respirou fundo e concluiu:

— Sempre há tempo de mudar os caminhos, escutar a real vontade do espírito e fazer tudo acontecer a seu favor. Se quer saber — segredou Analis —, ele ficou profundamente mexido com sua morte.

— É?

— Sim. Chorou bastante, e ainda chora. Claro que na frente de Maíra e da família se faz de forte, finge que foi uma fatalidade, que a vida segue etc., mas ficou mexido, tocado. No fundo, Cássio o admirava e gostava de você, Matheus. Se ele se mostrar predisposto a mudar algumas atitudes, vai ter chances de montar um pequeno negócio, se casará com uma moça rica e terá dois filhos.

— O futuro dele já está traçado? — Matheus estava curioso.

— Não. O destino pode ser alterado a todo momento. Como disse, se Cássio continuar tocado pelo que aconteceu com você e reformular crenças e posturas, a vida dele tomará o rumo que acabei de descrever. Se não mudar, vai tomar outro. Tudo dependerá dele.

— O tal livre-arbítrio — considerou Amanda.

— Isso mesmo!

Matheus deu um passo e esticou o braço, tocando o ombro de Cássio. Instintivamente o rapaz parou de arrumar as gavetas e olhou para trás. Pensou no noivo da prima e sorriu. Com os olhos marejados, pensou: "Matheus, onde quer que esteja, queria muito que me perdoasse por ter tentado lhe passar a perna. Não fiz por maldade, mas porque não acreditava em mim. Sempre achei que você fosse mais, valesse mais. Vou sentir sua falta".

Matheus deu um tapinha no ombro do amigo e Analis fez um sinal com o queixo. Matheus deu um passo para trás, pegou na mão de Amanda e, orientados por Analis, fizeram uma oração e partiram do local.

Agora, no apartamento, vendo Maíra prestes a se jogar pela janela, Matheus não teve outra reação a não ser tentar conter aquela loucura. A força do seu sentimento foi tão grande que Maíra captou o pensamento dele. Abriu os olhos, espantada, olhou para baixo e balançou a cabeça. Gentilmente voltou a perna para dentro da grade, virou o corpo e voltou para a sala.

Matheus sentou-se a seu lado no sofá e iniciou uma longa conversa, sem que a moça pudesse ouvir, pois só chorava.

— ...Vontade de Deus, meu bem. Não acredita nEle? Confie e acredite que nada acontece por acaso. Sua vida continua, leva com você nosso filho. Ele será um homem muito bonito, inteligente. Honrará muito você e, mesmo sem me conhecer, me terá em seus pensamentos e em seu coração.

Ele disse isso e a beijou na testa. De repente, Maíra parou de chorar, respirou fundo, ergueu a cabeça e sentiu vontade de tirar as cortinas da sala. Fazia tempo que não tinha vontade para aquilo tudo.

Matheus sorriu e prosseguiu:

— A Terra é um local de reencontros, aprendizados, oportunidades fantásticas para conquistar a felicidade... Aproveite sua vida para fazer o melhor para si e para o próximo. Tenho certeza de que irá se apegar a seu ofício e por ele ter amor. Conseguirá salvar muitas vidas e se orgulhará disso. Terá um novo amor, por isso permita abrir seu coração para ele.

Dito isso, Matheus passou a mão carinhosamente na barriga de Maíra e ela fez o mesmo. As mãos se encontraram e uma luz brilhante se formou.

Depois, muito emocionado, Matheus olhou pelo apartamento, para Maíra ali, acariciando a barriga, vibrando pela vida que estava vindo, e juntou-se a Analis e Amanda. Deram as mãos e desapareceram num halo de luz.

Maíra percebeu naquele dia a importância de seguir com os propósitos de sua vida. Não atribuiu à visita de Matheus, pois desconhecia essa possibilidade, mas se sentiu aliviada por não ter caído do oitavo andar. No fundo, quando voltou da sacada, por alguns instantes se sentiu amparada, protegida, e isso a fez se emocionar ainda mais.

Quando retornou à casa dos pais, pediu ajuda ao pai para colocar o apartamento à venda, assim como os móveis. Não precisava mais daquilo para se lembrar de Matheus. Teria uma criança que faria Maíra lembrar-se dele por toda sua vida.

Matheus faria mais uma última visita ao planeta, no nascimento do filho. Mesmo sem ser visto, festejou o nascimento daquele espírito que muitas alegrias daria a Maíra. Riu muito, chorou bastante também. Depois de abençoar aquela vida recém-chegada, ele partiu.

Depois da licença-maternidade, Maíra passou a ver a vida com outro olhar. Com o dinheiro da venda do apartamento, comprou outro menor, perto do hospital. Tornara-se outra profissional, responsável, dedicada, vivendo somente para o filho, com a ajuda dos pais.

Esse perfil incomodava as amigas, que a consideravam bonita e jovem demais para cultuar aquele luto. Por indicação de uma delas, Maíra, por pura diversão, entrou num site de relacionamentos. Pensava em ficar alguns minutos, pois tinha um livro para estudar, referente a um curso que fazia para seu aperfeiçoamento no hospital. No entanto, ficou no site por horas.

> Maíra diz:
>
> Sou viúva. Na verdade meu noivo morreu pouco antes do casamento. Considero-me viúva. Tenho um filho.

> Lucas diz:
>
> Lamento muito.

Lucas estava de passagem pelo Brasil para uma reunião importante na academia. Estava separado havia alguns meses e não era adepto a essa ferramenta para se relacionar. Entrou por curiosidade, acabou se encontrando com Maíra e o papo rendeu horas.

> Maíra diz:
>
> Obrigada. Eu estava grávida dele quando sofreu o acidente. Houve uma mudança muito grande na minha vida, na minha forma de pensar, de aceitar as coisas como são. Aprendi o valor da vida, reavaliei atitudes e vi que poderia ser feliz como enfermeira. Engraçado que eu odiava o ofício.

Maíra riu com lágrimas nos olhos. Sentia-se tão bem naquela conversa, era um desabafo sincero.

> **Lucas diz:**
>
> As mudanças são sinais da vida querendo nos mostrar que podemos ser ainda mais fortes e melhores, capazes de superações incríveis!

> **Maíra diz:**
>
> É verdade.

Ela fez uma pausa, apanhou um papel que tinha na primeira gaveta da mesa que ficava em seu quarto. Secou as e lágrimas riu ao ler a frase seguinte:

> **Lucas diz:**
>
> Oi, você está aí? Desculpe-me, fiz você reviver momentos delicados de sua vida.

> **Maíra diz:**
>
> Estou aqui. Não. Sem traumas, dramas... Faz parte da minha história. E você? Me fale um pouco de você. Disse que não mora no Brasil, mas é brasileiro? Se não é, já adianto que se comunica bem em português.

Maíra escreveu isso porque estava ciente das orientações que uma amiga experiente em relacionamentos pela internet lhe dera sobre o risco das mentiras.

> **Lucas diz:**
>
> Sim, sou brasileiro.

O moço cortou, sobrepondo sua frase na tela do computador.

> **Lucas diz:**
>
> Eu me julgava bem casado, e me casei por amor, daquele que a gente pensa ser para o resto da vida. De repente, me vi passar pelos trinta anos estacionado profissionalmente, sem chances de crescimento e num casamento que não animava mais meu coração. Ela era fantástica, mas possessiva ao extremo. Começou com um ciúme danado, muitas cobranças e fui deixando de amá-la. Fui honesto comigo naquele momento.

Ao escrever, Lucas se lembrou de Ney. Dito isso, ele parou de digitar.

> **Maíra diz:**
>
> Se preferir, podemos falar de outro assunto.

Mas Lucas prosseguiu escrevendo, sentia-se bem em comentar sobre sua história.

> **Lucas diz:**
>
> Nas vésperas de nosso divórcio, já vivendo em Buenos Aires, prestes a voltar para o Brasil para oficializar nossa separação, fui surpreendido pela notícia de que ela havia falecido.

> **Maíra diz:**
>
> Meu Deus!

Maíra pensou em questioná-lo sobre a idade e o motivo do falecimento da moça, mas se conteve. Deixou que ele se expressasse livremente.

Lucas diz:

Ela tinha ficado sócia de uma academia, e uma das cláusulas intitulava o cônjuge como seu herdeiro. Como não havíamos oficializado o divórcio, um tio dela e grande amigo meu, me incentivou a correr atrás disso. Resumindo a história, hoje sou dono dessa academia.

A partir daí o papo fluiu. Em determinado momento abriram a câmera, se desculparam pelos rostos, reflexos dos momentos emotivos. Maíra fizera todo um preparo antes de abrir a webcam.

Ela tirou o pijama surrado, depois ficou em dúvida entre vestir uma camiseta ou uma camisa. Decidiu pela última, mas não tirou a calça do pijama. Olhou-se no espelho, prendeu os cabelos no alto da cabeça, mas quando abriu a câmera, os fios estavam soltos e o rosto levemente maquiado. Fez tudo rápido, derrubando alguns objetos, com receio de que Lucas desistisse.

Lucas diz:

Você dorme assim? Linda!

Os dois começaram a rir. Tiveram a sensação de já terem se visto, mas não houve recordação imediata. Maíra cortara e tingira os cabelos, ele tinha os cabelos mais grisalhos.

O tempo! Foi Maíra quem olhou o relógio e viu o quanto era tarde. Ele pediu seu telefone e ela lhe deu, mesmo ouvindo a amiga, como se estivesse ao seu lado, orientando-a a não passar nenhuma informação pessoal.

Maíra se divertiu, deu seu telefone e não se preocupou em pedir o do rapaz. Quando amanheceu, saindo de casa para o trabalho, toda arrumada, cabelos molhados, com o filho chamando-a no hall do elevador, pois o deixaria na escola, parou tudo para ler a mensagem que tinha no celular. Número desconhecido.

A mensagem era curta, mas significativa, de tocar o coração, de fazê-la se sentir viva como havia muito tempo não se sentia. Era Lucas convidando-a para um jantar.

Ela, antes de responder, contou tudo para a amiga, em detalhes. A amiga, que se gabava de ser experiente em relacionamentos pela internet, a aconselhou a não responder, a deixar para o dia seguinte. Maíra, logo depois do conselho, se trancou no banheiro do hospital e respondeu a mensagem aceitando o convite. Seguiu seu coração.

Em poucas semanas já estavam vivendo um romance. Riram muito ao se lembrar dos encontros no hospital.

— Você quase matou Amanda, minha esposa. Depois por pouco não perdi o braço — comentava Lucas, se divertindo com a coincidência quando ele foi buscá-la no hospital, no segundo encontro.

— Aquela Maíra não existe mais — comentou séria, com os olhos em lágrimas.

Ele a abraçou e afagou seus cabelos. Depois a olhou fundo e a beijou. Por fim, Lucas anunciou que teria que voltar para a Argentina. Seus negócios, uma fazenda de gado, exigiam sua presença. Além do mais, era lá que se sentia em casa. Por isso, apaixonado pela enfermeira, convidou-a para viver aquela história de amor naquele país, a seu lado.

Maíra passara a noite em claro. Acompanhá-lo seria revolucionar sua vida, sua carreira, afetaria a vida do filho. Optou por não ir, pois estava, naquele momento, envolvida profissionalmente, a um passo de uma vaga importante. Preferiu escolher o ofício. Foi um rompimento amistoso, de beijos e abraços calorosos. Sabiam que a distância não sustentaria aquele romance.

E assim seguiram suas histórias. Quando o avião pousou em Buenos Aires e Lucas desembarcou sorridente em sua fazenda, Maíra foi anunciada a nova enfermeira-chefe do hospital. Ela chorou muito, emocionada com a vida nova, cheia de oportunidades, e seus caminhos surpreendentes.

Exatamente um ano mais tarde, ela começaria um romance com um rapaz que conhecera no hospital, prova de que a vida é uma sequência de acontecimentos sem fim, que está na mão de cada um dirigir o próprio destino.

Maíra teve mais uma filha, fruto desse relacionamento, e sentia-se enriquecida e grata pelo que a vida vinha lhe oferecendo.

Lucas, por sua vez, tivera uma vida recheada de amores e dores. Por conta das surpresas da vida, entre o casamento com Amanda e o segundo, tivera um breve envolvimento amoroso com Maíra. Sim. Lucas caiu de amores pela enfermeira que fora responsável por ele quase perder um braço.

Lucas mantinha, na varanda da sua grande casa, retratos de todos os que amara, as grandes recordações de sua vida, inclusive uma foto muito bonita de Maíra abraçada ao filho. Respeitou e seguiu as vontades de seu espírito e, por isso, foi um homem realizado e feliz.

Capítulo 31

Ney estava dormindo. Já amanhecia e ainda estava ligado à cidade astral onde Amanda vivia. Estava caminhando pelo gramado amplo, margeado por um lago em que, ao se observar sua extensão, era possível ver ao fundo a cachoeira com uma queda de água fascinante. Tudo era muito colorido, limpo, banhado pelo que de mais belo a natureza pudesse oferecer.

— Já sei que este será o nosso último encontro.

— Eu sempre serei agradecida por nosso reencontro. Soube que foi meu pai em outra vida. Vivemos em Paris, fomos de família rica!

— Um dos nossos encontros. Por isso a nossa grande amizade e afinidade sempre que nos aproximamos.

Amanda fez uma pausa e disse:

— Saiba perdoar. Você sempre me ensinou isso, agora terá que colocar em prática. A verdade pode lhe trazer revolta, mas precisará se lembrar de toda a teoria que me ensinou.

— Por que diz isso?

— Você sempre deixou essas perguntas soltas no ar quando fazia suas profecias sobre minha vida — divertiu-se Amanda ao beijá-lo no rosto. — Saberá o momento, pode ter certeza disso. Obrigada por tudo. Quero tê-lo sempre por perto nas próximas experiências. Eu o tenho como mestre e, acima de tudo, como um grande amigo.

— Foi eu quem muito aprendeu a seu lado.

Disse isso e a beijou no rosto suavemente, seguido de um abraço forte, que Ney ainda sentiu ao acordar. Passou a manhã com uma sensação boa, sentindo-se bem. Estava em sua casa e pensava se aceitava ou não uma oferta da faculdade para dar palestras. Estava tentado a aceitar. Foram anos de glória quando lá trabalhou.

Felipa chegou nesse dia de decisão para Ney. Chegou sem avisar, de mala e tudo.

— Por que não me avisou que estava vindo?

— Agora preciso de autorização para ver meu irmão?

— Poderia ter ido buscá-la.

— O táxi o poupou disso. Aceito um café, aquele que você faz melhor que eu — pediu rindo enquanto via o irmão acomodar sua mala no canto da sala.

— Sonhei com Amanda. Foi tão bonito nosso encontro. Só não me lembro o que conversamos.

— Sonhos são bobagens — afirmou Felipa, não querendo revelar que tivera a sensação de ter sentido Amanda por perto. E como se sentira bem naquele dia! Uma sensação de reencontro.

Minutos depois, mesa posta, Ney e Felipa saboreavam bolos, torradas, café, suco, tudo cuidadosamente preparado pelo dono da casa.

Durante a conversa, Felipa tocou no assunto que lhe levara até ali, que vinha remoendo por anos, mas sobre o qual só agora se sentia encorajada a falar. Então, começou assim:

329

— Não posso reclamar da vida e aprendi isso com você. Embora tenha sofrido fortes perdas, também fui agraciada pelas conquistas.

— Que bom que pensa assim. Mais café? — perguntou, já servindo a xícara da irmã.

— Tê-lo como irmão ainda foi meu melhor presente da vida. Muito generoso, me deu o dinheiro da apólice de seguro que Amanda deixou para você e ainda orientou Lucas a tomar conta da sociedade da academia, o que me rendeu uma participação. Sou muito grata a você, meu irmão, que colaborou para que isso acontecesse.

— O que é isso agora, Felipa Bianco? Está pra morrer? Que tanto agradecimento é esse? Veio se despedir? Podia ter feito por telefone... — falou isso feliz em ver a irmã sorrindo. — Já provou do bolo? Está bom demais. Não fui eu que fiz, comprei pronto na padaria. Veja que espetáculo! — indicou, colocando um pedaço generoso no prato da irmã.

— Depois de tudo que eu fiz, fico pensando se sou merecedora...

— Remorso essa hora da manhã, não, Felipa! Recuso-me.

— Foi pensando em sua felicidade que fiz o que fiz — falou com voz embargada.

— Minha felicidade? Então o que fez foi para me ver feliz? Não imaginava isso!

— Sim, era viúvo — prosseguiu sem dar importância à ironia na voz do irmão. — Sei o quanto amava a Linda...

— Linda estava morta! Fomos felizes, sim, tivemos um casamento legal, sem filhos, muitas viagens, mas eu tinha uma vida pela frente — desabafou.

Havia anos se recusava a falar sobre aquele assunto, mas Felipa o provocava, tocando no passado, e ele não conseguiu se conter.

330

— Você não estava no caminho certo — disse Felipa.

— E quem é você para questionar o meu caminho, as minhas escolhas? Sou dono de mim, e qualquer consequência das minhas escolhas cabe somente a mim e a mais ninguém.

— Era professor de uma conceituada universidade da cidade e se envolveu com seu aluno. Um escândalo! Acabaria com seu prestígio, o reconhecimento que construíra durante anos iria para o ralo!

— Prestígio, aliás, que não deixou de existir, não fui hostilizado por isso. E o Ariel não era mais meu aluno, havia sido, mas cursava engenharia quando.... Nem sei por que estou lhe dando satisfação.

— Imagine a nossa família em Ribeirão saber disso, de você com outro homem!

— E daí?! Nunca me importei com a opinião dos outros, porque sou um espírito livre!

— As pessoas são maldosas, falariam, já imagino o falatório da família em Ribeirão...

— Felipa, sabe o que me entristece? É a importância que dá para os outros. É se preocupar com o que vão achar... — fez uma pausa, controlou a respiração.

— Você nunca se preocupou se eu estava feliz. Jamais se importou com a minha felicidade. Prevaleceu estar dentro do que a sociedade, os outros entendem como certo. Hipocrisia pura!

— Nossa família em Ribeirão...

— Que família, mulher?! — saiu como um grito.

— Aquelas duas tias, uma surda e outra que não enxerga mais? As duas almas presas numa casa de repouso e esquecidas pelos parentes? Nem me fale dos primos, que esses a gente não vê desde o enterro de nossa avó no século passado. Pelo que sei, nunca retornaram com agradecimentos pelos cartões de Natal que você postou.

— Você iria sofrer.

— E não sofri com o que aconteceu? Você pegou emprestado dinheiro meu, com uma mentira, e o deu ao Ariel para ele ir embora. Simulou que eu estava desistindo dele, que ele poderia ser feliz em outro lugar. Nunca mais o vi. Nem sei para onde você o mandou. Eu o procurei tanto, sem respostas.

— Inglaterra.

— Era o sonho dele — revelou, emocionado.

— Pelo menos alguém deve ter ficado feliz com tudo isso. E não digo que foi ele, realizando esse sonho... esse alguém foi você.

— Fiz o que achei melhor pra você — revelou numa voz baixa, com lágrimas nos olhos.

— Obrigado — falou ironicamente, batendo palmas. — Você me fez muito feliz. Deve ter visto o quanto! — parou de falar e prosseguiu num tom de voz baixo, sentido: — Não entendi o propósito de vir aqui e esmiuçar esse passado que faço questão de não reviver.

Felipa, encorajada, levantou-se e foi até sua mala. Depois de enfrentar a dificuldade para abri-la, tirou dela alguns envelopes e os entregou ao irmão.

— São as cartas do Ariel — revelou ao ver o irmão olhando cada uma delas, como se fosse uma criança ao desembrulhar um presente. — Ele não saiu do Brasil, não foi para a Inglaterra.

— Como assim? Ele não foi embora? Por que o Ariel não me procurou? E essas cartas? — estava alterado. — Fala, Felipa, o que aconteceu que me escondeu por todo esse tempo?

— Ele estava desesperado com o término do relacionamento de vocês. Resolveu não só aceitar a passagem para a Inglaterra, como também levar com ele drogas.

332

— O que está falando? Ele não era de drogas, não fazia nem apologia ao uso...

— Não tenho nada com isso. Ele conseguiu com um suposto amigo o negócio. Estava desnorteado. Queria dinheiro para estudar lá e voltar bem para reencontrá-lo. Achava que você o estava deixando por isso, pelo abismo que havia entre vocês dois.

— Fico imaginando o que não deve ter dito para esse menino pensar isso.

— Só que Ariel foi preso no aeroporto — falou rápido Felipa, com receio de não ter coragem para revelar.

— As cartas foram enviadas por ele da cadeia.

— Meu Deus, Felipa, por que me escondeu isso? Ariel foi preso?!

— Não queria ver você sofrendo, visitando um condenado, prendendo sua vida a uma pessoa sem futuro, que lhe traria sofrimento. Ele pegou muitos anos de prisão.

— E não me faz sofrer depois de tudo isso? Não posso acreditar nisso — dizia enquanto abria, desesperado, uma carta e outra, lendo alguns trechos delas.

— E como sabe de tudo isso? — estava tão abalado que não notara o óbvio.

— Na época em que se conheceram, você passava uma temporada lá em casa, por isso comecei a receber as cartas...

— E, claro, estão todas abertas. Leu todas e me escondeu a verdade.

— Por amor, meu irmão. Por amor! — falou ao se aproximar dele e abraçá-lo pelas costas. — Queria protegê-lo.

— As pessoas são livres, têm o direito de viver seus sentimentos e ser respeitadas por isso — disparou. Desfazendo-se do abraço forte da irmã, e já de frente para ela, falou: — Como deve sofrer lá, sozinho. Tantos anos! Eu vou atrás dele, e você não ouse me impedir, Felipa.

Felipa não conseguiu segurar as lágrimas e nada disse, apenas fez um gesto positivo para o irmão, como se assim consentisse que ele fosse ao encontro de Ariel.

Naquele mesmo instante, com as cartas nas mãos, Ney sentou-se no sofá e fez três ligações, o bastante para conseguir contatos até chegar ao presídio em que Ariel estava.

Já fazia planos de visitá-lo, de mudar de cidade para ficar próximo dele, contratar um advogado que pudesse auxiliá-lo, quem sabe aliviar sua pena. Quantos anos haviam se passado? Como estaria? Ariel o perdoaria pelo desencontro?

Quando foi atendido no presídio, num telefone que conseguiu por meio de um amigo, direto com o diretor, deu o nome completo do rapaz e esperou por alguns minutos. Seu sorriso foi desaparecendo diante do que ouvia, as lágrimas desciam pelo rosto. Depois, numa voz triste, agradeceu e desligou o telefone.

— Ele foi transferido? Está em liberdade? — arriscou Felipa, que acompanhava o sofrimento do irmão. — O que aconteceu?

— Ele morreu — revelou, forçando um sorriso enquanto as lágrimas caíam. — Tem champanhe na geladeira, pode apanhar para estourar. Você venceu, Felipa Bianco.

Felipa sentou-se no sofá e apoiou a cabeça do irmão em seu colo. Afagou-o com o olhar distante, comovida e lamentando tudo aquilo.

— Felipa, acho melhor me deixar sozinho. Preciso retomar minhas lembranças. Vinha me alimentando delas e era feliz assim.

Felipa, sem dizer nada, levantou-se, apanhou sua mala e saiu. Pôde, do quintal da casa, ouvir o choro do irmão. Estava, de fato, arrependida por tudo que fizera.

334

Depois de meses sem ver Ney, com quem Felipa mantinha contato apenas por telefone, ela estava em uma ligação com ele. Ney não deixou de falar com ela, não tocara mais no assunto, continuava com seu jeito espirituoso. Contou as novidades, entre elas que voltara à faculdade, desta vez não como professor, mas como palestrante, e que, de certa forma, voltara a se sentir vivo.

Foi naquela ocasião também que Bruno anunciou seu casamento e a mudança de cidade. Não se preocupou em deixar a mãe sozinha, em retribuir tudo que ela fizera por ele. Filhos!

Felipa soube da novidade assim, o filho falou rápido, por telefone, já informando que a buscaria para a cerimônia dali a um mês.

Felipa desligou o telefone sentida. Tomou um copo de água depois de muito chorar. Pôs o copo na mesinha de centro da sala e encostou o corpo numa almofada. Sentiu o braço adormecer, uma forte dor no peito. Levantou-se cambaleando e sentiu o corpo cair, sem equilíbrio, no meio da sala. Lembrou-se, antes de perder a consciência, do que o irmão lhe falara: "Fique se apoiando muito nos outros que um dia você pode cair. Seja firme, dona de si!".

"Ele estava certo, cadê sua família, Felipa?", ela se perguntou em pensamento e fechou os olhos.

Quando acordou, estava no hospital, com Ney a seu lado, sorrindo.

— Quase se foi, hein? — brincou, segurando a mão da irmã.

— Como vim parar aqui? Estou no hospital — constatou com a língua enrolada.

— Como diz Blanche Dubois, a fascinante personagem criada pelo dramaturgo Tennessee Williams em *Um bonde chamado desejo*: "Eu sempre dependi da bondade

335

de estranhos". Se não fosse sua vizinha, minha querida, acho que estaríamos velando seu corpo.

Felipa, com dificuldade, acabou rindo. Ficou sabendo de seu estado de saúde delicado, e que não poderia ficar sozinha, precisava de cuidados constantes.

— Meu Deus, o que vai ser da minha vida?

— Daqui vai direto para Ribeirão, viver com a sua família do coração. Não tenho como ficar com você, minha irmã.

Felipa nada disse, deixou escapar uma lágrima pelo canto dos olhos.

— Fique tranquila que não vou abandoná-la, minha irmã. Vou visitá-la e farei de tudo para não lhe faltar nada. Anime-se, o Bruno já me falou do casamento. Você vai entrar com ele, nem que seja de cadeira de rodas — brincou, não querendo revelar que a futura nora se recusara a cuidar dela, assim como não quisera visitá-la, pois, como ela mesma havia dito, não suportava hospitais.

Ney ficou por ali mais um pouco, até anunciar que iria comer algo e voltaria. Felipa, quando o viu tocar a maçaneta da porta, chamou-o de volta. Com dificuldade, pegou a mão do irmão e disse:

— Eu te amo, meu irmão.

— Eu também, Felipa Bianco, apesar de tudo — falou isso e beijou a mão dela.

Depois saiu e, no corredor, chorou muito. Recordou sua vida, os sorrisos que viu, as lágrimas que secou, os amores que viveu, os abraços calorosos que aqueceram seu coração.

Ney estava feliz, apesar de tudo, como ele mesmo falava, pois a vida era maravilhosa. Era feliz com suas palestras e suas lembranças. Depois do casamento de Bruno, viajaria para a Argentina, a convite de Lucas.

Estava precisando de uns dias longe para entender melhor os últimos acontecimentos.

O espírito de Ariel estava perto dele, emocionado. Ele envolveu Ney com um abraço e lhe desejou sorte. Depois partiu.

Ney seguiu num bem-estar indescritível.

Capítulo 32

Alice estacionou o carro em frente ao cartório dez minutos antes do horário combinado com Allan. De dentro do carro, ela pôde vê-lo na porta do prédio antigo, instalado numa rua movimentada, agitada pelo vaivém das pessoas ocupadas com suas vidas.

Quando percebeu que fora notada, Alice retribuiu o sorriso para Allan que, de onde estava, acenou. Não podia questionar, o tempo fora generoso com ele, tornara-o um homem atraente, forte, elegante. Estava bem-vestido, de terno e gravata, mesmo com o calor que fazia. Usava óculos escuros que realçavam o ângulo de seu rosto. E também usava o mesmo perfume marcante que sentira da última vez que o vira.

Ao vê-la perto dele, Allan fez questão de beijá-la no rosto, demonstrando, diferentemente do primeiro encontro, certa intimidade.

Dentro do cartório, seguiu a burocracia habitual. Vez ou outra, Alice apreciava o rosto de Allan, admirava seu papo. Divertiram-se com a coincidência de terem vivido em Belo Horizonte, frequentado os mesmos lugares e nunca terem se encontrado.

— É muito grande a cidade. Pode ser até que passamos um pelo outro e não nos vimos — comentou ele.

"Não, eu me lembraria de você em qualquer momento ou lugar que o visse. Pode ter certeza disso. Ter aceitado ir para Belo Horizonte foi a chance que pensei ter para reencontrá-lo", ela pensou.

Após todo o procedimento burocrático, colhidos os documentos assinados, autenticados para requerer o valor da indenização, os dois saíram do local. Foi Alice quem propôs estenderem para um café, e ele não rejeitou o convite.

Como havia chegado lá de táxi, pois estava atrasado para localizar o endereço do cartório e levaria muito tempo dirigindo, Allan partiu para o café no carro de Alice, que guiou pelas ruas paulistanas mostrando as belezas da cidade.

— Estou em boas mãos. Como você já conhece esta cidade! Parece ter nascido nela. Eu confesso que só estive aqui a negócios.

Alice apenas riu e continuou a narrativa do que mostrava, apontando para parques, praças, museus...

Já no café, acomodados numa mesa que ficava ao lado da janela, visualizando a movimentação da rua, o papo entre os dois foi longe, por horas, sem perceberem.

— Me fala da sua infância — pediu Alice, curiosa para saber até onde ia a memória dele. — Falou que era de Belo Horizonte, mas foi grandinho pra lá...

— Sim — respondeu Allan depois de depositar a xícara no pires. — Sou de uma cidade do interior de Minas Gerais, estudei na escola em que Yoná era diretora. Aprontei muito naquela escola...

— É mesmo? Foi um garoto levado? — especulou.

— Muito — fez uma pausa e abriu um sorriso que contagiou Alice.

— Do que está rindo? O que de tão divertido trouxe esse sorriso...

— Me lembrei de uma menina que estudava lá. Coitada, a gente judiou muito dela. Era gordinha, usava uma saia rodada, usava tranças às vezes...

— Nossa, foi marcante, lembra-se bem dela.

— Foi a nossa diversão — falou e se arrependeu, pois percebeu o rosto de Alice contrariado. — Quer dizer, rimos muito. Ela era muito bobinha, apaixonada por mim.

— Coitada, não ficou com dó?

Ele desatou a rir e ela lhe fez mais uma pergunta, mas sua vontade era de se levantar e partir dali.

— O que foi feito dela, não soube mais?

— Da gordinha? Nunca mais. Deve estar do mesmo jeito, gorda, casada e cercada de filhos.

— Ou não. As crianças, quando querem, são muito maldosas.

— Éramos crianças. Só estávamos nos divertindo. Me conta, você também estudou por lá, não foi? Pelo que Yoná me contou, sua família também era da região. Fomos para Belo Horizonte, mas minha mãe nunca perdeu a amizade com Yoná. Ela, inclusive, chegou a nos visitar com a Isabela, mas eu estava em viagem fora e não cheguei a vê-las. Você estudou lá também?

"Então ele não me reconheceu!", pensou Alice, depois respondeu:

— Sim, estudei na cidade, mas, como você, também fui para Belo Horizonte assim que tive oportunidade, por conta de trabalho...

Assim o papo seguiu, e Alice, cuidadosa, se esquivou da infância, passou para a fase adulta. Contou-lhe tudo, inclusive sua chegada a São Paulo, o casamento com Márcio, o relacionamento feliz até descobrir a traição.

— Eu me casei, me separei, tenho duas filhas — contou Allan, revelando um homem que Alice gostou de conhecer, sensível, que deixou demonstrar seus medos, seus sentimentos. — Eu amei muito aquela mulher, mas o ciúme nos afastou — revelou, por fim, com olhos lacrimejantes. — Nem tudo sai como planejamos, não é mesmo? Já faz um ano que nos separamos, e não foi nada amistoso.

Falou ainda dos problemas com a sogra, que torcia pela separação por não confiar nele, do amor que ele tinha pelas filhas. E a conversa se estendeu para a carona até o hotel onde estava hospedado, mas acabou que depois dos risos veio o silêncio, a troca de olhares, o beijo.

Alice recebeu o convite para entrar, subir para um drinque, mas recusou com a justificativa de trabalho, alguns detalhes da mudança. Ele, educado, mesmo que sua vontade fosse ficar ao lado dela, desceu do carro sorridente, agradecido pelo café, pela conversa animada.

No dia seguinte, quando acordou, Alice teve a surpresa de ver em seu portão o carro de Allan estacionado. Sorrindo, ela foi até ele.

— Procurei encontrar as mais variadas desculpas para revê-la — falou depois de descer do carro e guardar os óculos escuros no bolso da camisa com uma das mãos, enquanto na outra havia um buquê de flores. Não estava de terno, e isso o tornava mais belo e jovial.

Alice não estava diferente dele, num vestido florido que marcava o contorno de seu corpo, cabelos molhados sobre os ombros, ainda com o perfume do sabonete.

No momento que recebia dele as flores, foi surpreendida por um beijo. Dali, eles entraram na casa sem falar nada, abraçados, beijando-se, deixando-se envolver pelo momento.

341

A semana seguiu. Allan não deixou de visitá-la, e também não deixaram de fazer turismo pela cidade. Foi tudo tão rápido e intenso que a despedida foi sofrida. Tinham suas vidas em cidades diferentes, presos aos mais variados compromissos, não podiam se assumir e nenhum dos dois queria isso para suas vidas.

Ao chegar a essa conclusão, sentiram-se maduros e certos de que o que havia acontecido tinha seu significado, mas não poderia ser eterno.

Alice o levou até o aeroporto. Despediram-se com abraços e beijos suaves, sem compromisso, sem nada combinado. Allan ainda tentou falar em se reverem, mas Alice foi categórica. Não queria nenhum relacionamento sério. Ainda se recuperava da traumática experiência para já querer viver algo intenso, a que pudesse, de novo, se entregar.

— Allan — chamou Alice ao vê-lo se dirigir ao embarque. — Estava me esquecendo. São presentes para você e o meu agradecimento por voltar à minha vida. Estou muito feliz com o reencontro.

— Fala como se já nos conhecêssemos — disse num tom divertido ao receber os presentes.

— Como lhe disse, acredito que já nos vimos anteriormente.

— Em outras vidas? Eu também acredito nisso.

Alice apenas riu, depois comentou:

— Acho que a camiseta servirá. A cor realça a sua pele — disse isso e o encarou.

Allan a sustentou por alguns segundos com o mesmo olhar, depois falou animado:

— Obrigado. Vou guardar com o maior carinho. Tem um livro também! Nossa, estou feliz. Vou ler na viagem — ele começou a desfazer o embrulho e foi por ela interrompido.

342

— Abra no avião. Posso não aguentar ao vê-lo fazer isso — pediu Alice.

— E eu não comprei nada para você. Peço desculpas pela correria...

— Você me deu o primeiro amor. Isso basta para eu entender que o tempo passa e que o coração é apenas um vulcão que pode entrar em atividade a qualquer momento. Obrigada, querido. Você sempre será muito importante para mim.

— Despedida mesmo? — questionou, sem entender bem o que ela dizia. — Acho que poderíamos...

Alice, emocionada, o interrompeu:

— Agora vai, já fizeram mais uma chamada. Ainda tem que passar pela revista. Não quero você perdendo o avião por minha causa — disse isso e o abraçou mais uma vez, permanecendo colada ao seu corpo, sentindo seu calor, seu perfume, e depois apreciando seu sorriso quando ele se distanciou andando de costas e entregando a passagem a um agente.

Acomodado no avião, antes de partir, Allan apreciou a camiseta. Realmente gostara da cor, do modelo, era o seu número. Depois partiu para o livro. Logo nas primeiras páginas viu um bilhete, escrito à mão, uma letra conhecida, mas não conseguiu identificar de imediato.

De início não entendeu, falava de uma menina apaixonada, do seu primeiro amor, dos seus sentimentos, da superação diante da rejeição, o quanto fizera para ser ainda melhor e chamar a atenção do amado. Por fim, assinava: Tiiiiibuuuummm.

Nesse momento o avião decolou. Allan sentiu um misto de confusão, surpresa, vergonha. Pegou o celular, mas a aeromoça pediu que desligasse.

"Ainda vamos nos reencontrar, ainda vamos, e vou me desculpar por tudo", ele pensou.

343

No aeroporto, Alice virou as costas e seguiu em direção ao estacionamento sem olhar para trás. Para ela, aquela história acabava ali. Seguiu a vida feliz. Mudou-se dois dias depois, acomodou-se bem no apartamento

A partir de então, as mudanças começaram a acontecer em sua vida. Casa nova, vida nova, postura nova e alegria de viver. Perdera a irmã, o casamento, o sonho de amor da juventude, mas sentia-se mais forte, mais segura, mais decidida.

Fez contatos com comerciantes da região para vender seus doces e salgados e em pouco tempo sua cozinha ficou pequena; alugou um salão, equipou-o com máquinas industriais e contratou duas moças para auxiliá-la.

A fama da sua boa comida logo se espalhou, ganhou uma pequena matéria num jornal de bairro e um jornalista, fascinado pela combinação de sua simpatia com seus quitutes, teceu elogiou para um amigo que era editor de uma revista e também especialista em culinária.

Bastaram dois encontros e o editor abriu espaço para Alice escrever uma coluna mensal. Quando questionada sobre o nome da coluna, isso numa reunião com a alta cúpula da editora, graciosa, ela sugeriu:

— Dicas da Tibum! É isso!

Ela logo percebeu, ao ver os sorrisos dos presentes, que havia agradado, e tratou de contar, depois de questionada, o motivo daquele nome.

— Foi um apelido carinhoso do meu primeiro amor — falou isso firme, sorridente e se sentindo, pela primeira vez, livre daquele estigma que a acompanhara por um longo tempo de sua vida. Por que não transformar o sentimento e tirar proveito disso? Sentia-se tão feliz!

A coluna *Dicas da Tibum*, recheada das mais variadas e apetitosas receitas de doces e salgados, agradou em cheio não só a mulheres, como a revista esperava, mas a homens também, porque a moça não registrava na coluna só receitas, mas acrescentava, além do amor pelo que fazia, divertidos conselhos como resposta aos diversos e-mails que recebia.

Alice preparava pratos simples e saborosos para solteiros, para agradar no primeiro encontro, para receber a sogra, apontava com humor o prato ideal para cativar o sogro pelo estômago e convencê-lo de que era o pretendente certo para casar-se com sua filha. Por fim, tudo era feito com tanto carinho e dedicação que, além dos leitores, também atraiu o interesse de uma emissora de televisão. Ela aceitou prontamente o convite.

Alice só não esperava, na emissora de televisão, o atrito logo no primeiro contato com o famoso Murilo Marco, diretor da atração. Era um homem de idade próxima à sua, embora seus cabelos tivessem ficado precocemente grisalhos. Ele era alto, magro, mas tinha um porte elegante, pois seus ombros eram largos, o tórax avantajado, fruto da prática de natação diária desde a adolescência. Era um homem de voz e gestos fortes e olhos negros, profundamente negros.

No final da primeira semana de gravação, depois de rebater algumas provocações, Alice compareceu à sala dele disposta a desfazer o contrato e arcar com as multas. Não estava precisando se expor daquele jeito, estava se sentindo humilhada.

Foi uma conversa dura, na qual ela conteve a vontade de chorar, pois não admitia mostrar-se frágil na frente dele. Ela falou tudo o que estava sentindo, o quanto não gostava da postura profissional dele, o quão arrogante ele era. Falou, falou, e Murilo permaneceu quieto, sentado em sua cadeira, ouvindo, ora com ar de riso, que a deixava ainda mais irritada, com a boca trêmula, ora distante, com os olhos negros fixos no porta-retrato digital no qual circulavam fotos suas com amigos.

Quando a viu silenciar, virar as costas e colocar a mão na maçaneta da porta, certamente decidida a nunca mais vê-lo, ele se manifestou com uma voz forte, mas também atraente, que a fez estremecer:

— Me falaram de uma mulher forte, decidida, que já suportou muita coisa na vida, mas se manteve em pé e ainda mais vibrante e alegre. Por isso aceitei dirigi-la. Não acredito que irá desistir assim, tão fácil. Se sair por essa porta, desistindo do programa, só vai enaltecer meu ego. E, se quer saber, é o que mais quero, porque o meu forte é programa esportivo, e em nada me agrada...

— Quem disse que vou embora, que vou desistir? Até quarta-feira.

— Sete da manhã aqui — foi o que disse aumentando a voz, como se assim pudesse alcançá-la já no corredor.

No mesmo dia, horas depois, quando já estava em casa, preparando um texto para a coluna *Dicas da Tibum*, Alice recebeu rosas e chocolates de Murilo Marco.

Ela apanhou o telefone, contratou um mensageiro e devolveu os presentes. Três horas mais tarde, quando o interfone tocou, Alice atendeu o porteiro, anunciando nova entrega.

— Disse que é urgente, da emissora, dona Alice — o porteiro estava se sentindo desconfortável com a situação.

— Está bem — disse ela depois de um longo suspiro. — Pode mandar o moço subir com a encomenda.

Duas batidas na porta e ela foi abrir. Alice ficou surpresa ao ver Murilo Marco na sua frente, com flores, chocolates e um sorriso.

346

— Mandei entregar, mas parece que tiveram problema com o endereço — falou entrando no apartamento, colocando os presentes sobre a mesa de vidro.

— Não foi isso, eu que...

— Bonito seu apartamento. Tem bom gosto — interrompeu-a com o elogio e sem se importar com a irritação de Alice.

— Eu recebi, só que...

Murilo não a deixou completar. Deu um passo largo, aproximou-se do seu rosto a ponto de ela silenciar e sentir o perfume do seu hálito. Aquela sensação a fez fechar os olhos. Ele apenas disse bem baixinho, com os lábios quase colados nos de Alice:

— Sabia que gosta disso? — sussurrou ele, enquanto sustentava o olhar negro sobre os dela, que abriam lentamente, e, na sequência, saiu rindo. Já na porta, antes de fechá-la, disparou: — Não precisa agradecer. São meus pedidos de desculpa — fechou a porta e, segundos depois, a abriu novamente, completando: — Fiz uma reserva para jantar amanhã comigo. Pego você às oito. Não se atrase. Atraso é deselegante.

Alice ficou paralisada ao ver a porta fechada, depois respondeu, como se ele pudesse ouvi-la:

— Eu não vou! Quem pensa que é? Sujeito abusado!

Alice não só foi ao jantar, como aceitou o beijo, o passeio de carro pela madrugada paulistana, os outros convites que surgiram, viagens, uma delas ao Rio de Janeiro para receber um prêmio pelo programa. Também aceitou o pedido de casamento de Murilo, enquanto ele segurava com carinho as mãos dela, sentados sobre as pedras do Arpoador, vento morno e suave no rosto, admirando o pôr-do-sol num belíssimo entardecer.

Um mês depois, Alice, vestida de noiva, linda, em frente ao espelho, chorou por não ter a irmã por perto para compartilhar aquele momento, mas logo sorriu e agradeceu pela vida e suas boas surpresas.

Cristiane, emocionada, compartilhou a felicidade da irmã e a beijou no rosto. Depois partiu.

Capítulo 33

Yoná não ficou feliz com a morte de Cristiane. Embora não gostasse dela, nunca desejou esse fim para a moça. Chorou também com a notícia, pelo filho, pela neta. Como dar a notícia para Isabela?

Não foi fácil. Foi um dos momentos mais delicados que tivera de enfrentar em sua vida, pelo menos foi o que sentiu ao falar para a menina e sentir seu corpinho trêmulo, suas lágrimas escorrerem livremente. Depois a menina lhe disse algo que a comoveu ainda mais e a fez chorar por um bom tempo.

— Promete que não vai me deixar também, vovó? Promete?

— Meu amor, claro que não vou morrer. Não agora — abraçou a menina querendo ter o poder de amenizar aquela tristeza, aquele sofrimento.

A partir daí, deu a Isabela mais liberdade, procurou falar bem de Cristiane, do amor de seus pais.

"Talvez se eu tivesse aceitado, deixado que vivessem suas vidas, o amor, nada disso tivesse acontecido", pensava Yoná com culpa.

Uma noite, cerca de uns dois anos depois, ela teria um sonho com Cristiane que a tocaria profundamente.

— Você não tem culpa de nada, Yoná. Você não tem lembranças, mas nossas diferenças, pelo que já descobri, vêm de muito tempo.

— Eu não a quero mal. Depois de tudo o que aconteceu, refleti bastante e confesso que desejo paz para você, para meu filho, para mim e, acima de tudo, para nossa Isabela.

— Nem eu — disse com os olhos emocionados. — Também quero que a paz reine entre nós. E, por favor, cuide da minha filha. Isabela é o que de mais importante tivemos. É a semente de amor que Ricardo e eu deixamos para você.

— Eu sei.

— É a devolução da filha que lhe tiramos.

— Como?

— Soube que, em outra vida, eu não admitia que você se casasse com meu irmão, o Bento. Éramos de uma família rica em Paris. Você era pobre e fiz com que ele desistisse do casamento por conta da posição social. Você estava grávida, e naquela época era um escândalo ser mãe solteira. Então, quando me procurou para contar que estava grávida e me pedir ajuda, eu contratei o serviço do Ricardo para dar fim à criança. E veja a ironia: Ricardo, que se arrependeu do que fez, pediu para voltar como seu filho, ter o seu amor, o seu perdão, e eu vim como sua nora. Mas nossos espíritos foram muito turrões — observou Cristiane, rindo. — Não nos perdoamos. Poderia ter se casado com Bento, contudo, não quis porque agora foi ele que nasceu pobre. Pura vaidade.

— Meu Deus, estou tão surpresa e emocionada com tudo isso...

— Agora preciso ir. Obrigada, Yoná, e desculpas também.

As duas se abraçaram.

Yoná acordou e levantou-se da cama meio zonza. Ficou alguns segundos assim, paralisada. Tudo parecia tão real, perfeito, ela vestida com roupas de época. Tudo tão claro.

Apareceu meia hora depois para o café da manhã. Isabela já estava lá, esperando pela avó.

— Tive um sonho bonito com sua mãe.

— Mesmo, vovó? Me conta! Como foi? — perguntou a menina, já mocinha, ansiosa para saber os detalhes.

— Não me lembro — de fato tinha poucas recordações, as roupas, o sorriso, o abraço. Por isso só disse: — Ela está bem.

O assunto mudou para a viagem que as duas fariam para a Europa. Estavam muito empolgadas com o passeio, o que poderiam levar e comprar lá.

— Sempre quis conhecer Paris. É uma grande oportunidade, e ao seu lado será uma realização, minha neta.

A menina, sorridente, também com o mesmo sentimento, correu na direção da avó e a abraçou.

Yoná, ao sentir o calor daquele abraço, comentou, com lágrimas nos olhos:

— Você é o que de bom e bonito aconteceu em nossa vida. Tem em você o sangue dos meus amores. De Bento e de Ricardo.

Isabela apertou ainda mais o abraço, o que fez Yoná perceber que não estava sozinha.

— Até quando você vai atormentar a vida desse homem, Cristiane? — perguntou o jovem espírito ao ver

Márcio embriagado, jogado no chão do apartamento minúsculo de dois cômodos onde morava.

Cristiane levou tão a sério aquela vingança que já não observava o mal que vinha fazendo contra ela mesma.

Ainda levaria tempo até que Cristiane caísse em si, deixasse a animosidade de lado e pudesse encontrar o equilíbrio, a fim de ter a conversa harmônica com Yoná, em sonho, tempos depois de seu restabelecimento no astral.

Mas, enquanto isso não ocorria...

Quando Márcio foi colocado para fora de casa, pensou que Lirian o assumiria, o que não ocorreu. A moça foi categórica: não queria nenhum relacionamento sério. Temia sofrimentos e, por conhecer Márcio, sabia que mais cedo ou mais tarde se arrependeria de colocá-lo em sua vida.

A primeira briga aconteceu no carro. Márcio queria ir para sua casa.

— Está louco? O que vou dizer para minha mãe? Olha, meu amante acabou de sair da cadeia e foi posto para fora de casa pela esposa. Ele pode passar um tempo com a gente?

— Você não me ama?

— Não fizemos promessas de amor, Márcio. Saímos, apenas. Você entrou com o corpo e eu com o dinheiro.

— Se Alice não tivesse descoberto, você manteria tudo como estava.

— Eu não quero problemas na minha vida. Chega, sofri muito já. Me doeu demais! — falou isso encostando o carro num hotel que havia na redondeza. — Você fica por aqui.

— Vai me deixar nessa espelunca?

— É o que posso pagar. Aliás, empréstimo. Trate de me reembolsar. Você sempre cobrou de mim, não se esqueça disso. Vai, Márcio, desce. Está tarde e ainda preciso inventar uma desculpa para minha mãe.

Márcio, sem rumo, sem saber o que fazer da vida, obedeceu. Saiu arrastando suas malas pela calçada esburacada. Na recepção foi mal atendido, mas estava tarde, sem condição de sair correndo dali.

— É pouco, seu verme. Imundo! — vociferava Cristiane.

— Pare, menina, chega! — pedia o espírito do jovem, que, diante do comportamento da moça, se afastava dela.

— Ele merece ainda mais. Estou com sede. Vamos beber, cunhado?

Márcio, em sintonia baixa de energia, logo que se acomodou no quarto pequeno e mofado, saiu para beber. Bebia muito, mas nem sentia o gosto. Cristiane o tinha como fonte de acesso à bebida, pois sentia o prazer do álcool através dele.

Lirian, como prometido, o visitou no dia seguinte. Exigiu que Márcio procurasse Alice, tentasse a reconciliação.

— Ela não atende minhas ligações e, na porta de casa, ameaçou chamar a polícia. Trocou as fechaduras.

— Não esperava que fosse tão radical. Achei que o amasse bastante para perdoá-lo.

Márcio ficou calado, sem saber o que dizer.

— Consegui alugar uma quitinete para você. Já soube que perdeu o emprego. Notícias ruins correm rápido demais. Não se fala em outra coisa na empresa.

— Não tiveram nem consideração pelos anos que trabalhei lá. Não deixaram eu subir. Fui abordado na recepção, como um cara perigoso. Fui demitido. Estou sem emprego.

— Quero ver o que vai fazer da vida agora. Sem endereço fixo, sem emprego, isso tudo depõe contra você no julgamento.

— Chega! Não vou ser julgado.

— Seu caso é complicado. Advogado bom é advogado caro.

Os encontros entre Lirian e Márcio resultavam em brigas. Por fim, perceberam que a união entre ambos era só pelo prazer do sexo. Lirian estava cada vez mais distante e Márcio sentindo-se só.

— Podíamos ficar juntos. Sabe que estou precisando de grana. Minhas dívidas consumiram o dinheiro da rescisão.

— Não posso. Estou com uns problemas em casa, já não tenho como justificar minhas ausências. Sabe que moro com minha mãe, que questiona até quando chego cinco minutos mais tarde.

E assim, com uma desculpa aqui e outra ali, Lirian foi se esquivando de Márcio. Já não sentia o desejo de antes, aquela atração capaz de vender o que tivesse para poder pagar para ter sexo com ele.

Na verdade, descobriu que um estagiário novinho, vinte anos, contratado recentemente, a olhava diferente. Seria fácil ele aceitar um mimo, já até iniciara uma conversa com ele nos corredores, que segredava a ela a necessidade de dinheiro para comprar um tênis de marca.

Lirian sentiu-se seduzida pelo jovem. Comprou o tênis. E outras coisas mais. E assim seguia sua vida, livre, sem ligar para padrões sociais determinados. Ela sofrera muito com relacionamentos afetivos, não queria encará-los, resolvê-los. Era um direito dela. Preferia escondê-los sob o tapete, não se relacionar de forma alguma com quem quer que fosse, e pagar para ter prazer. Sentia-se bem vivendo assim. Para ela, isso era o que importava. Era o que valia. Estava de bem com a sua vida.

Quanto a Márcio, sem emprego, nas vésperas de ser condenado, se entregava cada vez mais ao álcool.

354

— Não vê o mal que está fazendo? Mesmo sendo escolha dele ficar assim, você o vem influenciando.

— O que é, agora? Vai me convencer de que estou fazendo mal a Deus, à minha irmã ao fazer isso?

— A prática do vício não significa que está fazendo mal a alguém, a não ser a você mesma. É a seu espírito que está ofendendo, quando cede à vontade da carne. Tem o livre-arbítrio para seguir sua trajetória, as consequências de suas escolhas são só suas. De que vai adiantar ficar influenciando-o de maneira negativa? Vai mudar o que aconteceu?

Cristiane se acalmou, procurou respirar fundo ao ouvi-lo. Olhou para o lado e viu Márcio caído, garrafas de bebida alcoólica espalhadas. Sentiu pena dele. Seus olhos se encheram de lágrimas.

— Eu não queria que isso tivesse acontecido.

Conversaram por mais alguns minutos, e quanto mais calma Cristiane ficava, mais o jovem conseguia se aproximar dela, tocá-la, apresentar suas ideias, fazê-la entender seus argumentos, pensamentos. Por fim, ela o interrompeu:

— De onde você é? Tanto tempo me acompanhando e nem seu nome eu sei.

— Fernando é o meu nome — falou com satisfação. Depois esticou a mão em direção à moça e fez o convite: — Quer conhecer minha história? — vendo o gesto positivo dela, com olhos emocionados, prosseguiu:

— Precisa vir até aqui.

Rapidamente os dois espíritos foram transportados para um local tranquilo. Lá, Fernando mostrou uma tela onde puderam ver Lucimar fazendo suas orações. Depois viram-na tirar da primeira gaveta da cômoda duas fotos. Uma era de Cristiane e outra de Fernando.

— Ela guardou a foto. Tiramos na virada do ano — Cristiane comentou eufórica. Depois, curiosa, questionou: — É você na outra foto. Claro, lembro-me de tê-lo visto com ela na estação do trem. Você a estava ajudando, carregando uma sacola.

— Sempre ajudo minha mãe quando está com peso. Tenho boas recordações de quando era criança ainda, descalço, correndo até a estação para encontrá-la. Sabia que vinha com peso, sacolas com comida, roupas... — parou de repente, o sorriso banhado por lágrimas. — Dou o meu ombro para ela descansar quando vem cansada no trem.

— Era sua mãe... Por isso a emoção dela quando lhe contei que tinha visto alguém a acompanhando. Eu descrevi você, ela ficou muito emocionada.

— Dona Lucimar sofreu muito com sua passagem. Questiona sempre por que fomos embora tão jovens.

— Meu Deus, Fernando, você, filho dela! Como gostava de conversar com sua mãe!

— Eu sei. Eu via.

Cristiane, naquele momento, perdeu qualquer ranço que pudesse ter e o abraçou. Foi um abraço de reencontro de almas, de coração.

— Bom, quer mesmo saber minha história, menina? Precisa apertar os cintos, porque são fortes emoções — comentou divertido. — Para saber minha história, é preciso viajar no tempo, ir comigo para os anos 1990, bem lá no início, época da *house music*, instabilidade política e econômica do país, visitado por Nelson Mandela, líder da África do Sul. Ah! João Paulo II esteve no Brasil naquela ocasião também. Eu tinha só 20 anos! Veja aqui comigo e saberá um pouco do que aconteceu — falou ao acionar uma tela onde foi possível ver a porta de um quarto se abrindo e a história de Fernando se revelando.

356

— Menino, que bagunça é essa nesse quarto? — questionou Lucimar. Era uma mulher bem diferente, alegre, cabelos soltos, castanhos, roupas alegres. O sofrimento a fizera se tornar reservada, cabelos presos e poucos risos.

— Mãe, pode deixar que vou organizar tudo antes de sair.

— Está atrasado para a datilografia. Já passei lá hoje e paguei a mensalidade. Aproveitei que tinha que passar na padaria, e como a escola de datilografia fica em cima...

— Tudo bem, mãe. A senhora viu a calça que comprei?

— Vai usar isso? Como chama isso?

— Calça *bag*, mãe! — falou entusiasmado, ansioso para usá-la.

— Não gosto dessa moda, mas se você gosta... Ah! Fiz pudim de leite, como você gosta. Não é porque fui eu que fiz, mas está muito bom.

— Seus doces e salgados são os melhores, minha mãe. Não tem igual.

— E o trabalho, como está?

— Por enquanto está bom.

— Não seja mal-agradecido. Foi o irmão da minha patroa quem arrumou esse trabalho, não faça desfeita.

— Não é isso. Só não quero ser empacotador em loja de pesca o resto da minha vida. Ganho pouco lá. Pego esse trem lotado. Já chego cansado e ainda tenho que varrer a loja antes de começar a empacotar. Não é fácil.

Lucimar olhava para o filho rindo, admirada de como havia crescido, de como se parecia com o pai, que correra atrás de outra, sumindo quando ele tinha só três meses de vida. Mas era uma mulher valente, trabalhou muito e conseguia sustentar o filho, comprar material para estudo, convencê-lo a fazer datilografia, e o ajudava a pagar o curso. Queria o filho com um futuro, bem formado. Não tinha o que reclamar dele, só agradecia. Só uma coisa a incomodava, o transporte, a forma como o filho usava o trem.

— Não quero saber de você como pingente de trem, surfando no teto do vagão...

— Tá bom, mãe.

— Está me ouvindo? A vizinha já veio me falar que te viu subindo no trem...

— Xereta essa aí. Por que não cuida da vida dela?

— Porque gosta de mim e quer que cuide de você, meu bem maior.

Fernando era indiferente, jovem, considerava que aquilo não fosse acontecer, mas aconteceu. Andando quase que correndo pelo teto do trem em movimento, com os fones encaixados nos ouvidos, ouvindo seu walkman, se desequilibrou e, ao buscar apoio, encostou a mão em um fio de alta tensão.

Nesse momento, pouco antes da queda de seu corpo do trem, Fernando fechou a tela. Conseguiu conter as lágrimas e ficou em silêncio, vendo Cristiane aos prantos. Ele preferiu poupar a moça das dores que vinham na sequência, do sofrimento e desespero da mãe.

— Eu entendo agora o sofrimento da Lucimar. Ela nunca me falou disso.

— Seria reviver o sofrimento. Preferiu apagar da sua mente esse momento. Se recolheu, não quis se permitir mais ser feliz. Recusou ver alegria na vida. Ainda assim, hoje vejo que está melhor, consegue rir sem a tristeza de ter me perdido. Já lhe pedi perdão várias vezes. Numa delas, por meio de sonhos, ela me abraçou e pediu para eu seguir meu caminho. Só assim consegui me desprender da Terra de uma vez.

— Então não aceitou de imediato...

— Não — interrompeu rindo. — Tinha só vinte anos! Não conhecia nada da vida, mas sabia que tinha muito a ser descoberto. Depois, quando fui acolhido num posto de tratamento, pude entender tudo. De fato, participei de várias palestras, saí de muitas aos prantos, de outras mais sereno, com a alma edificada. Fui aos poucos percebendo o real sentido de ir e vir, dos reencontros, da possibilidade de ajudar.

— Por isso foi designado a me acompanhar?

— Sim, mas só quando toquei sua mão que soube o porquê de acompanhá-la. Foi naquele instante que soube de seu desencarne e que iria ajudar você em seu desligamento. Confesso que pensei em desistir de você.

— De mim?!

— Por que a surpresa? Prefere ficar na Terra, sendo sombra do seu cunhado. Precisa dar importância para outras coisas. Foi tão bonito quando eu a acompanhei no encontro com Yoná, quando viu sua irmã feliz, mesmo sozinha no novo apartamento...

— É, eu não quero mais ficar aqui, aproveitando da fraqueza do Márcio para me satisfazer. Você está certo. Depois que vi minha irmã bem e Yoná cuidando com zelo e amor de Isabela, percebo que a vida segue seu curso. Não adianta querer mudar o passado. Já tomei conhecimento de alguns acontecimentos pretéritos. Tenho refletido bastante, sabe? Cansei de ficar atazanando a vida dele. Cada um que cuide de si e seja responsável por seus atos. Quero me libertar disso, você me ajuda?

Fernando abriu um sorriso e estendeu a mão para Cristiane. A moça, antes de corresponder o gesto, foi até Márcio, passou a mão no braço dele, depois, sem jeito, o abraçou.

— Cada um é responsável por tudo o que lhe acontece, de bom ou de ruim. Espero que aprenda com tudo o que lhe aconteceu até agora. Eu o perdoo e me perdoo também. Vou seguir meu caminho e desejo, de coração, que o melhor lhe aconteça. Adeus.

Na sequência, gentilmente, pegou nas mãos de Fernando. Antes de partir, ela perguntou:

— O que será que vai acontecer com Márcio?

— Será assassinado antes do julgamento.

Nem deu tempo de Cristiane se refazer do susto. Fernando prosseguiu:

— Já tem alguns espíritos à sua volta à espera de um acerto de contas. É que a energia deles é tão ruim e de uma vibração tão baixa que você não os vê, tampouco os sente. Mas estão por aqui. Como você mesma disse, cada um é responsável por tudo o que lhe acontece na vida, seja bom ou ruim. Márcio só está colhendo o que plantou, nada mais, nada menos. E terá um longo processo de aprendizado pela frente.

Cristiane mordiscou os lábios e sentiu compaixão. Fernando sorriu e jogou uma energia revigorante sobre Márcio, mas no estado em que estava não a captou, entretanto, foi benéfica a ponto de, por ora, afastar aqueles espíritos perturbados que rodeavam o moço e deixá-lo um pouco em paz.

Em seguida, os dois espíritos desapareceram do local.

Epílogo

Analis estava toda eufórica. Desde que Cristiane chegara à cidade astral, a moça se mostrou disponível para auxiliá-la. Fazia uma coisa e outra e espiava se ela já havia acordado.

Da Terra, Cristiane não fora direto para a mesma cidade onde residia Analis. Levara um bom tempo se refazendo, recuperando-se do mal que fizera ao seu corpo quando se entregara à bebida. Alguns de seus órgãos ficaram comprometidos. E não só isso, seu comportamento, a sede de vingança contra o cunhado trouxe instabilidade à sua corrente energética, desequilibrando seu perispírito.

Quando fora levada para a colônia em que Analis estava, Cristiane não estava consciente, e a colocaram deitada em uma cama. Ali a moça permaneceu, em sono profundo, porém reparador.

Ao conseguir retomar a consciência, deitada e sem abrir os olhos, viu na mente uma imagem que a fez sorrir. Era ela, de braços dados com Amanda e Analis, divertindo-se em fazer de conta que não sabiam que Bento, o único irmão, estava logo atrás, vigiando, a pedido do pai, o passeio das moças pela cidade.

— Adorávamos andar às margens do rio Sena...

Cristiane, ainda sem abrir os olhos, pôde ouvir as vozes próximas das irmãs, e sentiu uma lágrima escorrer pelo canto do olho. Assim, tomada pela emoção, abriu os olhos e permaneceu em silêncio, sorrindo, vendo à sua volta suas irmãs, uma de cada lado, segurando suas mãos, tomadas pelo mesmo sentimento.

— Se for um sonho, não me acordem, por favor. Estamos juntas novamente? — perguntou Cristiane, já ciente do reencontro.

— Que maravilha ter a irmã mais brava, exigente e poderosa de volta — festejou Analis.

— Nem me recordava de ter sido tudo isso.

— Das irmãs, a mais impetuosa, bela e também manipuladora — revelou Amanda. — Já recapitulei tudo que aprontamos em Paris.

— Tenho minhas lembranças também. Algumas...

As três começaram a rir.

— Amanda foi a mais tranquila, desde que o assunto não fosse amor — narrou Analis. — Teve vários romances, fez Lucas sofrer tanto, usou e abusou dele. Aproveitou-se do amor do jovem para conseguir fama, já que ele era um artista famoso, conhecido por toda Europa. Até deixá-lo por Matheus, seu grande amor. Só que Lucas não suportou ser trocado e morreu de tristeza, sem gosto pela vida. Amanda se comprometeu a reencontrá-lo e lhe dar amor quando de volta à Terra, para compensar sua tristeza. Acontece que não suportou a ideia de perdê-lo, porque se afeiçoara demais a ele. Confusa, não viu de início que não amava Lucas e que seu amor era, de fato, Matheus.

— Tivemos um bom relacionamento. Claro que fui possessiva, tive medo de perdê-lo. Creio que, no fundo, meu espírito talvez tivesse medo de que, sem mim, Lucas morresse novamente de desgosto. Daí eu relutar em me separar. Hoje, lúcida e bem comigo mesma, entendo tudo por que passamos e o motivo pelo qual nos reencontramos nesta vida.

— E Bento, onde está? — foi a pergunta de Cristiane horas depois, quando as três passeavam margeando o riacho, depois de ela já ter sido apresentada a vários pontos ali da cidade extrafísica.

— Passou por aqui, onde ficou por muito tempo depois do acidente que o desligou da Terra, mas hoje vive em outra cidade espiritual, esperando por Yoná.

Analis contou isso e percebeu Cristiane sem jeito, tímida.

— Pode parar com isso, não combina com você. Sei que está assim, sem jeito por...

— Por tudo que fiz — completou encabulada.

— Eu impedi a felicidade... Agora me recordo das barbaridades que fiz no passado.

— Não fez sozinha, minha querida — confortou Amanda.

— Juntas, vocês duas puseram fogo numa das terras do papai. Essa decisão tirou a vida de pessoas inocentes — recordou Analis.

— Fui poderosa, como disseram, rica e sem escrúpulos. Fazia de tudo para ter vantagens a favor da nossa família. Fiz e consegui afastar Bento de Yoná por ela ser pobre. Depois, com o auxílio de Ricardo, tirei a filha de Yoná. Matei um chantagista, convenci Amanda a me ajudar a atear fogo nas casas que invadiram as nossas terras.

— Márcio foi o chantagista — comentou Amanda.

— Engraçado, aceitou-o como cunhado quando soube

da possibilidade de voltar a vê-lo. E, no entanto, foi só ver um deslize dele para ressurgir a raiva que lhe deu nova vontade de quase matá-lo.

— Isso me rendeu muitos anos... por ter matado, incendiado, acho que até por ter feito Amanda participar, quando a manipulei, contaminando sua cabeça com mentiras, afirmando que perderíamos nossos bens e ficaríamos pobres se deixássemos que invadissem a propriedade de nossa família.

— Chega! Não precisa reviver isso — falou Amanda energicamente. — Não me influenciou. Eu fiz porque quis, assim como sei que as consequências que colhi foram fruto das minhas escolhas.

— Não importa o que passou e sim a possibilidade de fazer o melhor que pôde no tempo presente — afirmou Analis, pegando nas mãos de Cristiane e de Amanda.

Cristiane, com lágrimas descendo pelo rosto, apreciou o rosto de Analis e recordou a tristeza que sentiu ao vê-la partir no acidente de carruagem. Pensou até que tudo tivesse sido um grande castigo pelas maldades que vinha praticando. Sofreu demais com a perda da irmã, e também tornou-se ainda mais dura, severa, revoltada e totalmente fria aos sentimentos alheios.

A moça afastou aquele pensamento e abraçou as irmãs.

Foi Analis que quebrou o silêncio depois do abraço, e disse toda animada, com ar matreiro:

— Chega de perder tempo com o que passou. Tem visita pra você, Cris.

Minutos depois, Cristiane entrou em seu quarto e pôde ver um jovem sentado numa das camas, de costas. Ela o reconheceu pelos ombros largos, cabelos lisos e castanhos, por isso disse com os olhos cheios de lágrimas:

— Ricardo, é você, meu amor?

Ele se levantou sorridente, aproximou-se, encarou-a e, depois de um curto silêncio, encostou seus lábios nos dela. A moça pôde sentir o calor do seu abraço, o seu perfume, o seu hálito doce, e reviver o primeiro encontro, quando se descobriu apaixonada por ele.

Analis, de longe, sorriu feliz ao ter novamente as irmãs por perto. Foi quando Fernando apareceu.

— Lá vem você. Sempre aparecendo quando não é chamado...

— Fale a verdade, sei que sentiu minha falta quando estava fora, em missão — comentou rindo diante do rosto sorridente da moça. — Sei que ficou feliz quando soube que eu acompanharia sua irmã. Acho até que sabia o que estava por acontecer.

— Como sei o que vai acontecer agora.

— Pretensiosa.

— Vou poupar seu tempo. Podemos voltar e nos encontrar na Terra. Acho que será divertido...

Próximo da cachoeira, Matheus aproximou-se de Amanda, que apreciava as rosas das mais variadas cores que embelezavam o jardim.

— Confirmada a minha volta — anunciou o jovem, eufórico.

A moça ficou olhando para ele, buscava em seu rosto algum sinal de que estivesse brincando.

— E a sua também. Não será agora, mas já está traçado — ele completou rindo, momento em que a abraçou e rodou com ela pelo gramado.

Riam muito, emocionados com a possibilidade de voltar e fazer tudo ainda melhor, de reviver aquele amor com intensidade e sem empecilhos.

E assim as cortinas se fecham. O espírito não morre, não some no pó. Ele sempre renasce e, a cada renascimento, tem nova chance para se aprimorar, tornar-se ainda mais lúcido, mais inteligente, mais belo.

Não importa o que aconteceu, o que foi, o que fez, o que passou, mas o que é e o que pode ser feito, agora, para se ter uma vida ainda melhor.

Fim

Grandes sucessos de
Eduardo França

A escolha   Enfim, a felicidade
A força do perdão   Vestindo a verdade

Grandes sucessos de
Zibia Gasparetto

Romances
pelo espírito Lucius

A verdade de cada um
(nova edição)

A vida sabe o que faz

Ela confiou na vida

Entre o amor e a guerra

Esmeralda (nova edição)

Espinhos do tempo

Laços eternos (nova edição)

Nada é por acaso

Ninguém é de ninguém

O advogado de Deus

O amanhã a Deus pertence

O amor venceu

O encontro inesperado

O fio do destino (nova edição)

O poder da escolha

O matuto

O morro das ilusões

Onde está Teresa?

Pelas portas do coração
(nova edição)

Quando a vida escolhe
(nova edição)

Quando chega a hora

Quando é preciso voltar
(nova edição)

Se abrindo pra vida

Sem medo de viver

Só o amor consegue

Somos todos inocentes

Tudo tem seu preço

Tudo valeu a pena

Um amor de verdade

Vencendo o passado

Rua Agostinho Gomes, 2.312 — SP
55 11 3577-3200

contato@vidaeconsciencia.com.br
www.vidaeconsciencia.com.br